철학과 한자

주자덕 옮김
고바야시 야스미 장편소설
아프로스
미디어

전향성 기억 상실증(anterograde amnesia)

선행성 기억 상실증이라고도 하며 특정 시점 이후의 기억을 유지하지 못하는 기억 상실증.

인간의 기억은 크게 장기 기억과 단기 기억으로 나뉘는데, 단기 기억으로 저장된 정보들이 장기 기억으로 전환되면서 뇌에 저장되어 필요할 때 꺼낼 수 있게 되어 있다. 하지만 뇌의 해마가 손상되어 이것을 수행하지 못하게 되면서 일정 시간이 지나면 기억이 사라지게 된다.

1

타무라 니키치가 눈을 뜬 곳은 낯선 방 안이었다. 그는 가벼운 공황 상태로 주변을 두리번거렸다.

여기가 어디지?

니키치는 의식을 잃기전 기억을 떠올려 봤다.

그래, 나는 길에서 친구 녀석이 어린 불량배들에게 당하고 있는 거을 발견하고 도와주려고 했어.

바닥에 질질 끌려가던 친구를 불량배들이 미친듯이 밟고 걷어찼다. 피투성이가 된 친구는 심하게 구토를 했다.

안 돼. 저러다 죽겠다.

"야, 이 새끼들아! 내 친구한테 무슨 짓이야!"

니키치는 크게 소리치며 친구가 쓰러져 있는 곳으로 달려가서 부축해 일으키려고 했다. 하지만, 그러기도 전에 어린 불량배들이 그를 붙잡아 바닥에 짓눌렀다.

그들 중 두 놈이 친구를 억지로 일으켜서 머리를 움직이지 못하게 잡더니 또 다른 놈이 새 소리 같은 괴음을 지르며 친구 녀석의 얼굴에 마구 주먹질을 했다. 둔탁한 소리와 함께 친구가 피를 뿜었다.

"야, 이새끼들아! 그만두지 못해! 길거리에서 사람을 죽일 생각이야? 살인 미수죄로 체포되고 싶어?!"

"시끄러워, 이 새끼야~!"

가까이에 서 있던 놈이 손에 들고 있던 쇠파이프를 들어 올려, 있는 힘껏 니키치의 이마에 내리찍었다.

퍽, 하고 기분 나쁜 소리가 그의 머릿속에 울려 퍼졌다.

그래, 어제 그런 일이 있었지. 그럼 여기는 병원? 병원 같지는 않은데. 그냥 평범한 방처럼 보이는데. 누가 나를 이곳으로 데려왔지? 설마 그놈들에게 납치당한 건 아니겠지? 만약 그렇다면 어서 여길 빠져나가야…….

"이봐요! 누구 없어요?!"

니키치는 있는 힘껏 소리쳤지만 대답은 없었다. 정적 속에서 다시 주위를 둘러보던 그는 문득 자신이 이상한 옷을 입고 있다는 것을 깨달았다.

이건 잠옷인가? 입던 옷은 어딨지?

그가 누워 있던 침대는 청결해 보였지만 병원 침대는 아닌 것 같았다. 방 안에 가구는 거의 없었다. 침대 외에는 테이블과 소파, 그리고 TV 정도가 있을 뿐이었다. 벽은 밋밋한 흰색이었으며, 창문에는 어두운 색 커튼이 쳐져 있었다. 방바닥은 플로링이 깔려 있었다. 병원치고는 너무 집 같은 분위기였고, 일반 가정집치고는 가구가 너무 없었다.

니키치는 일어나서 자신의 머리나 몸을 더듬으며 확인해 보았다. 상처도 없었고 특별히 아픈 곳도 없었다.

커튼을 여니 강한 햇살에 눈이 부셔서 아찔함을 느꼈다. 하지만 시간이 지나면서 서서히 창밖의 풍경이 뚜렷하게 보였다. 밖에는 낮은 건물이 즐비했다. 대도시는 아니지만 시골도 아닌 것 같았다. 방은 3층 아니면 4층 정도의 높이에 있는 듯했다. 집 밖의 풍경 역시 어느 것 하나 익숙한 것이 없었다.

니키치가 무심코 침대의 머리맡으로 시선을 돌리자, 닳고 닳은 대학 노트가 한 권이 눈에 들어왔다. 표지에는 매직펜으로 큰 느낌표와 숫자가 세 개 적혀 있었다.

이게 뭐지? 누가 놓고 간 건가? 아니면 나더러 읽으라고?

니키치는 노트 안을 확인할까 말까 잠깐 고민하다가 결국 읽어 보기로 했다.

이 방에 관한 단서가 될 만한 것은 현재 이 노트밖에 없어. 머리말에 두었다는 건 안의 내용을 읽으라는 뜻일지도 모르고. 만일 그게 아니라 하더라도 이 상황에서 이 노트를 읽었다고 누구한테 질책당할 일은 없겠지.

니키치는 표지를 넘겼다.

경고!

빨갛고 커다란 글자가 눈에 확 들어왔다. 순간 움찔했지만, 경고음이나 경고등도 아닌 글자에 불과하기 때문에 그다지 놀랄 만한 건 아니었다. 하지만 니키치는 그다음에 나온 문장 때문에 동요할 수밖에 없었다.

※ 나의 기억은 수십 분밖에 지속되지 않는다.
남아있는 기억은 사고를 당하기 전의 일들뿐이다.

이게 무슨 소리지? 나라는 건 누굴 말하는 거지? 아무래도 이 글을 쓴 사람일 것 같은데. 도대체 누가 쓴 거지?

문장은 더 있었다.

※ 병명은 전향성 기억 상실증.

이 병명, 들어 본 적이 있어. 영화나 드라마에 나왔던 것 같은데……. 그 병에 걸린 환자가 나오는 다큐멘터리도 본 거 같고. 그런데 왜 이 병명을 써놨지?

다음 순간, 니키치는 그 질문에 대한 답을 깨달았다. 이글은 바로 앞 문장에 있는 '나'에게 알려주는 메모였던 것이다. 왜냐하면, 이 글을 쓴 사람은 자신이 전향성 기억 상실증에 걸린 것조차 기억하지 못하기 때문이다.

기억이 수십 분밖에 못 간다면 일상생활조차 하기 힘들 텐데. 어쨌든, 맨 먼저 자신의 상태를 제대로 인식하는 것이 순서겠지. 그래서 이 노트에 메모해 놓은 걸 꺼야. 그런데 왜 이런 중요한 노트가 이 침대의 위에 있는 거지? 이 노트의 주인은 지금쯤 이 노트가 없어서 자신의 상태를 모른 채 쩔쩔매고 있을 텐데. 누군가 짓궂은 장난을 친 걸까?

순간 니키치의 머릿속에 어떤 의혹이 떠올랐다. 하지만 바로 머리를 가로저으며 그 의혹을 떨쳐 버렸다.

그럴 리가…….

※ 생각난 것은 모두 이 노트에 적을 것.

기억이 점점 사라질 테니 평소에 늘 메모를 했겠지? 그렇다면 이 노트에 개인정보에 관한 내용이 있을지도 몰라. 더 읽어볼까? 혹시 남이 읽으면 안 되는 내용이 있는 거 아냐? 그렇다고 안 읽자니 노트 주인에 관한 단서를 찾을 수 없고……. 안 되겠다. 그냥 읽어보자.

니키치는 스스로를 설득하며 계속 읽어 나갔다.

※ 현재의 상황은 맨 끝에 적혀 있는 내용으로 확인할 것.

※ 필기도구를 항상 여러 개 준비해 둘 것.

※ 이 노트의 맨 앞에서부터 열 페이지에는 특히 중요한 사항이 적혀 있다.

구체적이고, 간략하며, 적절한 지시 사항이었다.

이 노트의 주인은 비록 기억에 장애가 있지만 판단력이나 논리력은 떨어지지 않은 듯했다.

이 정도의 사고 능력과 노트의 메모가 있다면 일상생활도 가능할 거 같은데?

니키치는 노트의 주인이 어떤 사람인지 상상해 봤다.

※ 특별한 목적 없이 이 노트를 읽어 봤자 시간 낭비일 뿐이다.

※ 빈 페이지가 얼마 안 남았을 때, 새로운 노트를 사서 최초의 열 페이지를 그대로 베껴 둘 것.

※ 노트의 표지에는 일련번호를 기입해 둘 것.

그랬구나. 표지의 숫자는 일련번호였구나.

니키치는 다시 한 번 표지를 보았다.

387

387번째? 그럼 대체 얼마나 된 거지?

니키치는 노트 주인에게 동정심을 느꼈다.

※ 이 노트에는 나의 이름을 절대로 쓰지 말 것.

※ 다른 사람에게 절대로 보여 주지 말 것.

왜 이름을 쓰지 말라는 거지? 그러다 잃어버리면 어쩌려고.

기억 상실증 환자라 이름이 적혀 있지 않으면 노트가 자기 것이라는 것조차 잊어버릴 것이다.

노트 주인은 뭐가 두려워서 이름을 쓰지 않은 거지?

니키치는 상상력을 동원해서 이 노트 주인의 입장을 생각해 보았다.

만약 누군가 이 노트를 본다면 주인이 기억 장애 환자라는 것을 알게 되겠지. 혹시라도 나쁜 사람의 손에 들어가면 어떻게 될까?

어떤 사람이 지인라며 접근해서 교묘한 말로 자신과 어떤 약속을 했다고 주장할 수도 있다. 즉, 전향성 기억 상실증이라는 사실을 알게 된 누군가에게 악용당할 가능성이 큰 것이다. 재산을 빼앗길 수도 있고, 최악의 경우에는 범죄에 말려들 수도 있다.

하지만 이 방법은 양날의 칼 같은 것이다. 왜냐하면, 이 노트가 누구 것인지 바로 판단할 수 없기 때문이다.

그렇다면 항상 노트를 몸에 지니고 다니는 수밖에 없다. 욕조까지는 들고 들어갈 수는 없지만, 목욕 중에도 시야 밖을 벗어나면 안 된다.

문제는 잠을 자고 있을 때다. 문단속을 하고 혼자 잔다고 해도, 수면은 몇 시간이 필요하다. 결국, 잠에서 깨어나면 완전히 잊어버리게 된다. 자신이 전향성 기억 상실증이라는 사실도, 이 노트를 썼다는 사실도. 결과적으로, 매일 아침 혼란스러울 수밖에 없을 것이다.

그 혼란을 최소한으로 줄이기 위해서는 어떻게 하는 것이 좋을까? 그래. 이 노트를 잠에서 깨어난 후 맨 처음 시선이 닿는 곳에 두는 것이 좋겠지. 예를 들어, 머리맡이라든지. 어?

니키치는 심호흡을 했다.

역시 이 가능성에 대해 확인해 보는 게 좋겠어. 천천히 한 번 생각해 보자. 내가 어제 일은 기억하고 있나?

물론 기억하고 있었다. 니키치는 친구를 구하려다가 불량배들에게 폭행을 당한 것이 생각났다.

그런데 그게 어제의 일이었나?

니키치는 다시 한 번 자신의 몸 상태를 확인했다. 눈에 띄게 새로운 상처는 없었다. 그렇다면 그 일을 겪은 것이 어제는 아닌 듯 했다.

니키치는 다시 한번 노트를 보았다. '이 노트에는 절대로 나의 이름을 쓰지 말 것'이라는 글을 보니 만약 자신이 이 노트의 주인이라고 해도 역시 이름을 쓰지 않았을 것 같았다.

니키치는 문득 이 노트 주인이 누구인지 확인할 방법이 떠올랐다. 그는 노트를 파락파락 넘겨서 빈 페이지를 펼쳤다. 그리고 그곳에 '나의 기억은 수십 분밖에 지속되지 않는다.'라는 문장을 쓴 후 노트 첫머리 부분에 있는 글의 필체와 비교해 보았다.

똑같았다.

그렇다. 니키치는 처음부터 이것이 자신의 필체라는 것을 어렴풋이 알아채고 있었다. 하지만 의식적으로 그 생각을 머릿속에서 배제하고 있었던 것이다. 자신의 몸에 그런 일이 벌어졌다는 사실을 믿고 싶지 않았기 때문이었다. 하지만 결국 그 사실을 인정할 수밖에 없게 되었다.

물론, 이 노트의 필적이 니키치의 것과 닮은 것으로 위조되었을 가능성도 있다. 하지만, 그 정도까지 할 이유가 있을까?

그랬구나. 내가 바로 전향성 기억 상실증 환자였어. 일단 그 사실을 인정하자.

아직은 무언가 잘못된 것이거나 누군가의 장난일 가능성도 남아 있었지만, 그런 가능성을 검토할 필요는 없었다. 만약 그렇다면 한 시간 정도 지나면 자연스럽게 알 수 있기 때문이었다. 만약 자신이 전향성 기억 상실증이 아니라면 바보 같은 자신을 비웃으면 그만이다. 하지만 자신이 전향성 기억 상실증일 경우에는 급히 대책을 세워야 할 것이다. 수십 분이 지나 기억이 리셋 된다면, 취해야 할 적절한 행동은 그 전에 끝내야 하기 때문이다.

아이고 이런, 지금까지 매일 아침마다 이런 식으로 내 상태를 겨우 깨닫고 당황했다는 말이야?

니키치는 노트의 첫머리로 돌아가서 2페이지를 펼쳤다.

○ 집에 관해서

※ 집의 위치는 아래의 지도를 참고하라.

주소를 보니 알고 있는 지명이지만 가 본 적은 없는 장소였다. 그래도 지도만 있으면 어떻게든 찾아갈 수 있는 곳이었다.

※ 문패도 없고 우편함에도 이름은 없다.

※ 이름이 없는 것은 이 노트에 이름이 쓰여 있지 않은 것과 같은 이유이다.

※ 이유를 알고 싶으면 7페이지를 참조할 것.

어? 왜 문패까지 없는 거지? 노트에 이름을 써 놓지 않은 것은 이해하겠지만, 문패는 상관없을 것 같은데……. 7페이지를 참조하라고 했으니, 조금 더 읽어 보자.

※ 열쇠는 이 페이지에 테이프로 붙어 있을 것이다. 사용한 다음에는 꼭 테이프로 다시 고정시켜 둘 것.

※ 방의 구조는 지도 밑에 그려 놓은 대로이다.

그림을 보니 일반 아파트 같았다. 3LDK[방 세 개에 거실과 식사 공간과 주방이 포함된 구조]였다. 베란다도 있었다.

※ TV는 있지만, 가능하면 안 보는 것이 좋 다.

불필요한 혼란을 일으킬 수 있기 때문이다.

※ 다만, 뉴스나 일기 예보를 짧게 보는 것은 괜찮다.

중요한 정보는 꼭 메모해 둘 것.

장시간 동안 방송을 보면 기억이 유지되지 않으니 내용을 이해할 수 없게 될 것이다. 짧은 뉴스 정도라면 괜찮겠지만, 결국 기억에서 사라져 버린다고 생각하니 보고 싶은 의욕이 생기지 않았다. 니키치는 TV를 보는 것은 나중으로 미루고 노트를 계속 읽기로 했다.

○ 일상생활에 관해서

※ 현재의 주소는 전향성 기억 상실증이 발병되고 나서 이사한 곳이다.

※ 그러므로 동네 지리는 전혀 모른다.

※ 지도가 없으면 이동은 불가능하다고 생각하라.

※ 근처에서 간단한 장을 볼 때도 꼭 지도를 가지고 다닐 것.

※ 지리에 변화가 있을 때는 귀찮아하지 말고 꼭 그려 놓아야 한다. 그것을 잊었다가 낭패한 경험이 있다.

왜 일부러 지리도 모르는 동네로 이사한 걸까? 이 노트의 어딘가에 그 이유가 적혀 있을까?

니키치는 의문이 계속 쌓였다.

길을 가다가 기억을 잃어서 곤란했을 때는 어떻게 집을 찾아왔을까? 이 동네에 나를 알고 있는 사람들이 있어서 그들이 도와준 걸까? 이 동네 사람들이 나를 잘 알까?

다양한 가능성이 니키치의 머릿속을 누볐다.

○ 수입에 관해서

※ 현재 무직이다. 취업 활동도 하지 않고 있다.

※ 보험금이 나오고 있어서 당장의 생활비는 신경 쓰지 않아도 된다.

※ 은행 통장과 현금 카드는 그림에 있는 왼쪽 방 안에 표시된 곳에 있다. 사용한 후에는 반드시 원래의 자리에 돌려놓을 것.

※ 집세, 전기세, 가스 요금, 수도 요금, 통신 요금, 신문 대금은 은행 이체로

되어 있다.

※ 신용 카드는 사용할 수 없다.

※ 현금은 충분한 금액을 준비해 둘 것.

※ 단, 스스로 관리하기는 어려우니 지갑에 큰돈은 넣어 두지 말 것.

당장은 궁핍한 상태는 아닌 것 같으니 그나마 다행이네. 이 상태로 돈까지 없다면 생각만 해도 끔찍한데. 기억을 유지할 수 없는 상태에서 직업을 갖는 건 불가능할 테니 당장은 아르바이트조차 제대로 못 할 것이다.

하지만 언젠가 자금이 바닥나면 아르바이트라도 할 수밖에 없겠지. 어떤 아르바이트라면 할 수 있을지 미리 생각해 두는 것이 좋겠다. 그 아이디어는 잊지 않게 꼭 적어 놔야지.

※ 현재 병원에 다니고 있다. 병원 이름은 만죠메 종합 병원이다.

예약에 대해서는 노트 뒤쪽의 글에서 확인할 것.

※ 의사에게도 이 노트는 보여 주면 안 된다.

※ 만약 의사가 보여 달라고 하면 사생활에 관련되는 일이 적혀 있어서 안 된다고 단호하게 거부해야 한다.

의사도 믿을 수 없다는 얘긴가? 그건 좀 지나치다는 생각이 드는데. 의사에게 그런 환자는 골칫덩어리일 거야. 사람을 의심하기 시작하면 끝이 없으니. 그러면 아무것도 믿을 수 없게 될 것이고, 결국에는 타인과 접촉하지 않고 생활할 수밖에 없게 되겠지.

니키치는 길게 한숨을 쉬었다.

잠깐, 나쁜 사람을 경계해야 하는 것은 기억 장애와는 그다지 관계가 없는 거 아닐까? 어차피 이용당할 사람이라면 기억에 문제가 없어도 이용당할 테니 말이야. 그럼 왜 나는 이렇게까지 경계를 하고 있지? 역시 7페이지에 적혀 있는 그 이유를 봐야겠어.

니키치는 7페이지를 펼쳐 보았다.

※ 진상은 8페이지에 적혀 있다. 하지만 상당히 충격적인 내용이라 먼저 심호흡을 하고 읽어야 한다.

상당히 안 좋은 예감이 들었다. 니키치는 이미 여러 번 그 페이지를 읽고 나서, 매번 심한 불쾌감을 느꼈을 것이다. 기억에는 남아 있지 않지만, 그 불쾌감이 쌓여 의식 밑에 축적되어 지금의 불안감이 조성된 것이리라.

지금 읽을 필요는 없지 않을까? 읽어도 어차피 잊어버릴 텐데 자진해서 불쾌한 경험을 할 필요는 없잖아.

하지만 니키치는 자신과 관련된 비밀이 무엇인지에 대한 강한 호기심을 참을 수 없었다.

아무리 불쾌한 것이라도 곧 잊어버리겠지? 그럼 확인해도 괜찮지 않을까? 보고 나서 충격을 받거나 괴로워도 수십 분간만 이를 악물고 침대에서 웅크리고 있으면 괜찮아질 거 같은데.

니키치는 8페이지를 펼쳤다.

※ 나는 지금 살인마와 싸우고 있다.

너무나도 예상 밖의 문장을 본 니키치는 웃음이 터졌다.

살인마와 싸우고 있다고? 이런 어이없는 경우가…….

니키치는 그 살인마의 이름도 얼굴도 모른다. 그리고 살인마와 싸우고 있는 것조차 단 몇 초 전까지 잊고 있었다.

이건 너무나도 불공평한 거 아니야? 이건 불리해도 너무 지나칠 정도로 불리한 상황인데.

니키치는 다시 곰곰이 생각했다.

도대체 어쩌다가 이런 상황이 돼 버린 걸까? 전향성 기억 상실증인 것조차 받아들이기 힘든데, 살인마와 싸우고 있다니.

그래, 이러고 있을 때가 아니야.

니키치는 한 손에 노트를 들고 침실에서 일어나 집 안 구석구석을 둘러봤다. 옷장이나 서랍장 속도 열어 보고, 창문이나 현관문이 잠겨 있는 것도 확인했다. 집 안에서의 안전은 일단 확보되어 있는 듯했다.

그나저나 살인마와 싸우고 있다는 건 어떠한 상황에 처했다는 얘기지? 적어도 지금 당장 살인마와 마주하고 있는 상태는 아닌 듯한데. 어느 정도는 거리를 두고 싸우고 있다는 건가?

만약에 상대가 살의를 품고 있다면 나만큼 죽이기 쉬운 사람은 없을 거야. 누군가 자신의 목숨을 노리고 있다는 것조차 잊고 있을 테니까. 그런데 아직 내가 살아 있다는 건, 살인마가 나를 죽일 생각은 없다는 걸까? 아니면 나와 싸우고 있는 것조차 모르고 있다든가. 상대도 역시 전향성 기억 상실증일까? 그런 상황에서 살인마가 되는 것이 가능한 것일까?

단 한 줄의 문장으로 꼬리에 꼬리를 무는 의문이 이어졌다.

참, 이렇게 생각만 하고 있을 때가 아니야. 걱정이나 하고 있는 사이에 기억이 리셋 되어 버릴지 몰라. 어서 노트의 다음을 읽어야지. 흠……, 뭘 하든 시간이 되면 리셋 되는 건 변함이 없겠지? 그럼 읽어 보나 마나 잖아.

하지만 니키치는 호기심을 참을 수 없었다.

그래도 일단 읽어 보자.

니키치는 침대 위에서 책상 다리를 하고 노트를 읽기 시작했다.

2

이야기는 수일 전으로 거슬러 올라간다.

키라 미츠오는 편의점의 잡지 진열대 앞에 서서 만화 잡지를 파락파락 넘기며 보고 있었다.

그럭저럭 재밌군. 하지만 돈을 내고 사보고 싶은 생각은 없네. 공짜라면 몰라도. 그래. 이건 그냥 가져가자. 배도 약간 고픈데 먹을 것도 좀 챙겨갈까.

키라는 가게 안을 둘러보았다. 눈에 보이는 감시 카메라가 한 대. 그 외에도 어딘가에 숨겨진 카메라가 있을 것이다. 키라는 점원을 힐끗 쳐다봤다. 때마침 심야 시간대라 젊은 남자 점원 한 명밖에 없었다.

이 정도면 식은 죽 먹기겠네. 여러 명이 있어도 별문제는 없지만 말이야.

키라는 성큼성큼 계산대로 다가갔다.

“무슨 일이시죠?”

점원이 물었다. 키라는 점원의 어깨에 손을 올리고 말했다.

“점장님이 감시 카메라 스위치를 꺼 놓으라고 했었지?”

점원은 갑자기 눈을 크게 부릅뜨더니 기괴한 느낌으로 계속 깜박였다. 그러다 멈칫하고 고개를 갸우뚱했다. 제정신을 차린 점원은 갑자기 무엇인가 생각났다는 듯 계산대를 나와서 창고 쪽으로 뛰어갔다.

키라는 그사이에 가게에서 나갈 수 있었지만 태연하게 점원이 돌아오기를 기다렸다. 괜히 서둘렀다가 카메라에 물건을 훔치는 모습이 찍히기라도 하면 일이 번거로워질 수 있기 때문이다.

심심했는데 잘됐네.

키라는 피식 웃었다.

잠시 후, 점원이 좋지 않은 표정으로 돌아왔다.

“무슨 일 있어?”

“아아, 잠깐 깜박한 것이 있어서요.”

“깜박한 거?”

“네. 점장님이 감시 카메라의 스위치를 꺼 놓으라고 했거든요.”

“감시 카메라를 꺼 놓으라고? 거참 이상한 얘기네.”

"저도 그렇게 생각했어요. 그래도 점장님이 시킨 일이니, 해야지 어쩌겠어요."

"정말 그렇게 하라고 한 거 맞아?"

"네, 틀림없어요. 분명하게 기억하거든요."

키라는 만족스러운 표정을 지었다.

이것이 바로 키라의 '초능력'이다. 상대의 신체를 접촉한 상태에서 말을 하면 그것이 기억으로 이식된다.

최면술처럼 인간이 원래 가지고 있는 능력을 약간 넘어선 정도의 능력일 수도 있겠지만, 키라는 그것을 초능력이라고 생각하기로 했다. 이 능력의 실체는 전문 과학자들이 그를 직접 연구해봐야 알 수 있겠지만, 키라는 그렇게 하고 싶은 생각은 전혀 없었다. 자신에게 초능력이 있다는 사실은 숨기고 싶었던 것이다.

키라가 언제부터 이 초능력을 갖게 되었는지는 명확하지 않다. 어린 시절에는 그것을 특별한 능력이라 생각하지 않았다. 당시에 그는 이것을 단순한 거짓말의 힘이라고 생각했다. 얼떨결에 한 거짓말을 사람들이 쉽게 믿었기 때문이다.

그러던 어느 날, 키라는 그것이 특별하다는 것을 깨닫게 되었다. 어른들이 다른 아이들의 거짓말은 금방 간파했지만, 그의 거짓말은 절대 알아차리지 못했다. 이 능력은 그의 정신 발달에 커다란 영향을 주었다. 키라는 스스로를 '신으로부터 사랑받는 존재'라 믿었고, 타인에 대한 공감이나 동정과 같은 온건한 감정은 전혀 형성되지 않았다.

“비닐봉지 하나만 줄래?”

이런 거까지 초능력을 사용할 필요는 없겠다고 판단한 키라가 점원에게 물었다.

“네?”

점원은 그의 갑작스러운 요구에 놀란 표정을 지었다.

“비닐봉지 하나만 달라고. 안 돼?”

키라의 강압적인 태도에 주눅이 들었는지, 점원은 슬쩍 언짢은 표정을 짓더니 말없이 비닐봉지 하나를 내밀었다.

키라는 잡지 진열대에서 잡지를 몇 권 집더니 과자나 맥주 등과 함께 봉지에 담았다. 그리고 그대로 가게를 나가려고 했다.

“그럼, 수고해.”

“잠깐만요. 계산은 하고 가셔야죠.”

“싫은데.”

키라는 히죽 웃었다.

“계산 안 내시면 경찰을 부를 겁니다. 감시 카메라에 다 찍혀……. 아!”

감시 카메라를 껐다는 사실을 떠올린 점원은 허둥지둥 계산대에서 튀어나와 키라의 팔을 힘껏 붙잡았다. 그러자 키라의 표정이 일그러졌다.

“이게 무슨 짓이야! 팔 아프잖아!”

"계산 안 하셨잖아요. 경찰이 올 때까지 아무 데도 못 가세요."

"돈은 이미 줬잖아."

키라가 선언하듯 말했다. 점원은 순간 눈을 부릅뜨더니 고장 난 기계처럼 정신없이 깜박거렸다. 그리고 다시 정신을 차리자 키라의 얼굴을 본 다음, 놀란 표정으로 그의 팔을 잡고 있는 자신의 손을 내려다봤다.

"지금 뭐 하는 거야?"

"네? 저……, 이러시면 곤란합니다."

"뭐가 곤란하다는 거야?"

"그…… 그러니까……. 어? 어떻게 된 거지?"

"이거 왜 이래. 내가 도둑질이라도 하다가 붙잡힌 것 같잖아."

"도둑질……."

"내가 도둑질이라도 했냐?"

"아, 아닙니다. 계산하셨어요."

"그런데 왜 내 팔을 붙잡고 있지?"

"그게……. 어? 내가 왜 그랬지?"

"이게 무슨 짓이야. 아무 이유도 없이 남의 팔을 아프게 붙잡고. 폭행죄로 고소당하고 싶어?"

점원은 황급히 손을 떼고는 이리저리 고개를 갸우뚱했다. 그는 자신의 행동과 기억이 맞지 않아서 혼란스러웠다.

키라의 초능력에 걸린 사람은 대개 이런 상태가 된다. 때로는 예술적이라고 할 만큼 스스로 그럴듯한 가짜 기억을 만들어 내는 경우도 있지만, 보통은 이런 식이었다. 하지만 키라는 기억이 앞뒤가 맞는지 따위는 별로 신경 쓰지 않았다. 혼란스러워하는 것은 어디까지나 상대방이지 키라가 아니니까. 그는 오히려 그런 반응을 보는 것을 즐겼다.

점원은 키라가 도둑질을 했다고 판단했기 때문에 그의 팔을 잡았다. 그런 기억이 남아 있는 상태에서 키라는 자신이 돈을 냈다는 가짜 기억을 가차 없이 덮어씌워 버렸다. 때문에 점원의 머릿속에서 키라가 절도라는 범죄를 저질렀다는 것은 성립되지 않았다. 그렇다고 해서 다른 잘못을 저지른 것도 아니니, 이렇게 되면 점원이 한 행동에 대한 이유가 불분명해진다.

“그래서, 어떻게 할 거야?”

키라는 약간 짜증 나는 표정이었다. 만약 여기에서 점원이 영수증을 보여 달라고 한다면, 그것을 제시할 수 없다는 것을 알고 있기 때문이다.

하지만 키라는 전혀 조급해하지 않았다. 자신의 초능력에 대한 절대적인 자신감이 있었다. 키라가 이미 돈을 냈다는 가짜 기억은 확고한 사실로 점원의 뇌에 각인되어 있다. 그러니, 영수증을 제시하라는 요구 같은 것은 생각조차 안 할 것이다. 또, 만에 하나 영수증 제시를 요구한다고 해도 영수증을 봤다는 가짜 기억을 심어 주면 끝이다.

"그, 그게 무슨 말씀이신가요?"

"니가 다짜고짜 내 팔을 꽉 붙잡았잖아."

"아아. 네……."

"이럴 경우는 사회인으로서 어떻게 하는 게 맞지?"

점원의 눈동자가 흔들리면서 동요하는 모습을 보였다.

"당장 사죄해."

키라가 점원을 노려보며 차가운 목소리로 말했다.

"저더러 사죄하고요?"

점원은 식은땀을 흘리며 쩔쩔맸다.

"여기서 너 말고 누가 있어. 잘못한 사람이 사죄해야지. 내가 사죄하리?"

"그게 아니라……."

"그게 아니라 뭐? 내 말이 틀렸다는 거야? 뭐든 할 말 있으면 해 봐."

점원은 몇 번이고 입술에 침을 바르며 생각했다. 느낌만으로는 키라가 뭔가 잘못한 것 같았다. 하지만 기억을 되짚어 보면 아무런 잘못이 없었다. 결국, 머릿속 혼란은 해결되지 않았다. 고민 끝에 그는 고개를 숙였다.

"제가 잘못했습니다."

"뭐라고?"

키라는 못 들은 척하고 되물었다. 점원이 이를 악물더니 다시 말했다.

“제가 잘못했습니다.”

“그게 아니라 ‘사죄드립니다.’라고 해야지.”

키라가 고압적인 자세로 말했다. 점원의 눈이 흔들리면서 당황한 모습을 보였다. 키라는 코웃음을 쳤다.

좋아. 좋아. 기억이 바뀌어서 혼란스러워하는 인간을 보는 건 언제나 재미있단 말이야.

“어떻게 할 거야? 내가 점장을 직접 만나서 따져볼까?”

“사죄드립니다.”

점원은 결국 굴복하고 말았다. 아무리 이해가 안 된다고 해도 자신의 기억을 믿지 않을 수 없었다.

“그 정도로는 안 되겠어.”

“네?”

점원이 놀라며 얼굴을 들었다.

“나는 도둑놈 취급을 당했어. 그 정도의 사죄로는 용서가 안 돼.”

“그럼 어떻게…….”

“엎드려서 빌어.”

“엎드려서 빌라고요?”

“이 자리에 엎드려서 머리를 바닥에 박고 빌어.”

“아무리 그래도 그렇지.”

“너는 그만큼 잘못을 했어. 그게 싫다면 어쩔 수 없어.”

"싫다면 어떻게 하실 건가요?"

"법정에서 보자고. 재판받아야지."

점원은 순간 움찔했지만 뭔가 생각났는지 바로 침착하게 되받아쳤다.

"무슨 말씀이세요. 아무런 증거도 없잖아요. 감시 카메라도 꺼져 있는데……."

"그게 무슨 소리야."

키라는 또 점원의 어깨에 손을 올렸다.

"카메라는 네가 조금 전에 켰잖아?"

점원이 또 순간적으로 눈을 부릅떴다. 그런데 이번엔 뭔가 이상했다. 반복되는 기억 개조로 얼이 빠져버린 점원은 침을 질질 흘렸다.

"이런, 재수 없게 됐군. 점장이 알면 잘리겠네, 잘리겠어. 잘리고 싶지는 않을 텐데. 어떻게 할래?"

"엎드려 빌게요."

점원은 그 자리에 쭈그려 앉더니 낙하하듯 바닥에 엎드렸다. 쿵하고 이마가 바닥에 부딪치는 소리가 가게 안에 울려 퍼졌다. 우월감을 느낀 키라는 기분 좋은 표정을 지었다.

"진작 그럴 것이지. 얼굴 들어 봐."

점원은 바닥에서 얼굴을 들었다. 이마가 빨개져 있었다. 키라는 점원의 인중을 발로 찼다.

"으아악!"

점원은 머리를 젖히면서 뒤로 자빠졌다. 그의 코에서는 피가 터져 나왔고, 비명을 지르며 고통스러워했다. 키라는 점원의 머리끄덩이를 잡고 치켜들더니 바닥에 세차게 내리찍었다.

"이 정도로 끝나서 운이 좋았다고 생각해라. 아, 그러고 보니 위자료도 내야지. 지갑 내놔."

키라는 점원의 주머니에서 지갑을 꺼내더니 돈만 빼낸 뒤 바닥에 내동댕이쳤다.

"도, 돌려……줘."

점원이 쥐어짜듯 말했다.

"그건 내 돈이야. 도…… 도둑……놈."

키라는 몸도 제대로 움직이지 못하는 점원의 목을 졸랐다.

"이 새끼가 어디다 대고 도둑놈이라니. 죽고 싶어?"

얼굴이 피범벅이 된 점원은 눈물에 침까지 흘리며 말했다.

"흥, 날 죽일 수 없을 걸. 감시 카메라에 다 찍히고 있어."

"웃기네. 야, 감시 카메라 같은 건 없어. 그래도 나에게 즐거움을 줬으니까 이번에는 죽이지 않을게."

점원은 자신의 목에서 키라의 손을 떼어 내려고 버둥거렸다.

"일단 기억을 다시 바꿔 주지. 너는 혼자 넘어져서 다쳤어. 나는 너한테 손가락 하나 대지 않았고."

그 말에 점원은 눈을 또 부릅떴다. 그러더니 피투성이가 된 상태로 바닥을 뒹굴었다.

"아이쿠! 아야야."

"갑자기 왜 그래?"

"발이 걸려서 넘어졌어요."

비틀거리는 점원은 술에 잔뜩 취한 사람처럼 보였다.

"내가 왜 이러지. 아참, 돌려주세요."

"뭘 돌려줘?"

"내 돈, 돌려주세요."

"싫어. 이건 위자료야."

"안 돼. 돌려줘!"

점원이 키라의 발목을 붙잡았다. 키라는 짜증 난 표정으로 혀를 차더니 다른 쪽 다리를 들어 발끝으로 직원의 눈을 걷어찼다.

"악! 으아악!"

점원은 눈에서 피를 흘리며 바닥을 뒹굴었다.

"이게 무슨 짓이야! 경찰 부를 거야!"

점원은 떨리는 손으로 주머니에서 핸드폰을 꺼냈다.

"아, 그래?"

키라는 내리찍듯이 점원의 얼굴을 짓밟았다. 그러고 나서 그의 머리에 손을 대고 말했다.

"너는 또 넘어져서 눈을 다친 거야. 내가 나가면 나의 존재는 완전히 잊어."

점원은 부들부들 경련을 일으켰다.

"그리고 돈은 네가 다 써 버린 거야. 그래. 유흥업소에서 다 털렸다고 하자."

점원은 눈을 가늘게 뜬 상태로 파르르 떨었다. 그가 쓰러져 있는 바닥에도 여기저기 피가 묻어 있었다.

"아이참, 신발이 더러워졌네."

키라는 신발을 점원의 옷에 아무렇게나 비벼서 닦더니 콧노래를 부르면서 편의점을 나와 유유히 사라졌다.

3

경고!

※ 나의 기억은 수십 분밖에 지속되지 않는다.

남아있는 기억은 사고를 당하기 전의 일들뿐이다.

※ 병명은 전향성 기억 상실증.

※ 생각난 것은 모두 이 노트에 적을 것.

그럼 내가 전향성 기억 상실증 환자란 말이야?

머리말에 있던 노트를 읽은 니키치는 의기소침해졌다.

갑자기 기억 상실증이라니. 아니, 갑자기가 아니라 줄곧 이런 상태였던 거야? 그럼 내가 몇십 분마다 이러는 건가?

아니야. 깨어 있는 동안은 의식이 이어지니까 전부 잊는 것은 아닐 거야. 자신의 증상에 대해서는 계속해서 의식할 수 있잖아. 그렇다면 기억이 리셋되도 깨어 있는 동안 증상만큼은 기억할 수 있지 않을까?

어쨌든 한번 잠든 다음 깨어났을 때는 깨끗이 잊어버리겠지. 게다가 소소한 것들은 계속 기억하지 못하니까, 깨어 있는 동안에도 잊어버릴 것이고.

니키치는 갑자기 속이 답답해졌다.

뭐, 할 수 없겠지. 이렇게 혼자서 생활하는 거 보니까 그렇게 자유롭지 못한 것도 아닌 것 같고. 나름대로 잘살고 있는 거 아닐까?

니키치는 일단 긍정적으로 생각하기로 했다. 그런데 갑자기 배고픔이 느껴졌다.

우선 배부터 채우자. 배가 부르면 마음이 좀 편해지겠지.

부엌에 갔더니 레토르트 식품이나 인스턴트식품들이 잔뜩 널려 있었다. 무엇을 샀는지, 아니 샀다는 것 자체도 까먹고 외출할 때마다 사 왔음이 분명했다.

이들 중 아무거나 먹으면 될 것 같은데. 계속 이런 것만 먹어도 괜찮을까? 뭔가 다른 거 없나?

니키치는 냉장고를 열어 보려 했다.

어? 이건 평범한 냉장고가 아니네. 전부 냉동실로 되어 있으니 냉동고라고 해야겠지? 그것도 두 대나 있네.

그중에 하나를 열어 보니 안은 거의 비어 있었고, 랩으로 싸인 1킬로그램 정도로 보이는 고깃덩어리가 몇 개 그리고 냉동식품들이 몇 개 있었다.

도대체 뭘 먹고 사는 거야? 이렇게 형편없는 식생활을……. 병 때문에 자포자기해 버린 건가? 아니야. 그건 말도 안 돼. 기억 장애가 있다고 해도 내가 그렇게 쉽게 자포자기할 리가 없어. 적어도 지금은 자포자기하지 않았어. 아무튼, 내가 기억 장애 때문에 제대로 장도 볼 수 없게 된 건가? 그건 말이 안 돼. 아무리 기억에 문제가 있다고 해도, 장을 보러 갈 때 메모 정도는 가져갔을 텐데.

니키치는 혹시 다른 이유가 있는지 곰곰이 생각해 보았다.

아, 일단 뭐든 먹자. 배고프면 머리도 잘 안 돌아가니까.

바로 그때, 현관의 벨이 울렸다. 방 안에 있는 현관 모니터에 방문자의 모습이 비쳤다. 그 방문자는 나이가 지긋해 보이는 노인으로 니키치는 처음 보는 얼굴이었다. 하지만 상대는 니키치를 알고 있을 수도 있다. 그것을 확인하려면 직접 얘기해 보는 수밖에 없었다.

어떻게 하지? 솔직히 지금은 아무도 없는 척하고 밥을 먹고 싶은데……. 그래, 이 노인은 나에 관해 뭔가 알고 있을지도 몰라. 물론 아닐 수도 있고. 어느 쪽인지는 모르지만 모처럼의 기회를 놓치면 후회할지도 몰라. 후회해봤자 몇십 분 후면 사라지겠지만 말이야.

"누구세요?"

니키치는 인터폰의 스위치를 누르며 물었다.

[나야, 오카자키 도쿠사부로.]

말하는 걸 보니 나를 아는 것 같긴 한데…….

잠시 망설이던 니키치는 솔직하게 말하고 상대의 반응을 보기로 했다.

"저……, 죄송합니다만 저는 당신을 모릅니다. 기억에 문제가 있거든요."

[이런, 오늘은 벌써 알아차린 거야?]

도쿠사부로라는 노인은 실망한 표정을 지었다.

"제가 전향성 기억 상실증이라는 것을 알고 계신가요?"

[그럼 알지. 하지만 그 사실을 스스로 알아차렸다면 오늘은 그냥 돌아가도 될까?]

"잠깐만요."

니키치는 황급히 현관으로 달려가서 문을 열었다. 잠금 장치를 푸는 것은 몸이 기억하고 있는 듯했다.

노인은 이미 저쪽으로 걸어가고 있었다.

"잠깐만요. 저……, 오카자키 씨."

"어? 왜?"

노인은 걸음을 멈추고 뒤를 돌아보았다.

"어르신은 저에게 무슨 볼일이 있으신 건가요?"

"아~ 있었는데, 오늘은 됐어."

"그게 무슨 말씀이시죠? 오늘은 됐다니."

"얘기해봤자 소용없어. 뭔가 다른 일을 하다 보면 한 시간도 안 돼서 잊어버릴 걸."

"그 말씀 들으니 왠지 서글퍼지네요."

"그렇겠지. 하지만 그것도 곧 잊을 거야."

"오카자키 씨는 저를 잘 아는 분이신가요?"

"그냥 도쿠 씨라고 해도 돼. 남들이 항상 그렇게 부르거든."

"도쿠 씨……. 그러고 보니 들어 본 것 같기도 하고 아닌 것 같기도 하고."

"이제 됐지?"

도쿠 씨는 다시 뒤돌아서 걷기 시작했다.

"잠깐만요, 물어보고 싶은 것이 더 있어요."

"뭔데? 어서 말해 봐. 나는 자네와 노닥거릴 정도로 시간이 남아도는 사람이 아니거든."

"바쁘신데 일부러 저를 찾아와 주신 건가요?"

"그래. 솔직히 말하면 자네가 스스로 알아차렸기 때문에 바빠진 것이지만 말이야."

"바쁘신 것이 저하고 관련이 있다는 말씀이신가요?"

"뭐, 그렇다고 할 수 있지."

"그렇다면 꼭 알고 싶어요. 도대체 무슨 일이 그렇게 바쁘시죠?"

"그래, 좋아. 알려주지. 나는 소일거리를 찾느라 바쁜 사람이야. 그래서 여기서 농땡이 부릴 여유가 없어."

니키치는 이 노인하고 정상적인 대화를 할 수 없을 것 같다는 생각을 했다.

"만약, 제가 전향성 기억 상실증이란 걸 알아차리지 못하고 있었다면 어떻게 하실 생각이셨나요?"

"특별한 거 없어. 그것도 역시 소일거리가 되겠지. 일종의 자원봉사라고 해야 할까."

"자원봉사?"

니키치는 노인이 무슨 말을 하는 건지 전혀 이해할 수 없었다.

"그래. 그냥 자네의 말 상대나 하는 게 다지만."

"말 상대요? 하지만 조금 전에 저와 노닥거릴 시간 없다고 하셨잖아요?"

"그렇지, 이미 자신에 대해 알아차렸다면 의미가 없으니까."

"제 증상을 알아차리게 하는 것이 목적이었나요?"

"그런 것도 포함되어 있다고 할 수 있지."

"그냥 얘기해 주면 되는 거 아닌가요? '자네는 전향성 기억 상실증이야.'라든가, '그 노트를 읽어 봐.'라든가."

"한마디로 끝내면 재미가 없잖아."

"그게 무슨 의미죠? 재미로 저랑 대화하신다고요?"

니키치는 어리둥절한 표정을 지었다.

이 영감, 계속 이상한 소리만 하네.

"특별한 의미는 없어. 어느 정도 여유가 필요하다는 얘기지."

"그러니까, 바로 알려 주지 않는다는 말씀이죠?"

"그렇지."

"빙빙 돌려서 얘기하시는 건가요?"

"오늘은 자네가 질문하는 역이 되었군. 그것도 나름대로 재밌겠네."

"그럼 평소에는 도쿠 씨가 질문하시나요?"

노인은 고개를 끄덕였다.

"제가 전향성 기억 상실증이라는 것을 알면서?"

도쿠 씨는 싱글벙글한 얼굴로 고개를 끄덕였다.

이게 무슨 소리야. 기억을 유지할 수 없는 사람에게 질문을 하다니. 내게 남아있는 기억은 증상이 생기기 이전의 것뿐인데. 이 노인은 몇 번이고 나에게 질문을 해서 이미 그 답을 알고 있을 거야. 그에 반해서 나는 질문을 했다는 사실조차도 기억하지 못하니……. 이러는 이유는 하나밖에 없어. 도쿠 씨는 답을 얻기 위해서 질문한 것이 아니라 질문하는 것 자체가 목적이었던 거야. 그런데 왜 그런 짓을?

니키치는 노인의 얼굴을 다시 한 번 보았다.

재미? 좀 전에 그렇게 말했지. 그런 거였어?

"도쿠 씨는 저의 기억 장애를 놀리며 즐기고 있었군요."

니키치는 부글부글 끓어오르는 기분이었다.

"즐기고 있다는 것은 맞지만, 놀리고 싶은 생각은 없어."

"그게 무슨 뜻이죠?"

"일종의 게임 같은 거라고 보면 돼. 내가 자네에게 과제를 주고 자네가 푸는 거지."

"게임이란 것을 저도 인식한 상태에서 하는 건가요?"

"아니, 게임이란 것을 알아차릴 수 있는지도 게임의 목적 중 하나야."

"무슨 말씀인지 통 모르겠어요."

"일종의 역할 게임이지. 내가 수수께끼를 내고 자네가 답을 찾는 거야. 그런 과정 속에서 자네가 자신의 증상을 알아차리게 되는 거지."

"뭔가 복잡하게 들리는군요."

"아니야. 직접 해 보면 단순해."

"하지만 그건 좀 심한 거 아닌가요?"

"심하다고?"

"네, 저는 게임기가 아니잖아요."

"알고 있어."

"어쨌든 도쿠 씨는 수시로 여기에 와서 게임을 하신다는 얘기로 들리네요."

"자네하고 같이하는 거지."

"저는 별로 즐겁지 않았을 것 같은데요."

"아닐 걸. 수수께끼를 풀 때 자네 눈이 빛나던데?"

"도쿠 씨가 그렇게 생각한 것일 뿐일 수도 있잖아요."

"그렇다면 자네는 어떤 삶이 좋지? 매일 수수께끼를 푸는 스릴로 자극을 주는 삶인가, 아니면 우울함에 빠져 자신의 증상을 한탄하며 대부분의 시간을 방에 틀어박혀서 사는 삶인가."

"그럼 이곳에 오셔서 게임을 하는 것은 저 때문이라는 말씀인가요? 그런 식으로 자원봉사를 하시는 건가요?"

"그렇다고 했잖아. 물론 나 자신도 즐기고 있는 거지만, 그렇다고 즐기면서 자원봉사를 하면 안 된다는 법은 없잖아."

이 노인의 말이 정말일까? 과연 이 말을 믿어도 괜찮은 걸까?

니키치는 노인의 얼굴을 찬찬히 들여다보았다. 눈이 마주치자 노인은 히죽 웃었다. 니키치는 오싹한 기분이 들었다. 왠지 노인의 눈동자 속에서 끝을 알 수 없는 어둠을 들여다본 느낌이 들었기 때문이었다.

안 되겠다. 더 이상 이 노인과 엮이지 말아야겠어. 이러다가 안 좋은 일이 생길 것 같은 느낌이…….

"이제 그만 가 주세요."

"가라고?"

"네, 가시라고요."

"알았어. 쌀쌀맞긴. 내가 아까부터 간다고 했잖아. 불러 세운 건 자네야."

"그리고 더 이상 오지 마세요."

"그건 약속 못 하겠는데."

도쿠 씨는 미소를 짓더니 돌아서서 아파트 복도 저쪽으로 걸어갔다.

니키치는 문을 닫자마자 그 자리에 쭈그려 앉아서 손으로 얼굴을 감쌌다. 한참 동안 그러고 있다가 문득 떠오른 게 있어서 노트를 집어서 펼쳤다.

'도쿠 씨라는 노인을 조심해라.'라고 쓰려고 펜을 들었다가 손을 멈추었다.

정말로 도쿠 씨는 자신의 즐거움을 위해 나를 이용한 것일까? 만약 그의 말대로 그 게임이 나의 답답한 삶에 유일하게 자극을 주는 것이라면…….

니키치는 노트 앞에서 생각에 잠겼다.

잠시 후 현관 벨이 또 울렸다.

도쿠 씨가 다시 돌아온 건가? 절대로 방에 들이지 말아야지.

현관 모니터를 보니 이번에는 어떤 여자였다. 얼핏 여자 같다는 느낌은 들었지만 확신할 수 없었다. 밋밋하고 길쭉한 그 얼굴은 마치 남자가 여장을 하고 있는 것 같기도 했다. 눈은 작고 동굴같이 생겼고, 키는 상당히 커 보였다.

나이 역시 짐작하기 어려웠다. 30대라고 하면 그런 것 같기도 했고, 50대라고 한다면 또 그렇게도 보였다. 피부색은 흙빛이었지만 반들반들하게 기름기가 돌았다.

니키치는 알 수 없는 강한 불안감을 느꼈다. 혹시 조금 전에 왔던 도쿠라는 노인 때문일지도 모른다는 생각이 들었다. 하지만 그 안에는 단지 그것 하나 때문이라고 잘라 말할 수 없는 어떤 본능적인 공포감이 있었다.

집에 아무도 없는 척하고 있어야겠다.

니키치는 그렇게 결심하고 가만히 있었다. 하지만 여자는 그 자리를 떠나지 않았다. 30초 정도 후에 다시 벨을 울렸다. 그래도 무시하고 있었더니 20초 후에 또 울렸다. 니키치는 계속 무시했다.

하지만 여자는 계속해서 벨을 눌렀다. 시간이 흐르면서 벨을 누르는 간격이 점점 짧아졌다. 처음에는 20초 간격이었는데 10초가 되고, 5초가 되더니 2초가 되었다. 그러다가 결국에는 연속해서 벨이 울렸다. 그런 식으로 10분이나 계속해서 울렸다. 니키치는 말로 표현할 수 없는 공포와 전율을 느꼈다.

도대체 어쩔 생각이지?

니키치는 그래도 계속해서 무시하면서 모니터를 보고 있다가 깜짝 놀라며 가슴이 철렁했다. 여자가 문에 있는 카메라를 향해 시선을 휙 돌리더니 밋밋한 얼굴을 들이민 것이다. 그 여자의 눈 주위가 초점이 맞지 않은 상태로 화면에 가득 차 있었다. 마치 카메라를 통해서 이 방안을 들여다보려고 안간힘을 쓰고 있는 것 같았다.

물론 그 카메라를 들여다본다고 도어스코프나 열쇠 구멍처럼 내부를 볼 수 있는 것은 아니었다. 하지만 이 여자는 아무래도 그런 것을 전혀 모르는 눈치였다. 니키치는 계속 모르는 척하고 있자고 굳게 마음먹었다.

그런데 여자가 갑자기 카메라 부근을 쿵쿵 두드리기 시작했다.

"문 열어!!"

여자가 괴성을 질렀다.

"안에 있는 거 다 알아!!"

여자의 목소리라고 하기엔 좀 굵직한 느낌이었다. 얼핏 여자의 이빨이 짐승의 이빨처럼 뾰족하게 보였다.

이를 어쩌지. 이웃들과 친분 같은 건 없겠지만, 여기서 계속 살려면 그들을 불편하게 만드는 일은 피해야 할 텐데. 문 앞에서 저렇게 소리를 지르게 두면…….

니키치는 어쩔 수 없이 인터폰의 스위치를 눌렀다.

"그만 좀 두드리세요. 그러다 고장 납니다. 그리고 시끄럽게 소리 좀 지르지 마세요."

[역시 집에 있었네.]

"죄송합니다. 하던 일을 멈출 수가 없어서……."

[변명은 됐고, 어서 문 열어.]

"죄송하지만, 문을 열어 드릴 수는 없습니다. 저는 당신이 누구인지 모르거든요."

[나야. 설마 내 얼굴을 잊어버린 건 아니겠지?]

수상한데. 만약 이 여자가 정말로 나를 알고 있다면, 내가 기억 상실증에 걸렸다는 것 정도는 알고 있어야 하는 거 아냐?

"죄송합니다. 저는 정말 당신을 모릅니다."

[정신 나간 소리 그만해! 여자 친구도 기억 못 해?]

여자 친구? 이 여자가 내 여자 친구?

니키치는 자신과 이 여자가 사귀고 있는 모습을 상상해 보려고 했다. 하지만 혐오감이 느껴져서 도저히 상상이 안 되었다.

이 여자의 말이 사실일 가능성도 있겠지만 만약 정말 사귀고 있는 사이라면, 만날 때마다 기억력에 문제가 있는 나와 상당한 갈등이 있었을 거야. 그런데 그것을 인식하지 못한다는 건 확실히 수상해.

"다른 사람하고 착각하고 있으신 건 아닐까요? 저는 타무라입니다."

[타무라. 그래, 타무라. 나는 타무라와 사귀고 있어.]

아차, 무심코 이름을 말해 버렸네.

"타무라 뭔가요?"

[뭐?]

"제 이름을 묻는 겁니다."

[그러니까, 타무라라고 했잖아.]

여자는 입을 반쯤 벌리고 색색거리며 거친 숨소리를 내고 있었다. 그 모습이 마치 혀를 내밀고 헐떡거리는 개의 모습 같았다.

"성 말고, 제 이름을 묻고 있는 것입니다."

[자신의 이름도 몰라?]

"물론 알고 있죠."

[그럼 왜 나한테 그걸 물어보는 거지?]

"당신이 저를 알고 있는지 확인하는 것입니다."

[물론 잘 알고 있지.]

"그렇다면 어서 제 이름을 말해 보세요."

[말하고 싶지 않아!]

"네?"

[말하고 싶지 않다고!]

"역시 저를 모르시는군요."

[알고 있다니까!]

여자의 입에서 침이 튀었다.

"역시 모르시는군요. 남자 친구의 이름도 모르는 게 말이 된다고 생각해요?"

[그건……, 우리들가 보통 사람이 아니기 때문이야.]

“보통 사람이 아니라니 무슨 뜻인가요?”

[사실, 우리라기보다는 당신만 그런 거지만.]

“제가 어떻게 보통 사람이 아닌가요?”

[당신은 절대로 자신의 이름을 알려 주지 않았어.]

“제가요?”

[그래.]

“갑자기 말이 이상해지네요. 그리고 제가 왜 이름을 알려 주지 않았죠?”

[나도 몰라. 왜 내가 당신에 대한 것을 알려 줘야 하는 거지?]

니키치는 역시 이상하다는 생각이 들었다.

이 여자가 거짓말을 하고 있다면 들통 날 것이 뻔한데 왜 내 앞에서 내가 자기 남자 친구라는 둥 말도 안 되는 소리를 하는 거지? 설마 그게 사실인 건가? 아니 잠깐, 다른 가능성도 있어. 이 여자는 나의 전향성 기억 상실증을 알고 있고, 그것을 이용해서 나를 속이려고 하는지도 몰라.

“이름을 안 알려 줬다면 당신은 항상 저를 애칭 같은 것으로 부르고 있었나요?”

[어……, 뭐 그렇다고 볼 수 있지.]

“어떤 애칭인가요?”

[자신의 애칭도 몰라?]

“이번에도 당신이 아는지 묻는 겁니다. 항상 저를 애칭으로 불렀다면 당연히 알고 있는 게 맞겠죠?”

[당신은 애칭 같은 거 안 알려 주는 사람이야.]

“네?”

[뭐가 네야. 빨리 문이나 열어.]

“저를 애칭으로 불렀다고 하셨잖아요.”

[그랬었나?]

“그랬어요.”

[그래서 뭐?]

“그렇다면, 제 애칭을 알고 있을 거 아닙니까.”

[그건…… 그런 거야.]

“어떤 건가요?”

[그러니까…… 그런 식으로 불렀다는 거지.]

“그런 식?”

[그래.]

여자는 억지를 부렸다.

“그렇다면 실제로 저를 어떻게 부르고 있나요?”

[타무라라고 했잖아.]

“네? 제 성을 애칭처럼 불렀다는 건가요? 그것도 반말로?”

[요즘 사귀는 사이는 다들 그런 식으로 불러.]

“성을 애칭으로 부른다구요?”

[그래.]

"어쩌다가 그렇게 된 건가요?"

[알았어. 설명해 줄 테니까 당장 문 열어.]

"당신이 설명해 주지 않아도 이미 제가 알고 있어야 하는 거 아닌가요? 어째서 설명할 필요가 있는 거죠?"

[…….]

이 질문은 이 여자가 나의 기억 장애를 알고 있는지를 떠보는 것이었다.

[그건…… 당신이 모르고 있는 것처럼 말해서 내가 그냥 맞춰 준 거야.]

지금 말장난하자는 건가?

"그렇다면 당신의 이름을 말해 보세요."

[어째서 내 이름을 알려 줘야 하는 거지?]

"사귀는 사이라면서요."

[그래, 하지만 이미 알고 있으니까 말할 필요가 없어. 그러니까 알려 주지 않을 거야.]

"모순이군요. 당신은 저의 이름을 모르고, 저는 당신의 이름을 모른다? 그게 어떻게 사귀는 사이죠?"

[당신은 내 이름을 알고 있다니까.]

"그럼 말해 보라니까요."

[내 이름은…… 나츠키.]

역시 처음 듣는 이름이었다.

"성이 아니고 이름인 거죠?"

[그래.]

"그럼 성은요?"

[그건 알려 주지 않을 거야.]

"왜요?"

[알려 줄 필요가 없으니까.]

"당신은 나를 성으로 부르면서 당신의 성은 나한테 알려 주지 않겠다? 요즘 사귀는 사이는 다 그렇게 부른다면서요."

[남자와 여자는 달라.]

이건 또 무슨 소리야.

"말도 안 되는 소리 그만하고 가세요."

니키치가 단호하게 말하고 인터폰을 끊자 여자의 얼굴이 격한 분노로 가득 차면서 몸을 부들부들 떨었다.

"문 열라고!!"

화가 폭발한 여자는 문을 발로 차기 시작했다.

이런 식으로 나온다면 할 수 없지.

니키치가 문에 대고 말했다.

"경찰 부를 겁니다."

"뭐?"

"경찰에 신고할 거라고요."

“무슨 소리야. 그럼 안 되지.”

“지금 전화할 겁니다.”

“그건 연인 사이에 반칙 아니야?”

“여보세요? 경찰이죠?”

실제로는 전화를 걸지 않았지만, 니키치는 통화하는 척했다.

“알았어. 그럼……, 다음에는 법정에서 만나면 되겠네.”

여자는 협박하듯 한마디 내뱉고 뒤돌아섰다. 그리고 몇 걸음 걸어가는가 싶더니, 휙 하고 다시 이쪽을 돌아보았다. 그리고 누런 이를 드러내며 시익 웃었다.

4

키라는 찻집 안에서 창밖을 보고 있었다. 길거리의 사람들 중 먹잇감을 찾고 있었던 것이다. 그가 찾는 적당한 표적은 돈도 어느 정도 있어 보이면서 빈틈이 있는 사람이었다.

물론 빈틈없어 보이는 사람이라도 '초능력'을 사용하면 억지로 빈틈을 만들 순 있다. 하지만 그럴 경우는 쉽게 처리할 수 있는 일도 필요 이상의 수고가 요구된다.

돈이 많으면 더 수월하겠지만 돈이 없는 사람이라도 돈을 짜낼 수 있다. 남자라면 막노동을, 여자라면 몸을 팔아서라도 돈을 가져오게 만들 수 있다. 필요하다면 범죄에 가담시킬 수도 있을 정도로 마음만 먹으면 무슨 일이든 가능하다.

하지만 키라는 일이 번거로워지는 건 싫었다. 가짜 기억을 만드는 데 실패하거나 기억이 앞뒤가 안 맞으면 수습하는 것이 보통 귀찮은 게 아니기 때문이다. 그러니까 만만한 상대를 찾는 것이 가장 좋다.

때마침 점잖은 인상에 잘 차려입은 직장인이 천천히 길을 걷고 있었다. 키라는 그를 따라 시선을 옮겼다. 천천히 걷고 있는 것을 보니 시간적 여유도 있는 듯했다. 말을 걸었다가 무시당할 가능성도 적어 보였다.

좋아, 저놈으로 하자.

키라는 계산대 앞으로 가서 점원의 어깨에 손을 올렸다.

"나는 이미 돈을 냈다."

점원은 순간 눈을 부릅뜨더니 빠르게 깜박거렸다.

"감사합니다."

그는 키라에게 고개를 숙이며 인사했다.

찻집을 나온 키라는 곧바로 목표 대상의 뒤를 쫓았다.

"야, 오랜만이다!"

키라는 등 뒤에서 친한 사람처럼 그에게 말을 걸었다. 남자가 뒤돌아서 의아한 표정으로 키라의 얼굴을 봤다. 처음 보는 사람이 갑자기 반말로 아는 척을 하니 당연한 반응이었다.

하지만 대개의 경우, 모르는 사람이 아는 척을 하면 즉시 그것을 부정하지 못한다. 상대가 친한 사람처럼 말을 걸어 올 때는 먼저 자신의 기억을 의심하게 되기 때문이다. 남자 역시 어떻게든 기억을 떠올려 보려고 하는 것 같았다.

"어? 설마 내가 기억나지 않는 건 아니겠지?"

키라는 악수를 청하는 손을 내밀었다. 그러자 남자가 애매한 표정으로 미소를 지으며 자신의 손을 내밀었다.

역시 예상대로 만만한 인간이었어.

악수를 한 순간, 키라가 말했다.

"나는 네 생명의 은인이야."

남자는 눈을 크게 부릅뜨더니 빠르게 깜박거렸다.

이 정도로는 아직 정보가 부족할 것이다. 하지만 눈앞에 있는 사람이 생명의 은인이라는 확신을 가지게 되면 나머지는 본인의 뇌가 적당히 앞뒤가 맞는 기억을 만들어 낸다. 인간의 기억 원리는 그렇게 되어 있다. 모든 것을 자세하게 기억하는 것이 아니라, 핵심이 되는 키워드 같은 것으로 압축해서 기억하고 있는 것이다. 다시 떠올릴 때는 그 핵심을 바탕으로 정합성이 있는 기억을 형성한다.

때문에 기억은 쉽게 헷갈릴 수 있다. 예를 들어 중학생 때 있었던 일로 알았는데 사실은 고등학생 때의 일이라든가, 어떤 친구와의 대화 내용을 다른 친구와 한 얘기로 잘못 기억하고 있다든가, 첫 데이트 장소에 관해 연인 사이에 서로 다르게 기억하는 경우가 있는데, 다 그런 기억의 성질 때문이다.

하지만 정보량을 너무 짜내는 것도 문제이다. 아무리 키라가 생명의 은인이라고 해도, 기억으로는 무수한 상황을 생각할 수 있기 때문이다. 게다가 엉성한 키워드를 썼다가는 대화 내용이 뒤죽박죽될 가능성이 있다. 그래서 키라는 조금 더 상황을 덧붙이기로 했다.

"네가 멍하니 있다가 전차 역의 홈에서 떨어졌었잖아. 하마터면 전차에 치여 죽을 뻔한 걸 내가 뛰어내려 가서 너를 구해 줬는데. 3년 전에 말이야."

남자가 또 눈을 크게 부릅떴다.

"아 네, 물론 기억하고 있습니다. 그때는 정말 감사했습니다."

즉각 남자의 얼굴이 환한 표정을 지었다. 그리고 친근한 눈빛으로 키라를 바라보았다.

감사받는 기분도 나쁘지 않은데?

"그동안 어떻게 지냈어?"

"덕분에 건강하게 잘 살고 있습니다."

"그래? 잘살고 있다니 좋네."

키라가 웃었다.

"그나저나, 이런 데서 또 만나다니 뜻밖이네."

"그러게 말입니다. 한번 감사 인사 드리러 가야겠다고 생각하고 있었어요. 그러니까 사시는 곳이……."

남자가 고개를 갸웃했다. 키라는 남자의 팔꿈치를 슬쩍 잡았다. 남자는 이번에도 눈을 크게 부릅떴다.

"나는 네게 이름도 주소도 알려 주지 않았어."

"맞다. 알려 주시지 않으셨죠. 지금이라도 성함과 주소를 알려 주시면 안 될까요?"

"어째서 내 이름과 사는 곳 주소가 알고 싶은 거지?"

"그러니까…… 감사 표시를 하고 싶어서요."

"감사 표시? 감사 표시라면 지금 해도 돼."

"지금요?"

남자는 당황한 표정을 지었다.

"그래, 지금 말이야. 왜, 지금은 바빠?"

"네, 그게…… 지금은 좀 급한 일로 어디를 가던 중이라. 30분 안에 그곳에 가지 않으면 안 되는 중요한 일이거든요."

뭐야. 천천히 걷고 있기에 한가한 줄 알았더니.

"미안하지만, 거기 가는 건 좀 보류해 줘."

"아, 죄송하지만 그건 좀 어려울 것 같습니다. 나중에 제가 다시 찾아뵙고……."

남자는 곤란스러운 표정을 지었다.

"내가 지금이라고 하잖아!"

키라의 말투가 갑자기 거칠어졌다. 갑작스러운 태도 변화에 놀란 남자의 눈이 휘둥그레졌다. '생명의 은인'이라는 조작된 기억에서 뇌가 멋대로 만들어 낸 키라의 이미지로 볼 때, 눈앞에 있는 키라의 언동이 너무나도 그것과 동떨어져 있기 때문에 혼란이 온 것이다. 하지만 키라에게 그런 건 아무래도 상관없었다.

"그 급한 일이 뭔지 모르지만, 내가 목숨을 구해 주지 않았다면 지금의 네가 없으니 다 소용없는 거 아니야?"

"물론 그렇죠."

"그럼 내가 하라는 대로 해."

"정말 지금이 아니면 안 되는 건가요?"

"무슨 뜻이지?"

"솔직히 저는 우연히 당신을 여기서 만난 것뿐, 약속을 했던 것도 아니잖아요."

남자는 당황스러운 표정으로 조심스럽게 따졌다.

"뭐라고? 내가 널 구해준 게 하나도 고맙지 않다는 거야?"

"그런 뜻이 아닙니다. 하지만 이 일은 상당히 중요한 겁니다. 만약 잘못되면 일자리를 잃게 될지도 모릅니다. 저에게는 부양해야 할 가족도 있어요."

"네 사정 따위 알 게 뭐야!! 다시 말하지만, 내가 너를 구해 주지 않았으면 일이 어쩌고 가족이 어쩌고 그런 말, 할 수 있을까? 이미 죽어 버렸을 텐데?"

키라는 마구 쏴붙였다.

"그야…… 못하죠."

"그럼 잔말 말고 시키는 대로 하란 말이야. 지금은 사정이 어쩌고 그런 소리 집어치워!"

"네……."

남자는 고개를 떨궜다.

어지간히도 순종적인 성격 같군. 그래도 또 거스르면 초능력을 한 번 더 써야겠지. 또 써도 나한테는 문제없지만, 단기간에 너무 자주 쓰면 이 인간의 머리가 이상해져서 귀찮아질 수 있어. 그러니까 가능하면 횟수는 적게 하자.

"원하시는 것이 뭔가요?"

"돈이야."

"돈?"

"나는 지금 가진 돈이 없어. 그런데 갑자기 돈 쓸 일이 생겼거든."

"얼마나 필요하신데요?"

"지금 얼마나 가지고 있지?"

"네?"

"지갑을 꺼내 보란 말이야."

남자는 싫는 표정을 지었다.

거참, 귀찮아 죽겠네.

키라는 남자의 이마에 손을 댔다.

"너는 내가 명령하면 뭐든지 할 것이라고 결심했어. 목숨까지 바칠 생각이야."

남자가 눈을 부릅떴다. 그런데 이번에는 잠깐이 아니라 10초 정도 그 상태로 있다가 갑자기 가벼운 경련을 일으켰다. 기억을 개편하는 데 저항이 생길 경우에는 이처럼 시간이 걸린다.

지갑 속을 보여 주기가 꽤나 싫은 모양이군. 그래도 상관없어.

남자가 갑자기 구토를 하면서 옷에 토사물이 묻어 범벅이 되었다. 키라는 싸늘한 표정으로 그를 쳐다보았다.

"하악 하악……."

다 토하고 나자 남자는 어깨를 들썩이며 헐떡였다.

"이제 다 토했어?"

"네."

"그럼 지갑 내놔."

남자는 조용히 지갑을 꺼냈다. 키라는 그것을 낚아채더니 안을 마구 뒤졌다. 지폐가 몇 장 나왔다.

"뭐야, 이거. 별로 없잖아."

키라는 그 지폐들을 전부 꺼내서 자신의 주머니에 쑤셔 넣었다.

"현금 카드는 없어?"

"죄송합니다. 평소에는 가지고 다니지 않아서요. 집에 가면 있습니다만."

"네가 집에 가서 카드를 가져올 때까지 기다릴 수는 없고. 신용 카드는 있어?"

"네."

"꺼내 봐."

"우웩~!"

남자는 위액까지 토해 내더니 카드를 정기권 케이스에서 꺼냈다. 키라는 주위를 둘러보다가 현금 인출기를 발견했다.

"따라와."

남자는 터벅터벅 걸어서 키라의 뒤를 따랐다.

"저기 가서 최고 한도액으로 뽑아 와."

"네."

남자가 인출기에서 뽑은 지폐를 가져오자 키라는 그 돈을 낚아채더니 주머니에 넣었다.

"음……, 좀 더 있었으면 좋겠는데. 대부 업체 가서 돈을 더 구해 와."

"네?"

남자는 식은땀을 흘렸다. 이성이 기억을 상대로 있는 힘껏 저항을 하고 있는 것이다.

"너, 지금 면허증 가지고 있지?"

"네."

"좋아. 그걸로 빌릴 수 있는 대로 빌려 와."

"도대체 그 많은 돈을 어디에 쓰시려는 건가요?"

"생명의 은인이 원하는 거야. 이유 같은 건 묻지 마."

남자가 대부 업체에서 나오자마자 키라는 돈뭉치를 받았다.

일단 이만큼만 할까.

"이제 뒤로 돌아."

"네."

키라는 남자의 머리에 손을 올렸다.

"너는 나의 얼굴도 목소리도 기억하지 못해. 오늘 나를 만난 후 지금까지 있었던 모든 일들은 잊는 거야."

남자는 한동안 눈을 부릅뜨고 경직된 상태로 있다가 털썩 무릎을 꿇었다. 그리고 잠시 후 자리에서 일어서더니 어리둥절한 표정으로 주위를 둘러봤다. 이어서, 자신의 옷이 토사물이 묻어 더러운 상태가 된 것을 발견하고는 깜짝 놀랐다.

무언가 생각난 듯 시계를 본 남자가 비명을 질렀다. 그러다 급히 핸드폰을 꺼내 전화를 걸었다.

"죄송합니다. 가는 길에 갑자기 의식을 잃어버린 것 같습니다. 정신을 차려 보니 시간이 이렇게 되었습니다."

남자는 핸드폰을 붙잡고 쩔쩔맸다.

"네?! 죄송합니다. 지금 바로 찾아뵐 테니 부디 그것만은……. 그렇게 되면 저는 더 이상 회사에서 일을 할 수 없게 됩니다. 그러니 제발……."

상대방이 일방적으로 전화를 끊은 듯했다. 한동안 멍하니 있던 남자는 갑자기 어딘가를 향해 있는 힘껏 뛰기 시작했다.

5

기타가와 화법 교실

눈앞에 있는 문에는 그렇게 쓰여 있었다. 니키치는 심호흡을 하고 손에 들고 있는 노트를 펼쳤다.

※ 나는 기타가와 화법 교실에 다니고 있다.

내가 화법 교실에 다니고 있다고?

니키치는 멍하니 교실 문을 바라보았다.

이 상태로 뭘 배우러 다닌다니. 내가 할 수 있는 건 고작해야

책을 읽는 정도잖아. 배운 건 바로 잊어버릴 것이고.

※ 화법 교실에 다니고 있는 이유에 대해서는 38페이지를 읽어 보든지 선생님에게 직접 물어보면 알 수 있다.

상대방은 나를 알고 있는데 나는 상대방을 모를 거 아냐. 그런 사람과 대화를 하면 상당한 스트레스가 쌓일 텐데……. 일단 노트를 읽어 보자.

"어머, 타무라 씨. 벌써 오셨어요?"

그때 등 뒤에서 어떤 여성의 목소리가 들렸다. 니키치가 뒤를 돌아보니 처음 보는 여자가 서 있었다.

"아, 죄송합니다. 그러니까…… 저는……."

니키치는 어떻게 말해야 할지 몰라서 망설였다.

"걱정 안 하셔도 됩니다. 당신의 병에 대해서는 이미 알고 있어요. 화법 교실의 강사, 기타가와 교코입니다."

여자가 미소를 지었다. 연령은 30대 중반 정도. 뛰어난 미인은 아니지만 병아리를 연상시키는 귀여운 얼굴의 그녀는 니키치가 좋아하는 스타일이었다.

혹시 내가 이 여성을 만나는 걸 목적으로 이 교실에 다니는 건가? 설마……. 아무리 그렇다고 해도 이 상태로 연애를 하는 건 무모한 짓이야. 내가 그런 선택을 했을 리가 없어.

“이 교실에 다니는 이유는 읽어 보셨어요?”

교코의 물음에 니키치는 고개를 가로저었다.

“그럼 먼저 거기부터 설명할게요. 안으로 들어가세요.”

교실 안에는 책상과 의자가 몇 개, 그리고 화이트보드와 프로젝터, 카메라, 컴퓨터 등이 있었다.

“그쪽 의자에 앉으세요.”

니키치는 일단 의자에 앉았다.

“타무라 씨가 여기에 오시게 된 건, 병원의 대합실에서 호조 씨로부터 이 교실에 대해 듣게 되었기 때문으로 압니다.”

“호조 씨?”

“네, 호조 씨요.”

“죄송합니다. 이상한 질문처럼 들리실지 모르겠지만, 호조 씨가 누군가요?”

“전혀 이상하게 들리지 않는데요. 호조 씨는 당신을 아시는 분입니다. 같은 병원에 다닌다고 하셨어요.”

“그 사람도 저와 같은 병인가요?”

“그분도 지병은 있으신 것 같은데요. 당신과 같은 증상은 아닌 것 같습니다.”

“저랑 아는 사람이라……. 만나면 제가 알아볼 수 있을까요?”

“그 노트에 특징이 쓰여 있다면 알아 볼 수 있지 않을까요?”

“한눈에 알 수 있는 외관의 특징만을 문장화하여 구별하기는 쉽지 않을 거 같아요."

"듣고 보니 그렇군요."

니키치는 한숨을 내쉬었다.

"따지고 보면 선생님도 제가 아는 분이잖아요. 세상에 이렇게 번거로운 인생이 어디 있을까요."

"네. 번거로울 것 같네요. 하지만 당신은 도전을 시작했어요."

"도전?"

"자신을 표현하기 위한 새로운 능력을 습득하는 도전이죠."

"습득요? 그건 저로선 불가능한 일 아닌가요?"

"아뇨, 당신이 그것을 깨달은 것 같다고 들었어요. 아, 깨달았다는 것보다는……. 호조 씨가 얘기해 준 건데요. 전향성 기억 상실증인 당신에게서 어떤 진전이 보였다고 했어요."

"진전요? 그건 진전이 아니라 단순한 변화가 아닐까요? 예를 들어, 전에 할 수 있었던 것을 할 수 없게 된다든가, 전에는 기억했던 것이 조금씩 사라져 간다든가 그런 거 말이에요."

"그런 게 아니라, 새로운 것을 할 수 있게 되었다는 말입니다."

"새로운 것이라고요? 믿어지지 않네요. 이런 제가 뭔가 새로운 것을 할 수 있게 되었다니……."

"타무라 씨, 이 기계가 뭔지 아시겠어요?"

교코는 주머니에서 액정 화면이 있는 장치를 꺼냈다.

"모르겠는데요. 음…… 제 짐작에는 핸드폰 아니면, 카메라 아니면, 음악 플레이어의 일종 같은데요."

"모두 정답입니다. 하지만 그중에 하나만 고르라면 핸드폰이라고 해야겠죠."

"지금 제가 말한 건 기억하고 있었던 것이 아니라, 모양이나 크기 등을 보고 추측한 것뿐입니다."

"기억하고 있다는 말씀을 드린 게 아닙니다. 타무라 씨가 이 기계가 무엇인지 모른다는 것을 확인한 것뿐입니다. 여기에 나온 문장이 보이십니까?"

액정 화면에는 백과사전의 기술 같은 것이 적혀 있었다. '절차 기억'이라는 항목의 첫머리 부분이었다. 교코는 니키치에게 그 기계를 건네주었다.

"이 글을 읽어 보세요."

"소리 내서 말입니까?"

"소리 내서 읽든 눈으로만 읽든, 어느 쪽이든 상관없습니다."

니키치는 소리 내서 읽는 것이 쑥스러워서 눈으로만 읽었다.

그렇구나. 수영하는 법이나 자전거 타는 법을 절차 기억이라고 하는 거구나. 그러니까 말로 표현할 수 없는 기억을…….

그 글에는 뇌에 장애가 있는 사람들에 대해 연구한 결과가 있었다. 니키치는 그다음이 궁금해서 손가락으로 화면을 밀어 넘겼다.

"보세요. 할 수 있게 되었잖아요."

"할 수 있게 되었다니, 뭐가요?"

"지금 화면을 밀어서 넘겼죠?"

"아, 그랬죠. 하지만 무의식적으로 한 행동일 뿐인데요."

"이 기계를 써 본 기억은 없으시죠?"

"네, 없습니다."

"그럼 어떻게 알고 밀어서 넘길 수 있었을까요?"

"그건 그냥 직감적으로 한 것 같습니다."

"TV든 컴퓨터든 무엇이든 상관없습니다. 이런 식으로 사용하는 기계를 알고 있나요?"

뭐였지? 화면을 직접 만지면서 조작하는 기계가…….

"현금 인출기같이 터치 패널이 사용된 것은 알고 있습니다만, 화면을 밀어서 넘기는 것은 모릅니다."

"글자를 확대해 보세요."

니키치는 그 말을 듣고 무심코 손가락 두 개를 벌려서 화면을 확대했다.

"이렇게 확대할 수 있다는 건 원래 알고 있었나요?"

"전혀 기억이 안 납니다. 그냥 손이 자기 멋대로……. 아, 그렇구나. 이것이 절차 기억이라는 건가요?"

"네, 맞습니다. 자신이 실제로 체험했던 추억의 에피소드, 사전적인 단어의 정의나 의미 등은 말로 기억하는 것이 가능합니다. 그것에 비해, 동작 자체의 기억인 절차 기억은 직접 해 보지 않고 말만으로는 기억하기는 어렵습니다. 몇 번이고 줄기차게 직접 실행하고 반복해야 비언어적인 절차를 기억할 수 있습니다."

니키치는 깊은 어둠 속에서 희미한 희망의 불빛을 발견한 기분이었다.

"몇 번이고 반복한다는 건 어느 정도의 횟수를 말하는 건가요?"

"그것은 사람에 따라 다릅니다. 당신은 자전거를 탈 수 있게 될 때까지 몇 번이나 넘어지셨나요?"

"음, 운동 신경은 어렸을 때부터 그렇게 좋지 않았어요. 저의 절차 기억은 그리 뛰어나지 않았던 것 같습니다."

희미한 불빛이 흔들리기 시작했다.

"하지만 전혀 가망이 없는 건 아닙니다. 니키치 씨는 열 번 정도 반복해서 스마트폰의 기본적 사용법을 익혔다고 호조 씨가 얘기해 줬어요."

"스마트폰?"

"이런 핸드폰을 스마트폰이라고 합니다."

"무슨 말씀을 하셔도, 저는 전혀 실감이 나지 않습니다. 이것으로 전화를 거는 방법조차 모르겠는데……."

"실제 사용 방법은 의미 기억이 엮여 있기 때문에 어려울 수 있습니다. 하지만 이렇게 하면……."

교코가 화면 위의 아이콘들 중 하나를 터치했더니 화면이 바뀌었다. 니키치는 반사적으로 새롭게 나타난 아이콘의 한 개를 터치했다. 화면에 사람 이름으로 된 목록이 나타났다.

"이건 뭐죠?"

"전화번호부예요."

"신기하네요. 어떻게 전화 거는지도 모르면서 화면을 보니까 손가락이 저절로 움직였어요."

"절차 기억은 언어화되지 않기 때문입니다. 그래서 언어를 통해 기억하는 것은 어렵습니다. 대신에, 감각적인 자극으로 기억할 수 있는 것입니다."

"그렇군요. 저에게도 새로운 것을 기억할 수 있는 방법이 있다는 얘기군요."

"그렇습니다. 그 노트에 메모하는 것을 통해, 유사 기억에 절차 기억을 더해서 당신은 좀 더 평범한 삶을 되찾으려 하고 있습니다."

"잠깐만요. 저에게 절차 기억의 능력이 남아 있다는 것은 이제 알겠습니다. 하지만 그것과 화법 교실이 어떤 연관성이 있는지 잘 모르겠습니다."

"왜요?"

"선생님께서 그러셨잖아요. 절차 기억은 언어화의 기억이 아니라고. 저는 언어화되는 기억은 못 하지만 절차 기억은 가능한 것 같다고."

"네, 그랬죠."

"그렇다면 화법 교실에 다닌다는 건 난센스 아닌가요? 저는 새로운 이야기를 기억할 수 없어서 화법 교실에서 배울 수 있는 게 없을 것 같은데."

교코는 미소를 지으며 말했다.

"니키치 씨가 새로운 이야기를 기억할 필요는 없습니다. 저는 이야기를 가르치는 것이 아니라, 화법을 가르치고 있습니다. 이야기의 내용은 뭐든지 상관없습니다. 옛날이야기도 좋고, 지금 생각하고 있는 것도 좋고."

교코의 장난기 어린 눈동자가 빛났다.

"그럼, 정확하게 화법이 뭔가요?"

"목소리나 표정의 사용법, 시선의 움직임 등을 포함해서 말을 하고 있을 때의 행동거지 전반을 말합니다."

"그렇군요. 화법이라는 것이 꼭 언어적인 정보를 말하는 건 아니군요."

"네. 그래서 니키치 씨도 화법을 습득할 수 있다고 생각하신 것 같습니다."

교코는 니키치를 안심시키려는 듯 천천히 고개를 끄덕였다.

"그런데 왜 저는 화법을 배울 생각을 했을까요?"

"기억의 장애가 있는 만큼, 커뮤니케이션 능력이 더 중요하기 때문이라고 하셨어요."

"제 입으로 그렇게 말했나요?"

"네. 맨 처음 이곳에 오셨을 때 그렇게 말씀하셨어요."

정말일까? 물론 사람에게 커뮤니케이션 능력은 필요하다. 그러나 평소 집에만 있고 외출이라면 겨우 식료품과 생필품을 사러 갈 때나 병원에 갈 때뿐인데, 과연 나에게 그 정도의 커뮤니케이션 능력이 필요한 것일까? 지금의 삶은 너무나 적적하다고 할 수는 있겠지만, 어차피 나는 새로운 것을 기억하지 못하니까 생활이 적적한지 아니면 충실한지조차도 기억할 수 없다. 그런 상황에서 생활을 충실하게 만드는 것이 과연 의미가 있다고 할 수 있을까?

니키치는 상대방이 불쾌하게 생각하지 않을 정도로 조심스럽게 교코의 얼굴을 바라보았다.

혹시 그 호조라는 사람이 이 선생님의 사진을 나에게 보여 준 것을 계기로 내가 여기서 화법을 배울 생각을 한 건 아닐까? 음, 그렇다면 이해할 수 있을 것 같다. 아마 나는 여기 올 때마다 이 선생님을 보고 한눈에 반하는 것을 반복했을 거야. 그녀는 나에게 아주 매력적인 여성이니까. 이것이 과연 행복일까 불행일까?

니키치는 다시 교코 쪽으로 시선을 돌렸다. 교코와 눈이 맞았다. 니키치는 황급히 눈을 피하려고 했지만, 그 전에 교코가 미소를 지었다.

일단 지금 이 순간만을 한정해서 보자면 조금은 행복한 것 같기도 하다.

"아직도 이해가 안 되시나요?"

교코의 얼굴에서 미소가 조금씩 사라지면서 걱정스러운 표정이 되었다.

선생님, 좀 더 미소 지어 주세요.

"아, 이해는 했습니다. 제가 그렇게 말했던 것이 기억나는 것 같기도 합니다."

"정말요?"

"아, 아니요."

니키치는 약간 당황한 표정을 보였다.

"죄송합니다. 엉겁결에 한 말입니다. 하지만 선생님의 이야기를 듣고 나 자신이 그렇게 말했다는 확신이 들었습니다."

"잘됐네요."

교코의 미소가 되돌아왔다.

"제가 매번 이런 식이었나요?"

"네, 그러셨어요."

"수업은 항상 이 설명에서부터 시작되는 건가요?"

"그렇죠."

"그럼, 매번 같은 얘기를?"

"매번 똑같은 건 아닙니다. 그날에 따라 전개가 바뀌기도 해요."

"제가 납득하지 못해서 화내는 경우도 있었습니까?"

"그런 적은 한 번도 없었습니다. 다만 초기에는 설명하는 데 시간이 좀 더 걸리긴 했어요."

"제가 좀처럼 이해하지 못했다는 말씀이신가요?"

"이해하지 못했다기보다는 혼란스러워하셨다는 편이 맞을 것 같네요."

"그럼, 최근에는 그때처럼 혼란스러워하지 않았나요?"

"그러게요. 최근에는 그러지 않으시네요."

"그건 저에게 변화가 생겼다는 말인가요?"

"타무라 씨의 변화라기보다, 어쩌면 제가 익숙해져서 인지도 모르겠네요."

니키치는 교코의 부드러운 표정을 바라보고 있으려니 뭔가 포근한 것에 감싸이는 것 같은 느낌이 들었다.

"익숙해졌다는 건, 저를 다루는 방법을 말씀하시는 건가요?"

"다루는 방법이라기보다는 이야기를 나누는 방법이라고 해야겠네요. 설명의 타이밍이나 순서를 니키치 씨의 반응에 따라 임기응변으로 대응하고 있거든요."

"그렇군요. 매번 번거롭게 해 드려서 죄송합니다."

"아닙니다. 이야기를 나누는 방법을 가르치는 것이 제 직업이잖아요. 게다가 이렇게 말씀드리는 것이 실례가 될지 모르겠습니다만, 이 경험은 저에게 큰 공부가 되고 있습니다."

"기억을 할 수 없는 사람에게 설명하는 일이요? 그런 상황을 접할 기회가 거의 없을 테니 별로 도움이 되지 않을 텐데요."

"저에게는 매번 처음 만나는 사람과의 대화 경험이 되죠. 이미 아는 사람이라면 경계심이 사라지면서 긴장하지 않고 이야기하게 되지만, 당신과는 항상 신선한 긴장 관계를 지속할 수 있으니까요. 물론 처음 만나는 사람과 대화하는 건 일상에서 자주 있는 일이긴 하지만, 그렇다고 연습을 하기 위해 일부러 모르는 사람을 찾아다닐 수는 없잖아요."

"그렇군요. 제가 도움이 되는 것 같아서 마음이 놓이긴 하네요. 조금 아쉽긴 하지만."

"매번 처음 만나는 긴장감 때문에 솔직히 털어놓고 말할 수 없어서 그러시죠?"

"어떻게 그걸……. 아아, 제가 매번 그렇게 얘기하나 보군요."

"네. 하지만 괜찮습니다. 언제나 수업이 끝날 무렵에는 많이 친해지거든요."

이 선생님하고 친해진다고? 그렇게 되는 건 좋긴 한데……. 어차피 그 이상은 진전되지 못하겠지.

니키치는 속으로 한숨을 쉬었다.

6

“오늘은 이거밖에 없어.”

한 호텔의 방에서 벌거벗은 젊은 여자가 지갑에서 지폐를 꺼내더니 키라에게 건넸다.

“현금 카드나 신용 카드는?”

“미안해. 오늘은 가져오지 않았어.”

여자는 알랑거리듯이 눈을 치켜뜨면서 말했다. 키라는 지폐를 낚아채서 몇 장인지 세어 보더니 실망한 표정을 지었다.

그럭저럭 미인이지만 재미는 다 봤으니 돈 받고 정리해야지.

침대 위에 누워있는 키라에게 여자가 몸을 밀착해왔다.

“우리 결혼식은 언제 할까?”

이 여자 이름이 뭐였더라? 아무튼.

"난 결혼 같은 거 안 해."

"뭐?"

여자는 갑자기 혼란스러운 표정을 지었다. 여자와 만난 것은 겨우 한 시간 전이었다. 역 앞에서 누군가와 만나기로 한 것 같았는데, 외모가 마음에 든 키라가 약혼자라는 기억을 만들어서 호텔로 데려온 것이다. 그것도 모자라서 여자가 안고 있던 막대한 빚을 키라가 대신 갚아 준 기억까지 심어 놓았고, 만날 때마다 조금씩 갚도록 설정해 놓았다.

"그게 무슨 소리야. 우린 약혼했잖아."

"언제?"

"어?"

"언제 약혼했는데? 말해 봐."

"어…… 그러니까…… 그게 언제인지 바로 생각은 안 나지만, 분명히 약혼했어."

"프러포즈는 어떻게 했는데?"

여자는 미간을 찡그리며 열심히 기억해 내려고 했다. 물론 프러포즈의 기억은 입력하지 않았으니 당장 생각해 낼 순 없을 것이다. 이런 경우의 반응은 대개 세 가지다. 첫 번째, '완전히 잊어버린 것'으로 자신을 납득시킨다. 두 번째, 뇌가 적당히 가짜 기억을 만들어 낸다. 세 번째, 앞뒤가 맞지 않는 상황에서 뇌가 제자리 돌기를 하다가 결국에는 정신이 붕괴된다.

기억력이 좋아서 자신이 있는 인간일수록 세 번째 상황에 빠지기 쉽다. 그런 인간은 자신의 기억에 의지해 어떻게든 정합성이 있는 설명을 할 수 있도록 이론을 만들려 하기 때문에, 그것이 실패하면 혼돈의 수렁에 빠져들고 마는 것이다. 어차피 만들어진 기억에 정합성 같은 건 없다. 그래서 기억력이 그다지 좋지 않은 사람이라면 그럭저럭 넘어가서 정신의 붕괴는 피할 수 있다.

"이상하네. 왜 기억이 안 나지?"

"당연하지. 프러포즈 같은 거 한 적이 없으니까."

여기서 적당한 기억으로 덮어써도 되었지만, 키라는 일부러 그렇게 하지 않았다. 여자가 혼란에 빠져 괴로워하는 것을 보며 즐기고 싶었기 때문이다.

"아니야. 분명히 했어."

"뭘 근거로 그렇게 말하는 건데?"

"그야…… 프러포즈를 안 했으면 약혼자가 아니니까."

"맞아. 나는 네 약혼자가 아니야."

"그럴 리가 없어. 어…… 그러니까…… 약혼자도 아닌 사람하고 여기서 이러고 있을 리가 없잖아."

이 여자 꽤 낡은 사고방식을 가지고 있네. 재밌다. 더 놀려 봐야지.

키라는 비열한 미소를 지었다.

"우리는 조금 전에 처음 만났어."

"그런 농담 하지 마."

"농담 아니야. 그래서 나는 네 이름을 몰라."

"거짓말!"

"거짓말을 내가 왜 해."

"그런 거짓말, 안 믿어."

"그렇다면 믿을 수밖에 없게 해 줄까?"

"뭘 어떻게 할 건데?"

"간단한 질문에 대답해 봐. 내 이름이 뭐지?"

"어? 그게 무슨 소리야?"

"약혼자의 이름을 모를 리가 없잖아. 어서 말해 봐."

"바보 같은 소리."

"바보든 멍청이든 좋으니까 어서 말해 보라니까."

"그건 간단하잖아. 당신의 이름은……."

여자의 움직임이 정지했다. 눈에는 공포의 그림자가 드리워져 있었다.

"뭐야?"

여자는 입을 뻐끔뻐끔 움직이기만 했다.

역시 스스로도 이해를 못 하니까 패닉상태에 빠졌군.

"그럼 도대체, 뭐가 어떻게 된 거지?"

"길거리에서 널 발견한 내가 여기로 데려왔어. 아니, 오자고 한 건 네 쪽이었던가? 뭐, 어느 쪽이든 상관없지만 말이야."

여자는 금방이라도 울음이 터질 것 같은 표정이 되더니 자신의 미간을 손가락으로 눌렀다.

"머리가 아파."

"그러니까 너는 헤픈 여자야."

"말도 안 돼. 나는 그런 여자가 아니야."

"어떻게 그렇게 자신 있게 말할 수 있지?"

"나는 단 한 번도 바람피운 적이 없어."

"호오, 그랬어?"

"그래. 난 헤픈 여자가 아니야."

"하지만 나하고 이렇게 호텔에 있잖아."

"그것은 당신이 약혼자니까."

"너 말이야, 애인은 있어?"

"무슨 소리야. 애인이 아니라 남편이 있어."

"유부녀였어?"

키라의 눈이 빛났다.

"어떻게 된 거지?"

여자가 눈을 크게 떴다.

"그건 내가 할 소리야. 내가 약혼자라며. 그런데 방금 넌 자신이 유부녀라고 했어. 이렇게 되면, 사기를 친 게 누구지?"

"이건…… 뭔가 잘못된 거야."

"어느 쪽이 잘못된 거지? 내가 약혼자라는 거? 아니면 너에게 남편이 있다는 거?"

"자, 잠깐만, 잠시 정리할 시간을 줘."

여자의 눈에서 눈물이 주르르 흘렀다.

"좋아. 얼마든지 기다려 주지."

"당신은 내 약혼자, 그 사실은 틀림없어."

"그래? 그렇다면 네가 유부녀라는 것이 잘못된 거네."

"나는…… 3년 전에 결혼했어."

"그럼, 이혼했어?"

"아니, 우리 사이에는 아무런 문제가 없어. 완벽한 부부라고."

"이야~ 그럼 문제가 여기에 있네. 벌건 대낮에 유부녀가 딴 남자와 호텔에 처박혀서 이러고 있으니."

"이건 말도 안 돼."

"그래, 너는 잘못을 저질렀어."

"아니야. 그럴 리가 없어. 나는 절대로 그런 짓은 안 해."

"너, 조금 전에 나한테 돈 줬잖아."

"그건 내가 전에 빌렸던 돈, 그러니까 당신이 대신 갚아 준 돈을……."

"너는 돈으로 나를 산 거야."

"아냐! 거짓말!"

"거짓말이라고? 내가 너의 빚을 대신 갚아 줬다면, 처음에 어쩌다가 빚을 지게 된 거지?"

"그건 뭔가 이유가 있었던 게 분명해."

여자는 자신의 관자놀이를 손가락으로 짓눌렀다.

꽤나 빈틈없는 성격이군. 보통 뭐가 되었든 빚을 지게 된 이유를 뇌가 조작할 텐데, 이 여자는 절대로 빚을 지고 사는 타입이 아닌 건지, 스스로에게 거짓말도 하지 못하고 괴로움 속에서 혼란스러워하고 있어.

"이유 같은 건 없어. 너에게 빚 같은 건 없었고, 멀쩡한 남편도 있어."

키라는 계속해서 여자가 자기 기억의 모순에 혼란스러워하는 모습을 보며 즐기고 싶었기 때문에 일부러 초능력을 사용해서 기억을 바꾸지 않고 추궁만 했다.

"자, 이제 말해 봐. 나는 더러운 여자라고."

여자는 침대 위에 엎드린 채 두 손으로 머리를 누르면서 끙끙 앓고 있었다.

융통성이 전혀 없군. 이 여자 정말 가지고 노는 맛이 나네.

여자가 갑자기 조용해졌다. 그리고 천천히 몸을 일으키더니 침대 위에서 정좌를 했다. 그리고 키라를 힘주어 노려보더니 이내 깔깔거리며 웃기 시작했다. 키라는 눈을 가늘게 뜨고 여자를 쳐다봤다.

역시 정체성이 사라져 가는 인간을 보고 있으면 정말 기분이 좋아진다니까.

"이제 알았어. 어째 이상하다고 생각했어. 이건 꿈이야."

여자가 눈물을 흘리며 말했다.

아하, 그렇게 나오는구나. 엘리트 의식이 강하고 자신감이 넘치는 사람에게 있을 만한 반응이야. 논리적으로 파탄 나 버린 현재 상황을 현실이라고 인정하는 걸 완전 포기한다 이거지.

"꿈이라고?"

"응, 그래. 나처럼 정숙한 여자라도 가끔은 음란한 꿈을 꾸니까."

키라가 침대 위에서 벌떡 일어나 여자의 배를 힘껏 걷어찼다. 앉아 있던 여자는 뒤로 벌러덩 쓰러졌다.

"우웩~!"

갑작스러운 복부 타격에 여자가 구토를 했다. 키라는 그 상태로 여자를 또 발로 차서 침대에서 떨어뜨렸다. 바닥으로 떨어진 여자는 잠시 웅크리고 있다가 겨우 몸을 일으켰다.

"무슨 짓이야!"

"아팠어?"

"당연한 거 아니야?!"

여자가 키라를 노려봤다.

"꿈인데 어떻게 아플 수가 있지?"

"아! 아니야. 아픈 건 그냥 기분 탓일 거야."

여자는 자신의 머리카락을 쥐어뜯었다.

"그렇다면 한 번 더 차 줄까?"

키라는 오른발을 들어서 차려는 시늉을 했다.

"안 돼!"

여자가 자신의 배를 보호하려고 몸을 웅크렸다.

"거봐, 스스로 아프다고 인정하고 있잖아. 이건 꿈같은 게 아니야. 알겠어?"

"아냐! 현실일 리 없어."

"어째서 그렇게 말하는 거지?"

"나는 결혼했어. 그런데 약혼자가 있다는 건 말도 안 돼."

"결혼했으면서도 다른 남자와 결혼 약속을 하는 여자는 얼마든지 있어."

"나는 그런 여자가 아니야!"

"하지만 실제로 나와 호텔에 있잖아. 너는 그런 여자야."

"아아악!!"

여자는 비통한 표정으로 소리를 지르더니 울음을 터뜨렸다.

"그렇게 마음대로 꿈속으로 도망가게 할 수는 없지. 자신이 얼마나 비열한 존재인지 확실히 자각하게 해 주겠어."

사실, 비열한 건 내 쪽이지. 그건 아주 잘고 있어. 비열한 내가 지금 자못 심각해 있는 너를 가지고 놀고 있는 거야.

키라의 입꼬리가 저절로 올라가며 비웃는 표정을 지었다.

"자, 이제 옷 입어."

“어?”

“어서 옷 입으라고. 이제 너랑 이러고 노는 것도 질렸어.”

여자는 훌쩍거리면서 옷을 입었다.

“옷을 다 입으면 네 집으로 가자.”

“뭐?”

“네 남편한테 말할 거야. 지금 댁의 와이프하고 한바탕하고 왔습니다, 라고 말이야.”

“그 말만은 하지 말아 줘!”

여자는 머리를 휘저으며 날카롭게 외쳤다.

“왜? 사실이잖아.”

“뭐든지 시키는 대로 할게. 그러니까 그것만은 제발…….”

“정말로 뭐든지 시키는 대로 하겠단 말이지?”

키라가 위협적인 표정을 짓자 기가 죽은 여자가 순간 주춤했다. 그러다 눈을 감고 심호흡을 했다.

시키는 대로 할 각오를 한 건가? 아니면 해결책을 찾고 있는 건가?

물론 ‘초능력’을 사용하면 간단하게 조정할 수 있겠지. 하지만 그러면 재미가 없잖아. 이 상태로 끝까지 몰아붙여 보자.

“그렇다고 해서는 안 되는 일까지 하겠다는 건 아니야. 범죄는 절대로 저지르지 않을 거야. 그리고 돈도 줄 수 없어.”

여자가 힘주어 말했다.

"그럼, 남편한테 말해도 좋다는 거야?"

"……그래. 정 말하겠다면 할 수 없지."

냉정해졌네. 보통 이런 상황에 빠지면 공황 상태가 돼서 뭐든 시키는 대로 하는데 말이야.

"그럼, 이제부터 내 애인이 되라고 한다면?"

"그건……. 그것도 역시 안 돼."

"그렇다면 도대체 뭐를 할 수 있다는 거야?"

"앞으로 두세 번 이런 식으로 만나는 정도라면 어떻게든 할 수 있겠지만……."

"마치 네가 유리한 위치에 있는 것처럼 말하네."

"미안해. 하지만 아무리 협박해도 그 이상은 할 수 없어."

"가정이 파탄 나도 상관없다는 거야?"

"그건 안 되지. 하지만 그 이상의 요구는 못 들어 줘."

"그렇게 네 마음대로 될 것 같아?"

"내가 어쩌다가 당신같이 끔찍한 사람한테 잡힌 거지? 스스로도 이해가 안 돼."

이 여자, 꽤 터프한데. 좋아, 아주 박박 기도록 만들어 주지.

"좋아. 그럼 지금부터 데이트하자."

"하지만 나와는 이미…… 질렸다고 했잖아."

"같이 자는 것만이 데이트가 아니잖아. 따라와."

"지금부터?"

"싫다면 바로 남편한테 가고."

"알았어."

키라는 옷을 입은 다음 여자를 데리고 밖으로 나왔다. 감시 카메라는 신경 쓸 필요가 없었다. 이 호텔의 카메라는 종업원의 기억을 조작해서 이미 떼어 냈기 때문이다.

이 호텔만이 아니다. 이 부근의 빌딩 감시 카메라는 절반 정도밖에 작동하지 않는다. 떼어 낼 수 없는 경우에는 위치를 바꾸거나 촬영 각도를 조정해 놓았다. 몇 달 동안 키라가 초능력으로 만든 '안전지대'였다. 그 모든 정보가 키라의 머릿속에 들어 있기 때문에 감시 카메라에 찍히지 않는 사각 지대인 그곳을 마음 놓고 지나갈 수 있었다.

신중하게 안전지대를 통과해서 큰 도로로 나온 키라는 택시를 잡았다.

"어디로 가는 거야?"

여자가 불안한 목소리로 물었다.

"왜? 걱정돼? 잘 생각해 봐. 택시를 타고 있잖아. 운전사가 증인이 될 텐데 위험한 곳에 갈 리가 없잖아."

"그건 그러네. 유명한 택시 회사 차니까 안심할 수 있을 것 같아."

키라가 목적지를 말했다. 택시 운전사가 놀라며 되묻자 키라는 같은 장소의 이름을 다시 말했다.

"손님, 그곳이 어딘지 알고 계십니까?"

"물론이지. 잔말 말고 가기나 해."

키라는 성가시다는 투로 대답했다.

"도대체 어딘데?"

여자가 불안해하자 택시 운전사가 말했다.

"산속이에요."

"산?"

운전사의 말을 들은 여자가 키라를 바라보았다.

"그래, 별빛이 아름다운 곳이지."

"오늘은 하늘이 흐립니다."

운전사가 룸미러를 통해 키라를 의심스러운 눈초리로 보았다.

"밤 늦게부터는 갤 거야. 일기 예보에서 그랬어."

키라가 운전사의 뒤통수를 노려보았다.

"당신, 무슨 짓을 할 생각이야?"

"무슨 짓이라니?"

"이 운전사분이 증인이라는 거 잊지 마."

"그건 내가 한 말이잖아. 싫으면 이대로 네 집에 같이 가든지."

"손님, 어떻게 하시겠어요?"

그래, 이 여자가 결정하게 하자.

키라가 여자에게 물었다.

"어떻게 할 거야? 갈 거야, 말 거야?"

여자는 고개를 살짝 갸웃하더니 결심한 듯 말했다.

"좋아, 가자."

"들었지? 어서 출발이나 해."

키라는 만족스러운 표정을 지었다.

약 한 시간 후, 택시는 목적지에 도착했다.

"먼저 내려, 나는 택시비 내고 내릴 테니."

여자가 내리자 키라는 운전사의 어깨에 손을 올렸다.

"당신은 회사의 상사로부터 여기까지 온 기록을 지우라고 명령받았어."

운전사는 눈을 부릅떴다. 그리고 갑자기 생각난 듯 일련의 동작을 했다. 그러고 나서 키라가 물었다.

"기록은 지웠나?"

"네."

"그럼 잘 가."

"잠깐만요. 아직 택시 요금을 안 내셨는데요."

키라는 다시 운전사의 어깨에 손을 올렸다.

"당신은 오늘 아무 손님도 태우지 않았어. 그냥 어쩌다 보니 산속까지 온 거야."

운전사는 또 눈을 부릅떴다. 그러는 사이 키라는 택시에서 내렸다. 운전사는 몇 번이고 눈을 깜박이고 나서 두리번두리번 주위를 둘러봤다. 그러다가 키라와 눈이 마주쳤지만 아무런 반응도 없이 그대로 차를 출발시켰다.

"당신, 지금 택시비 안 낸 거 아니야?"

"어, 맞아. 저 운전사는 나한테 갚을 게 있었어."

"그래? 돈을 여러 사람한테 빌려줬나 봐."

"따라와."

"큰길에서 너무 벗어나지 않는 게 좋지 않아?"

"괜찮아."

여자는 울며 겨자 먹기로 따라갔다.

택시 운전사가 목격자니까 내가 허튼 짓은 안 할 거라고 생각하겠지? 미안하지만, 운전사의 머릿속에서 우리들의 기억은 이미 사라졌어.

겨우 수십 미터밖에 걷지 않았는데 어느새 도로가 보이지 않았다. 키라는 여자의 팔을 잡았다.

"도로는 저쪽에 있어."

키라는 택시에서 내렸던 도로와 정반대 방향을 손가락으로 가리켰다. 여자는 눈을 부릅떴다.

문제없겠지만 혹시 모르니까. 이렇게 해 두면 만에 하나 도망쳐도 도로를 찾지 못하겠지.

키라는 준비해 둔 로프를 꺼내서 여자의 양손을 묶기 시작했다.

"뭐 하는 거야?"

키라는 아무런 대답 없이 작업을 계속했다. 여자는 어느새 나무에 꽁꽁 묶였다. 키라의 움직임이 너무나도 갑작스럽고 거침없었기 때문에 다른 생각을 할 여유조차 없었다.

"어쩔 생각이야?"

"너는 내 신경을 건드렸어."

"무슨 말을 하는 거야?"

"원래대로라면 혼란스러워해야 하는데, 너는 지나치게 침착한 태도를 보였어."

"점점 더 무슨 말인지 모르겠어."

"사실을 말해 주지. 내가 말한 건 모두 거짓말이야. 나는 너를 속여서 호텔로 데려갔어."

"어떻게 그럴 수가……. 하지만 만약 그것이 사실이라면……. 그래, 내가 불륜 같은 걸 저지를 리가 없어."

"그런 냉정한 태도가 열 받게 한단 말이야!"

"당신, 나한테 약 같은 거 쓴 거지? 그래서 최면을 건 것처럼 나를 조종했지?"

이 여자 정말 짜증 나네. 약간의 힌트로 거의 정답에 가까이 생각해내다니. 기억을 조작했다고 해도, 바로 다시 사실을 알아낼지도 몰라. 역시 살려 둬서는 안 되겠네.

키라는 여태껏 기억을 조작하다가 머리가 잘 돌아가는 성가신 사람에게 걸린 적도 있었다. 그럴 때는 그냥 없애 버리기로 했다. 죽이는 건 다소 리스크가 있지만 위험 요소가 있는 인간을 살려 두는 것보다는 낫다고 판단했기 때문이다.

키라는 땅에서 적당한 크기의 돌을 주워 들고 여자의 얼굴을 내리쳤다.

"아악!"

여자는 이가 부러지고 피를 줄줄 흘렸다. 그럼에도 불구하고 여자는 얼굴을 뒤덮은 흐트러진 머리카락 사이로 키라를 노려보았다.

"이런 짓을 하고도 무사할 거라고 생각해?!"

"어, 그렇게 생각해."

"좀 전의 택시 운전사는 우리들이 여기 있는 것을 알고 있어."

여자가 말을 하곤 피가 섞인 침을 뱉었다.

"그놈은 이미 우리들에 대해서 잊어버렸어."

"당신, 머리가 어떻게 된 거 아니야?"

"아니, 멀쩡해."

"스스로 멀쩡하다고 생각하는 것뿐이겠지."

"만약 그렇다고 해도, 너의 운명은 달라지지 않아. 내가 스스로를 멀쩡하다고 믿고 있는 한, 너의 삶은 여기서 끝나."

"제발, 살려 줘. 뭐든지 시키는 대로 할게."

"그 말은 아까 했잖아."

"이제는 제한을 안 둘게. 내 재산도 다 줄게. 남편에게 전부 말해도 좋아. 평생 당신의 노예로 살아도 상관없어."

“그 말을 내가 믿을 거라고 생각해? 뭐 솔직히 말하면, 너를 살려 줘도 나한테 큰 불편은 없어. 하지만 나는 여기서 너를 죽이기로 마음먹었어.”

키라는 두 손으로 간신히 들 수 있을 정도로 큰 돌을 여자의 발등 위에 떨어뜨렸다. 여자는 끔찍한 비명 소리를 냈다. 키라가 여자의 귓가에 속삭였다.

“아, 조금 전에 네가 그랬잖아. 평생 나의 노예가 될 수 있다고. 그걸 약속하면 목숨을 살려 줄 수도 있지.”

여자의 얼굴에 기쁨의 표정이 깃들었다. 여자가 몇 번이고 힘주어 고개를 끄덕였다.

“아, 그걸 믿었어? 거짓말인데.”

여자의 얼굴이 다시 절망으로 일그러졌다.

음, 좋은 표정이야.

키라는 더욱 큰 돌로 여자의 정수리를 내리쳤다. 여자의 숨이 끊어진 것을 확인한 키라는 로프를 풀어서 여자의 시체를 질질 끌고 갔다. 잠시 후 늪에 도착한 키라는 시체를 늪으로 던져 버렸다. 여자의 몸은 천천히 늪 속으로 가라앉았다.

이러면 시체가 발견될 가능성은 없지. 혹시 수년 후에 발견된다고 해도 증거가 될만한 것들은 전부 없어져 버린 다음이겠지.

키라는 피가 묻은 돌도 늪으로 던졌다.

옷에는 눈에 띄는 혈흔 같은 건 없어 보이지만, 이것도 만약을 위해 잘게 찢어서 태워 버리는 것이 좋겠군.

키라는 도로로 돌아가서 택시를 잡았다. 그리고 시내로 가서 이번에도 운전사의 기억을 지웠다. 그는 길에서 어슬렁거리다가 한가해 보이는 적당한 남자를 붙잡고 이렇게 말했다.

"나는 네 친구야."

남자가 눈을 부릅떴다. 키라는 반가운 표정을 지었다.

"오, 여기 웬일이야."

"아, 너구나."

"참, 네 이름이 뭐였지?"

남자는 의아한 표정을 지으며 말했다.

"까먹었어? 나 야마다잖아."

"아니, 성 말고 이름 말이야."

"히로."

"아, 맞다. 지금 사는 주소는?"

남자가 주소를 말하자 키라는 핸드폰을 꺼냈다.

"기념으로 사진 한 장 찍어 두자."

키라는 남자와 어깨동무를 하고 셔터를 눌렀다.

"너는 오늘 젊은 여자를 죽였어."

키라는 어깨동무를 한 채 그렇게 말한 후 살해 방법까지 자세하게 얘기했다. 하지만 살해 장소와 시체를 숨긴 장소는 애매하게 해 두었다. 남자는 눈을 부릅뜨더니 갑자기 벌벌 떨기 시작했다.

“갑자기 왜 그래, 야마다?”

“어? 그러니까…… 내 말 좀 들어 봐. 나는 사실…….”

“뭔데?”

“……아니야. 아무것도 아니야.”

남자는 땀을 줄줄 흘렸다. 키라는 핸드폰의 사진을 확인했다. 찍힌 것은 이 남자뿐이고 키라는 화면 밖에 있었다. 여차하면 이 사진을 써서 목격자를 조작할 수 있다. 누군가에게 이 사진과 여자의 사진을 보여 주면서 두 사람이 옥신각신하고 있었다는 기억을 심어 놓으면 끝.

키라는 파랗게 질린 얼굴로 떨고 있는 남자의 어깨를 다시 붙잡았다.

“나에 대해서는 잊어라.”

남자가 다시 눈을 부릅떴다.

7

3일 후, 역의 계단을 오르고 있는 키라를 갑자기 누군가 뒤에서 밀치고 지나갔다. 한 중년의 남자가 급히 계단을 뛰어오르다가 부딪친 것이다.

이 자식이 어디서……. 지금 홈에 정지해 있는 전차를 타려는 모양인데. 어쨌든 나를 밀치고 갔으니 그만한 벌을 받아야지. 두고 보자고.

키라는 남자의 뒤통수를 노려보았다.

다음 날, 키라는 같은 시간대에 그 역의 계단에서 전날 봤던 중년의 남자를 기다렸다. 잠시 후에 이번에도 역시 계단을 급하게 뛰어오르는 남자를 발견했다.

이미 키라의 머릿속에는 계획이 준비되어 있었고, 역의 홈까지 중년의 남자를 따라간 키라는 회심의 미소를 지으며 주머니에서 마스크와 선글라스를 꺼냈다. 키라는 이 두 아이템을 항상 가지고 다닌다. 얼굴을 본 사람 모두의 기억을 지우는 건 보통 어려운 일이 아니며, 자칫 누락이 생길 가능성이 있다. 이처럼 다수의 목격자가 있는 장소에서는 얼굴을 숨기는 것이 가장 좋은 방법이라고 판단한 것이다.

중년의 남자는 노란 선의 바로 앞에 서 있었다. 전차 진입을 알리는 소리에 키라는 전광판을 확인했다. 곧 이 역을 지나가는 열차가 온다. 대부분의 승객들은 조금 전에 온 전차에 탔는지 홈에는 세 사람 정도밖에 없었다. 키라와 남자 사이는 20미터 이상 떨어져 있었다.

딱 좋아. 아니면 기회가 올 때까지 미행하려고 했는데.

전차가 홈으로 들어오고 있었다. 키라는 중년의 남자 바로 뒤에 서서 조금씩 사이를 좁혔다.

좋아. 이때다.

키라가 발로 찼더니 남자가 푹하고 앞으로 고꾸라졌다. 하지만 홈에서 떨어지지는 않았다. 전차가 바로 눈앞을 통과했다.

"너 이 새끼! 뭐 하는 짓이야!"

중년의 남자가 크게 호통을 쳤다.

앗! 실수. 더 세게 찼어야 했는데.

키라는 남자가 자세를 가다듬기 전에 도망쳤다. 남자의 기억을 지우는 것은 간단 하지만, 목격자가 여러 명이라 모두의 기억을 지우는 것은 번거로운 일이었다.

키라는 일단 개찰구를 향해 뛰었다. 그런데 개찰구를 돌파하려고 하자 차단 문이 닫혔다. 하지만 예측했던 상황이기 때문에 키라는 그대로 미끄러지듯 차단 문 밑으로 빠져나갔다. 역을 벗어난 키라는 오른쪽으로 수십 미터를 가서 고가 밑에 있는 찻집으로 들어갔다.

딸랑 딸랑 딸랑.

문에 달린 방울이 울렸다.

역에서 이 찻집까지 오는 동안 감시 카메라에 걸릴 걱정은 없었다. 키라가 이미 손을 봐두었기 때문이었다. 키라는 가게 안을 둘러보았다. 가게 안에는 마스터 한 사람과 손님이 세 명 있었다.

딱 적당한 인원이군.

너무 적으면 증인으로서 부족하고 너무 많으면 기억을 일일이 손봐야 해서 귀찮아진다. 키라는 이 시간대엔 보통 손님이 두서너 명 정도라는 것을 사전 조사를 통해 알고 있었다. 키라는 먼저 인사하는 척하면서 마스터의 손을 슬쩍 만지며 작게 속삭였다.

"나는 한 시간 전부터 계속 이 가게에 있었어."

마스터가 눈을 부릅떴다. 이제 남은 건 세 명의 손님이다. 커플이 하나, 남자가 한 명.

커플은 즐겁게 대화를 나누고 있었다. 그들은 대화에 정신이 팔려서 키라가 들어온 것도 모르는 듯했다. 커플이 있는 테이블로 다가간 키라는 발이 걸려 넘어지는 척하면서 두 사람의 어깨를 잡았다.

"너희들이 이 가게에 왔을 때부터 나는 계속 여기에 있었어."

두 사람이 눈을 부릅떴다. 마스터에게 한 것처럼 시간을 지정하지는 않았다. 두 사람이 이곳에 있던 시간이 한 시간 이내일 경우를 고려했기 때문이다.

만약에 두 사람이 10분 정도밖에 이곳에 있지 않았는데 키라가 한 시간 전부터 이 안에 있었던 걸로 알고 있다면 앞뒤가 안 맞는다. 반대로 이들이 한 시간 이상 이곳에 있었을 경우 마스터의 기억과는 다르게 되지만, 그 정도의 차이를 신경 쓸 사람은 거의 없다. 그래도 신경이 쓰인다면 그때 다시 기억을 수정하면 그만이다. 그 정도 착각은 누구나 할 수 있다고 판단했다.

자, 그럼 마지막 한 사람. 그 남자는 구석에 앉아서 혼자 중얼거리며 노트에 무언가 적고 있었다. 쓰는 것에만 몰두해 있기 때문에 빈틈이 있어 보였지만, 뭔가 날카로운 긴장감도 느껴졌다. 묘하게 다가가기 어려운 분위기에 키라는 잠시 주춤했다.

아, 이러고 있을 때가 아닌데. 언제 그 남자가 이 가게로 쳐들어올지 몰라. 만약 이 '노트의 남자'만 증언이 다르면 일이 꼬일 수 있어.

키라는 남자에게 다가갔다. 만지려고 하는 순간, 남자가 스윽 얼굴을 들었다. 키라와 남자의 눈이 마주쳤다. 뭔가 느낌이 안 좋았지만 키라는 망설이고 있을 시간이 없었다.

"옷에 실밥이 붙었네요."

키라는 남자의 어깨를 향해 손을 뻗었다. 남자의 시선이 키라의 손가락 끝을 쫓았다.

어? 이 사람 좀 이상한데. 에라, 모르겠다.

키라가 남자의 어깨를 잡자 남자는 반사적으로 피하려는 몸짓을 했다.

"네가 이 가게에 왔을 때부터 나는 계속 여기에 있었어."

남자는 일순 눈을 부릅떴지만, 금방 원래 상태로 돌아왔다.

어, 기분 나쁠 정도로 회복이 빠르네. 기억 개조는 성공한 건가? 아니면 다시 해 볼까?

"감사합니다. 실밥은 떨어졌나요?"

키라는 흠칫 놀라며 남자에게서 손을 떼었다.

"아, 제가 잘못 본 것 같습니다."

키라는 허겁지겁 남자로부터 약간 떨어진 자리로 가서 앉았다.

딸랑 딸랑 딸랑.

키라가 발로 찼던 중년의 남자가 역무원으로 보이는 두 사람과 함께 가게 안으로 들어왔다.

전부 세 명인가. 상대가 방심하고 있다면 이 정도야 간단하게 처치할 수 있지만, 동시에 이쪽을 주목하고 있으면 좀처럼 다루기 어려운데.

"저기 있다, 나를 죽이려고 했던 그놈."

중년의 남자가 키라를 손가락으로 가리켰다. 선글라스와 마스크는 이미 벗었지만 체격과 복장을 보고 알아차린 모양이었다. 동행한 역무원들이 키라에게 다가왔다.

"실례합니다만, 저희와 잠깐 같이 가 주시겠습니까?"

"갑자기 무슨 일이시죠?"

키라는 시치미를 떼며 모른 척했다.

"저분이 당신에게 발로 차여서 죽을 뻔했다고 합니다."

"그래서?"

"아무래도 저희랑 같이 가 주셔야 할 것 같습니다."

"싫다면 어떻게 할 건데요?"

"경찰을 부를 수밖에 없습니다."

역무원이 약간 강한 어조로 말했다.

"겨우 발로 찬 정도로 경찰을 부르나요?"

"발로 찬 것만으로도 폭행죄가 성립됩니다. 게다가 전차가 들어오는 선로로 차서 떨어뜨리려고 했으니까 살인 미수가 성립될 수도 있습니다."

"그렇군요. 그런 일이 있었군요. 하지만 저는 범인이 아닙니다."

키라는 차분한 태도로 말했다.

"그렇게 말하실 줄 알았어요. 뭐라고 하셔도 상관없으니 일단 같이 좀 가 주시죠."

"내가 치한 누명에 대해서 모른다고 생각하시나요?"

"치한? 갑자기 무슨 소리세요. 당신이 치한 행위를 했다고 한 적은 없습니다."

"같은 얘기죠. 치한 누명이 그렇듯이 당신들 따라가면 결국 그대로 경찰에 체포되어서 구속될 거 아니요."

"뭐, 그럴 수도 있겠습니다만……."

"분명히 그렇게 될 걸. 그러니까 저는 안 갑니다."

"하지만 저분이 당신이 범인이라고 했어요."

"잘못 본 거라니까요."

"그러시다면, 그것을 증명하기 위해서 일단 저희들과 같이 가셔야 합니다."

역무원은 끝까지 물고 늘어졌다.

"증명이라면 지금 당장이라도 가능합니다."

"네? 어떻게요?"

역무원의 질문에 키라는 마스터를 불렀다.

"마스터? 제가 언제부터 여기에 있었죠?"

"네, 손님께서는 한 시간 정도 전부터 계셨습니다."

그 말을 들은 역무원들은 당황한 표정으로 서로의 얼굴을 보았다.

"말도 안 되는 소리 하지 마!"

이를 지켜보던 중년의 남자가 화난 목소리로 따졌다.

"확실합니다. 이분은 분명히 한 시간 전부터 이곳에 계셨습니다."

"마스터, 이분을 전부터 알고 있었나요?"

"오늘 처음 오신 손님입니다."

"거짓말! 전부터 알고 있는 사이 아냐?"

중년의 남자가 의심의 눈초리로 노려보자 역무원이 진정하라는 듯 설명했다.

"거짓말이라면 바로 들통 날 텐데요. 이분을 범인으로 지목하셨지만, 이 가게에 계신 분이 그렇지 않다는 증언을 했습니다. 그것은 곧 이분이 범인이 아니라는 목격자의 증언이라고 할 수 있고, 이렇게 되면 당장 이분을 체포하는 건 어렵습니다."

"그렇다면 다른 사람들의 얘기를 들어 봅시다."

중년의 남자가 불만스러운 표정으로 의견을 제시했다. 역무원은 먼저 커플에게 물었다.

"실례합니다. 저분이 계속 여기에 계셨나요?"

"아, 그러니까…… 저희가 이곳에 왔을 때 저분은 이미 앉아 있었던 것으로 기억합니다."

커플 중 남자가 대답했다.

"이곳에 들어오신 지 얼마나 되었나요?"

이번에는 여자 쪽에서 대답을 했다.

"시계를 확인 안 해서 정확하게는 모르겠지만, 아마 30분 정도 된 것 같은데요. 아니, 한 시간 정도 되려나."

"이것으로 3 대 1이네요."

키라는 자랑스러운 듯 말했다.

"아직 한 사람 남았어."

중년의 남자가 불안한 목소리로 구석에 앉아 있는 남자를 불렀다.

"거기 계신 양반, 이 사람이 언제부터 여기에 있었소?"

중년의 남자가 말을 건 상대는 노트만 뚫어지게 보고 있었다.

"어이, 거기! 내 말이 안 들려?!"

중년의 남자가 참다못해 호통치듯이 말했다.

"옛!?"

남자가 놀란 눈으로 이쪽을 보았다.

"이 남자가 언제부터 여기에 있었는지 말해 봐요?"

"죄송합니다만, 저는 별로 도움이 안 될 것 같은데……."

노트를 보고 있던 남자가 갑자기 하던 말을 멈췄다. 그리고 멍하니 키라를 바라보았다.

뭐야, 이 남자.

키라는 뭔가 불안한 느낌이 들었다. 역무원이 걱정되는 표정으로 노트의 남자에게 물었다.

"왜 그러시죠? 어디 불편한 곳이라도?"

"아, 아뇨. 잠깐 뭔가 착각한 것 같아서요."

노트의 남자는 어눌한 말투였다.

"착각이라니, 무슨 말씀이신지……."

"별거 아닙니다."

"질문에 대답해 주시겠습니까?"

"질문?"

"이 남자분이 언제부터 이곳에 계셨는지 말입니다."

노트의 남자는 또 키라 쪽을 봤다.

"왜 그런 질문을?"

"지금, 저희들이 하는 얘기를 못 들으셨나요?"

"죄송합니다. 노트에 열중하다 보니."

역무원이 설명했다.

"여기 계신 분 말씀이 역의 홈에서 저분이 고의로 밀어서 떨어뜨리려고 했답니다."

키라가 반론을 제기했다.

"아니, 그건 오해라니까요. 저는 범인이 아니란 말입니다. 저는 계속 여기 있었다고요."

"아~, 알리바이를 확인하고 있는 거군요?"

뭘 우물쭈물하고 있는 거야? 그냥 이 사람은 계속 여기 있었습니다, 라고 답하면 그만이잖아.

역무원이 남자의 질문에 대답했다.

"그렇다고 할 수 있습니다."

"조금 전에…… 저분이 저의 어깨에 있는 실밥을 떼어 주려고 했습니다."

"네? 그게 어느 정도 전인가요?"

"몇 분 전입니다."

저놈이 도대체 무슨 소리를 하는 거야? 머리가 좀 이상한 거 아니야?

"그렇다면 알리바이가 성립되지 않네요. 저분이 몇 분 전에 이 가게에 들어왔다는 얘긴가요?"

노트의 남자는 고개를 가로저었다.

"그렇지는 않습니다, 제가 기억하기로는 말이죠."

키라는 속으로 안도의 한숨을 쉬었다.

"제대로 질문에 대답해 주세요. 저분이 언제부터 이곳에 있었나요?"

"이상하게 생각하실지 모르겠지만, 제가 이 가게에 들어왔을 때부터 이곳에 있었습니다."

어째서 그렇게 애매한 표현을 쓰는 거지? 그러면 듣는 사람이 수상하게 생각하잖아.

"아닙니다. 다른 분들도 그렇게 말씀하셨기 때문에 특별히 이상하게 들리지 않습니다."

"그런가요? 그럼 다행이군요."

"이곳에 들어온 것은 언제쯤입니까?"
"저 말인가요?"
"네, 당신 말입니다."
노트의 남자는 난처한 표정을 지었다.
이봐, 뭐 하는 거야? 그건 간단한 거잖아. 빨리 대답해.
역무원이 노트의 남자를 걱정스러운 눈빛으로 보았다.
"왜 그러시죠?"
"사실 저는……."
"두 시간 정도 전이었어요. 그분은 오신 지 두 시간 정도 됐습니다."
남자의 태도가 답답했는지 마스터가 대신 답했다.
"거봐요. 이제 아시겠죠?"
키라는 당당한 표정이었다. 그때 중년 남자의 목소리가 거칠어졌다.
"말이 안 되잖아! 조금 전에 마스터가 한 시간 전이라고 했어. 그런데 저 사람 말에 따르면 두 시간 전에도 있었다고? 그럼 말이 안 맞잖아."
"그러고 보니 그러네요."
마스터는 고개를 살짝 갸우뚱했다.
아차! 너무 대충 설정해 버렸나?
"그건 별문제 안 됩니다. 시계를 확인하지 않은 한, 누가 언제 왔는지 정확하게 기억하지 못하는 게 정상이잖아요. 4~5분 전이 아닌, 한 시간이나 두 시간 전부터 이곳에 있었다는 얘기니까 알리바이는 성립되는 것입니다."

갑자기 끼어든 역무원이 상황을 잘 정리해 주었다.

"모두 미리 말을 맞췄을 가능성도 있어."

중년의 남자는 못 믿겠다는 표정으로 반론했다.

"우리들이 여기까지 오는 몇 분 사이에요?"

"전부터 계획하고 있던 것일 수도 있지 않아?"

"혹시 여기 계신 분들 중에 아는 분이 있나요?"

"아니, 그건 아닌데……."

"돌발적인 범죄가 아니라고 한다면, 모르는 사람이 당신을 노렸던 이유가 뭘까요?"

"그건 모르겠지만…… 아무나 노렸을 가능성도 있잖아."

"만약 당신이 사망하셨다면 살인죄가 됩니다. 어떤 특별한 동기도 없이 이 정도 인원이 모여 계획을 한다는 건 리스크가 너무 크잖아요."

역무원의 설명에도 중년의 남자는 이해하려고 하지 않았다.

모두의 기억을 손보면 금방 정리될 거 같은데, 여기서 처리하기엔 인원수가 너무 많아. 일단 이곳을 벗어나는 것이 좋겠다.

"그럼, 저는 일이 있어서 슬슬 실례하겠습니다."

키라가 자리에서 일어나 가게를 나가려 했다.

"야, 기다려!"

중년의 남자가 키라를 막아섰다.

"당신에게 제 길을 방해할 권리는 없습니다. 비키세요."

"이봐, 범인을 놓아 줘도 괜찮은 거야?"

중년의 남자가 역무원에게 따졌다.

"이분이 범인이라고 하는 사람은 당신뿐입니다."

"만약 이 녀석이 진짜 범인이었다면 어떻게 할 거야?"

"그렇게까지 말씀하신다면……. 저, 죄송합니다만, 주소와 성함을 알려 주시겠어요?"

"네, 좋습니다."

여기서 거부해 봤자 입씨름하는 데 시간만 허비할 뿐이겠지.

키라는 미리 준비해 둔 엉터리 이름과 주소를 말해 주었다.

역무원은 계속해서 마스터와 다른 손님들에게도 이름과 주소를 물었다.

"마스터, 이름과 주소를 알려 주시겠습니까?"

"네, 알겠습니다."

마스터는 자신의 이름과 거주지 주소를 말했다.

"두 분도 알려 주시겠습니까?"

커플 손님은 순간 주저했지만, 남자 쪽부터 알려 줬다.

"성함과 주소를 알려 주시겠습니까?"

역무원은 노트의 남자에게 물었지만, 구석에 있는 남자는 대답 없이 계속해서 노트만 보고 있었다.

“저……, 성함과 주소를 알려 주시겠어요?”

“사양하겠습니다.”

“네?”

“이름과 주소를 알려 드리고 싶지 않습니다.”

“다른 분들은 모두 말씀해 주셨는데요.”

“그렇다고 해서 저까지 알려 줘야 한다는 법은 없잖아요.”

뭐야, 저놈. 쓸데없는 고집이나 부리고. 아무래도 말하고 행동하는 게 약간 수상한데. 뜻밖의 전개인 걸. 내가 뭐라도 해야 할 것 같은데…….

키라는 머릿속으로 다음 작전을 생각했다.

역무원에게 저 남자의 이름은 이미 들었다는 가짜 기억을 심어 놓을까? 이름과 주소는 아무거나 상관없겠지. 평소에 내가 준비해 둔 가명과 가짜 주소들 중 하나를 쓰면 될 거야. 하지만 이곳에는 지켜보는 사람이 너무 많아. 아무래도 역무원하고 노트 들고 있는 놈만 다른 사람들과 거리를 떼어 놓은 다음 초능력을 쓰는 게 좋겠다.

“당신의 개인 정보가 악용될 일은 없을 테니 걱정 마세요.”

역무원은 한 번 더 부탁했다.

“제가 저 사람의 알리바이를 증명해야 할 의무는 없는 거 아닙니까?”

"그건 그렇습니다만……."

역무원은 난처한 표정을 지었다.

저 사람을 끌어내면 번거로워질 것 같다. 일단 나부터 이 자리를 벗어나야겠어.

"그럼, 급한 일 때문에 저는 여기서……."

키라는 입구로 향했다.

"기다려! 어딜 가려고. 아직 전원의 이름과 주소를 듣지 못했잖아."

중년의 남자가 다시 키라를 멈춰 세웠다.

"개인 정보를 제공하지 않는 사람은 저분이지 제가 아닙니다. 역무원 양반, 저 이제 가도 되죠?"

우물쭈물하다가는 더 의심받게 될지 몰라. 더 이상 여기 있으면 안 되겠다.

"네, 붙잡아 둘 이유는 없는 듯합니다."

"안 돼! 이대로는 못 보내!!"

중년의 남자는 키라의 멱살을 잡으려 했고, 역무원은 그런 그를 제지했다. 키라는 두 사람을 슬쩍 피한 다음 가게를 빠져나갔다.

8

니키치는 노트를 열심히 읽고 있었다. 자신이 전향성 기억 상실증이라는 것을 오늘 아침 일어났을 때 알게 되었다.

그 사실은 아침부터 반복해서 상기하고 있기 때문에 기억하고 있다. 하지만 그 후로 지금까지 있었던 일들은 거의 기억이 안 난다. 물론 오늘 이전의 일들도 전혀 기억에 남아 있지 않다. 그래서 니키치는 이 노트만을 전적으로 의지할 수밖에 없었다.

이 노트에 적혀 있는 것들이 전부 중요한 것은 아닐 것이다. 하지만 일단 다 읽어야 중요한 것인지를 구분할 수 있을 것이고, 그러기 위해서 단숨에 전부 읽는 것은 상당한 집중력이 필요했다. 그런데 문제는, 다 읽었다고 해도 금방 또 잊어버리기 때문에 결국에는 부질없는 짓이라는 것이다. 그래도 니키치는 일단 노트를 읽기 시작한 이상, 멈출 수 없었다. 어떻게든 사태를 타개할 힌트가 없는지 집중해서 읽어 나갔다.

그렇구나. 지금은 전과 다른 집에 살고 있구나. 게다가 병원에도 다니고 있고, 화법 교실에도 다니고 있네. 화법 교실? 어째서 그런 불필요한 짓을 하게 된 거지? 외출은 가능한 피해야 하잖아. 외출 중에 이 노트를 분실하거나 하면 큰일인데.

내가 얼마 동안 이 노트를 읽고 있었을까. 약간 피곤하네.

니키치는 눈앞에 있는 콜라를 마셨다.

어? 여기는 어디지? 찻집? 그래, 여긴 찻집이야. 그런데 내가 언제 여기 왔는지 기억이 안 나네.

니키치는 가벼운 공황 상태에 빠졌다.

괜찮아. 불안해할 필요는 없어. 주위의 상황을 보니 긴박한 사태는 아닌 것 같군. 침착하게 현재 상황을 분석하면 해결 방법을 찾을 수 있을 거야. 만약 어떤 이유로 이 찻집에 들어왔다면 그 이유는 분명히 노트 어딘가에 적혀 있겠지.

니키치는 맨 마지막 부분의 페이지를 펼쳤다.

※ 화법 교실에서 귀가하던 중, 속이 안 좋아져서 이 찻집에 들어왔다.

※ 찻집의 위치는 지도에 표시해 놓았다.

니키치는 지도가 있는 페이지를 열었다. 거기에는 부근의 지도를 복사한 종이가 붙어 있었다. 찻집의 위치에 '지금 쉬고 있는 찻집'이라고 적혀 있었다.

그렇구나. 내가 지금 속이 안 좋구나. 아니, 그런 느낌은 안 드는데……. 그렇다면 이미 괜찮아진 건가? 이곳에 들어온 기억이 없다는 건, 이미 수십 분이 지났다는 얘긴데. 그럼 그사이에 몸 상태가 좋아졌다고 볼 수도 있겠지. 그렇다면 이제 슬슬 집에 가는 것이 좋겠다.

※ 집에 가면 지도에서 '지금 쉬고 있는 찻집'이라는 표기는 지울 것.

그래, 그렇게 하지 않으면 현재 위치를 잘못 알 수도 있겠네. 지금이 여름이니까 속이 안 좋아진 것도 더위 탓일 거야. 무더위 대책이 필요하겠구나.

니키치는 갑자기 뭔가 이상한 느낌이 들어서 얼굴을 들었다. 낯선 남자와 눈이 마주쳤다. 반가워하는 남자의 표정을 본 니키치는 자신은 기억 못 해도 상대는 자신을 알고 있을지도 모른다는 생각이 들었다.

이럴 때는 인사를 해야 하나 말아야 하나.

"옷에 실밥이 붙었네요."

남자가 니키치의 어깨로 손을 뻗었다. 니키치는 남자의 손끝을 쳐다보았다.

어? 지금, 무슨 일이 있었던 거지?

니키치는 일순, 졸음이 오는 듯하더니 의식을 잃는 것 같았다.

혹시 이것이 전향성 기억 상실증의 증상 중 하나일까? 아니면 그냥 기분 탓일까?

니키치가 정신을 차리고 보니 눈앞에는 어떤 남자가 서 있었고, 남자는 니키치의 어깨에 손을 올린 채 의아한 표정으로 그의 얼굴을 보고 있었다.

내가 잠깐 의식을 잃었나? 이 사람, 그런 나를 보고 놀란 거겠지? 한번 확인해 보자.

"감사합니다. 실밥은 떨어졌나요?"

남자는 놀라는 표정으로 니키치의 어깨에서 손을 떼었다.

"아, 제가 잘못 본 것 같습니다."

어? 내가 의식을 깜박한 걸 전혀 모르는 눈치잖아.

남자는 서둘러 니키치와 약간 떨어진 자리에 앉았다.

딸랑 딸랑 딸랑.

가게 안으로 세 명의 남자들이 들어왔다. 한 사람은 중년의 남성이었고, 나머지 두 사람은 역무원의 복장을 하고 있었다.

"저기 있다, 나를 죽이려고 했던 그놈."

중년의 남자가 가게 안쪽에 앉아 있는 한 남자를 가리켰다. 조금 전에 니키치의 어깨를 만졌던 사람이었다. 두 역무원이 남자에게 다가갔다.

"실례합니다만, 저희와 잠깐 같이 가 주시겠습니까?"

"갑자기 무슨 일이시죠?"

"저분이 당신에게 발로 차여서 죽을 뻔했다고 합니다."

"그래서?"

"아무래도 저희랑 같이 가 주셔야 할 것 같습니다."

"싫다면 어떻게 할 건데요?"

"경찰을 부를 수밖에 없습니다."

"겨우 발로 찬 정도로 경찰을 부르나요?"

"발로 찬 것만으로도 폭행죄가 성립됩니다. 게다가 전차가 들어오는 선로로 차서 떨어뜨리려고 했으니까 살인 미수가 성립될 수도 있습니다."

뭔가 문제가 발생한 모양이다. 역에서 벌어진 샐러리맨들 사이의 다툼인가? 자주 있는 일이긴 하지만.

남자는 처음 보는 니키치의 어깨에서 실밥을 떼어 주려고 했다. 어떤 의미로 보면 상식에서 벗어난 행동을 하는 사람 같으니 뭔가 오해를 살 만한 행동을 했을 수도 있겠다는 생각이 들었다. 그가 무슨 짓을 했는지 모르지만, 니키치는 자신과는 상관없는 일일 것이라는 생각이 들자 관심을 끊고 다시 노트에 집중하기로 했다.

그들이 옥신각신하는 가운데 찻집의 마스터나 다른 손님들까지 말려드는 분위기였지만, 니키치는 전혀 신경 쓰지 않고 노트를 계속 읽었다. 상황이 진정되면 바로 집에 가야겠다고 생각하며.

"어이, 거기! 내 말이 안 들려?!"

갑자기 중년의 남자가 호통치듯 말했다.

"옛!?"

니키치는 놀라서 그들을 보았다.

"이 남자가 언제부터 여기에 있었는지 말해 봐요?"

아~, 이를 어쩌지. 나는 아무런 도움이 되지 않을 거라고 말하는 편이 나으려나.

"죄송합니다만, 저는 별로 도움이 안 될 것 같은데……."

이건 말도 안 돼.

니키치가 기억을 한 것이다. 니키치가 이 찻집에 들어왔을 때, 조금 전에 그의 어깨를 만졌던 남자가 이미 가게 안에 있었던 것을 말이다.

하지만 조금 전에는 분명히 이 가게에 들어온 기억이 안 나서 노트를 보고 알았는데, 어떻게 그런 기억이 남아 있을 수 있었던 거지?

니키치의 머리는 그 기억들이 말이 될 수 있는 상황을 만들어 내려고 했다.

뭔가 특별한 원인 때문에 그때의 기억만 되살아날 수 있었던 건가? 하지만 어떻게……. 지금까지 그런 적이 있었다면 노트의 눈에 띄는 곳에 적어 놨을 텐데, 그런 내용은 못 봤는데.

“왜 그러시죠? 어디 불편한 곳이라도?”

역무원이 걱정되는 표정을 지었다.

“아, 아뇨. 잠깐 뭔가 착각한 것 같아서요.”

니키치는 자신의 전향성 기억 상실증에 대해서는 말하지 않기로 했다.

나한테 뭔가 이상한 일이 벌어지고 있어. 사태를 확실하게 파악할 때까지는 내 상태를 밝히지 않는 것이 좋겠다.

“착각이라니, 무슨 말씀이신지…….”

“별거 아닙니다.”

“질문에 대답해 주시겠습니까?”

“질문?”

“이 남자분이 언제부터 이곳에 계셨는지 말입니다.”

역무원이 니키치의 어깨를 만졌던 남자를 가리켰다. 니키치는 다시 한 번 그 남자를 보았다. 다른 건 아무것도 기억이 안 나는데, 자신이 이 가게에 들어왔을 때 남자가 이미 이곳에 있었다는 기억만은 이상하게도 선명하게 남아 있었다.

“왜 그런 질문을?”

“지금, 저희들이 하는 얘기를 못 들으셨나요?”

“죄송합니다. 노트에 열중하다 보니.”

“여기 계신 분 말씀이 역의 홈에서 저분이 고의로 밀어서 떨어뜨리려고 했답니다.”

“아니, 그건 오해라니까요. 저는 범인이 아니란 말입니다. 저는 계속 여기 있었다고요.”

“아~, 알리바이를 확인하고 있는 거군요?”

“그렇다고 할 수 있습니다.”

이상하다. 왜 나한테는 이 남자의 알리바이를 증명해 줄 수 있는 기억만 선명한 거지? 그 이외의 것들은 전부 사라졌는데, 어째서 갑자기 이런 일들이 벌어지는 걸까?

니키치는 당황스러운 표정으로 잠시 생각했다.

아무래도 이상해. 이유를 모르겠네. 섣불리 얘기하면 안 될 것 같은데……. 뭔가 함정에 빠진 기분이야. 일단 확실한 기억만 말하는 게 낫겠다. 가져다 붙인 것 같은 이상한 기억은 잠깐 보류해 두자.

“조금 전에…… 저분이 저의 어깨에 있는 실밥을 떼어 주려고 했습니다.”

“네? 그게 어느 정도 전인가요?”

“몇 분 전입니다.”

몇 분 전의 일로는 알리바이에 전혀 도움이 되지 않을 텐데. 내가 생각해도 바보 같은 대답이다.

“그렇다면 알리바이가 성립되지 않네요. 저분이 몇 분 전에 이 가게에 들어왔다는 얘긴가요?”

"그렇지는 않습니다, 제가 기억하기로는 말이죠."

또 바보 같은 대답을 해 버렸네.

"제대로 질문에 대답해 주세요. 저분이 언제부터 이곳에 있었나요?"

"이상하게 생각하실지 모르겠지만, 제가 이 가게에 들어왔을 때부터 이곳에 있었습니다."

사실 지금 상황에서 이상하게 생각하는 것은 나뿐이겠지.

"아닙니다. 다른 분들도 그렇게 말씀하셨기 때문에 특별히 이상하게 들리지 않습니다."

"그런가요? 그럼 다행이군요."

제발 이대로 저 남자의 알리바이와 엮이지 않고 이곳에서 벗어날 수 있었으면. 이렇게 번거로운 일에 말려드는 것은 사양하고 싶은데.

"이곳에 들어온 것은 언제쯤입니까?"

"저 말인가요?"

"네, 당신 말입니다."

기억이 나지 않는다고 하면 간단하겠지만, 그렇게 말하면 내가 전향성 기억 상실증이라는 것을 모두가 알게 돼 버릴 거야. 그리고 나 자신은 그렇게 말한 것을 잊어버리겠지만 다른 사람들은 모두 기억하고 있겠지. 결국 다들 내가 전향성 기억 상실증이라는 것을 아는데, 나는 그들이 그 사실을 알고 있다는 자체를 모르게 되는 거지. 이 얼마나 답답한 상황인가.

니키치는 머리가 복잡해져서 대답을 못 하고 있었다.

"왜 그러시죠?"

역무원이 이상하다는 표정을 지었다.

이렇게 되면 결국 방법이 없는 건가.

"사실 저는……."

"두 시간 정도 전이었어요. 그분은 오신 지 두 시간 정도 됐습니다."

니키치가 우물쭈물하고 있는 것을 보던 마스터가 대신 답했다.

그랬구나. 내가 두 시간이나 이곳에 있었구나.

"거봐요. 이제 아시겠죠?"

그 남자는 기쁜 표정이었다.

"말이 안 되잖아! 조금 전에 마스터가 한 시간 전이라고 했어. 그런데 저 사람 말에 따르면 두 시간 전에도 있었다고? 그럼 말이 안 맞잖아."

"그러고 보니 그러네요."

중년의 남자가 따지자 마스터는 고개를 살짝 갸우뚱했다. 그러자 역무원이 끼어들었다.

"그건 별문제 안 됩니다. 시계를 확인하지 않은 한, 누가 언제 왔는지 정확하게 기억하지 못하는 게 정상이잖아요. 4~5분 전이 아닌, 한 시간이나 두 시간 전부터 이곳에 있었다는 얘기니까 알리바이는 성립되는 것입니다."

그래, 보통 사람 같으면 별문제가 아니지. 하지만 나에게는 큰 문제야. 내 기억은 수십 분밖에 유지되지 않잖아. 한 시간 전도 기억 못 하는데 두 시간 전을 어떻게……. 그때 이 가게에 들어온 경위조차 전혀 기억하지 못하는데, 어째서 이곳에 저 남자가 있었던 것만 선명하게 기억할 수 있냐고.

"모두 미리 말을 맞췄을 가능성도 있어."

중년의 남자는 포기하지 않고 계속 추궁했다.

"우리들이 여기까지 오는 몇 분 사이에요?"

"전부터 계획하고 있던 것일 수도 있지 않아?"

"혹시 여기 계신 분들 중에 아는 분이 있나요?"

"아니, 그건 아닌데……."

"돌발적인 범죄가 아니라고 한다면, 모르는 사람이 당신을 노렸던 이유가 뭘까요?"

"그건 모르겠지만…… 아무나 노렸을 가능성도 있잖아."

"만약 당신이 사망하셨다면 살인죄가 됩니다. 어떤 특별한 동기도 없이 이 정도 인원이 모여 계획을 한다는 건 리스크가 너무 크잖아요."

역무원의 설명에도 중년의 남자는 이해하려 들지 않았다. 니키치 역시 자신에게 벌어진 일을 이해할 수 없었다. 그때 그 남자가 자리를 뜨려고 했다.

"그럼, 저는 일이 있어서 슬슬 실례하겠습니다."

"야, 기다려."

중년의 남자가 그 남자가 가려는 것을 막아섰다.

"당신에게 제 길을 방해할 권리는 없습니다. 비키세요."

"이봐, 범인을 놓아 줘도 괜찮은 거야?"

중년의 남자가 역무원에게 따졌다. 역무원은 상당히 혼란스러운 표정이었다.

"이분이 범인이라고 하는 사람은 당신뿐입니다."

"만약 이 녀석이 진짜 범인이었다면 어떻게 할 거야?"

"그렇게까지 말씀하신다면……. 저, 죄송합니다만, 주소와 성함을 알려 주시겠어요?"

"네, 좋습니다. 츠네무라 가츠오라고 합니다. 주소는……."

니키치는 알아채지 못하도록 몰래 그의 이름을 메모했다. 역무원은 계속해서 마스터와 다른 손님들에게도 이름과 주소를 물었다.

"마스터, 이름과 주소를 알려 주시겠습니까?"

"네, 알겠습니다."

마스터는 자신의 이름과 거주지 주소를 말했다.

"두 분도 알려 주시겠습니까?"

커플은 순간 주저했지만, 남자 쪽부터 알려 줬다.

"성함과 주소를 알려 주시겠습니까?"

역무원은 니키치에게도 같은 질문을 했다.

이거 큰일이네.

물론 이름과 주소를 알려 주는 것은 어렵지 않다. 하지만 지금 니키치는 상당히 기묘한 상황에 놓여 있었다. 전향성 기억 상실증에 걸려 있다는 것 자체도 보통 일이 아닌데, 이건 그보다 더 말도 안 되는 사태인 것이다. 살인 미수 용의의 남자가 갑자기 나타나서 그 남자의 알리바이를 증명하게 되었다. 그리고 니키치는 오직 그 남자에게 유리한 기억만을 잊지 않고 있다. 이것은 니키치에게는 도저히 있을 수 없는 상황이었다.

분명히 뭔가 큰 문제가 발생한 것 같은데, 지금은 그것을 분석할 수 있는 정보도 여유도 없잖아. 어쩌면 좋지?

"저……, 성함과 주소를 알려 주시겠어요?"

역무원이 반복해서 물었다.

지금 여기서 이름을 밝히는 것은 위험 부담이 너무 크겠지? 무슨 일이 벌어진 것인지 알 수 없는 상황인 데다 누가 아군이고 누가 적인지는 더욱 알 수 없으니 말이야. 적도 아군도 존재하는지조차 알 수 없지만, 만약 적이 있다면 전향성 기억 상실증인 나에게 압도적으로 불리하게 돼. 물론 내 증상이 이미 적에게 알려졌을 가능성도 있겠지만, 그렇다고 스스로 밝힐 필요는 없잖아. 그러면 가짜 이름을 댈까? 아니야. 그것도 문제야. 어차피 가짜 이름을 기억할 수 없으니까 스스로 무덤을 파는 짓이 되어 버릴 뿐. 그렇다면…….

"사양하겠습니다."

"네?"

"이름과 주소를 알려 드리고 싶지 않습니다."

"다른 분들은 모두 말씀해 주셨는데요."

"그렇다고 해서 저까지 알려 줘야 한다는 법은 없잖아요."

지나치게 개인 정보에 민감해하는 이상한 사람이라고 생각하겠지? 그래도 어쩔 수 없어. 어쨌든 지금은 이렇게 밀어붙일 수밖에.

"당신의 개인 정보가 악용될 일은 없을 테니 걱정 마세요."

역무원은 한 번 더 부탁했다.

"제가 저 사람의 알리바이를 증명해야 할 의무는 없는 거 아닙니까?"

"그건 그렇습니다만……."

역무원은 난처한 표정으로 답했다.

본의 아니게 이 역무원을 곤란하게 만들어서 미안하지만 지금은 할 수 없어.

"그럼, 급한 일 때문에 저는 여기서……."

츠네무라라고 하는 남자가 입구로 향했다.

다음에 만났을 때도 알아차릴 수 있게 이 남자의 얼굴 특징을 기억해 두자. 아아, 나의 문장과 서투른 그림 솜씨로는 다음에 만났을 때도 분명히 못 알아보겠지. 사진이라도 찍어 둘 수 있으면 좋을 텐데.

“기다려! 어딜 가려고. 아직 전원의 이름과 주소를 듣지 못했잖아.”

중년의 남자가 덤벼들었다.

“개인 정보를 제공하지 않는 사람은 저분이지 제가 아닙니다. 역무원 양반, 이제 가도 되죠?”

이 남자, 여기서 도망치려고 하는구나.

니키치는 직감했다.

그렇다면 이 남자는 역시 범인일 가능성이 높아. 그리고 츠네무라라는 이름도 아마 가짜일 거야. 이 남자가 범인이라면 어떤 트릭을 써서 이 가게 안에 있는 마스터와 손님들에게 자신이 계속 이곳에 있었다고 생각하게 만들었을 거야. 그게 어떤 방법인지는 모르겠지만, 상당히 강력하고 효과적인 방법이 틀림없어. 나만 알아차릴 수 있었던 건, 전향성 기억 상실증 덕분이야. 그렇지 않은 다른 사람들은 그런 자신의 기억을 믿을 수밖에 없었겠지.

니키치는 두려움을 느꼈다.

이 남자는 그런 능력이 있을 뿐 아니라 살인을 저지르려고 했던 사람이야. 만약 내가 이 남자의 비밀을 눈치챘다는 것을 이 남자가 알게 된다면 어떤 끔찍한 일을 당할지 몰라.

"네, 붙잡아 둘 이유는 없는 듯합니다."

그래, 어서 여기에서 나가 줘. 제발 나에게서 멀어져 줘.

"안 돼! 이대로는 못 보내!"

중년의 남자가 츠네무라라는 남자의 멱살을 잡으려고 하자 역무원이 이를 제지했다. 츠네무라라는 이름의 남자는 두 사람을 슬쩍 피한 다음 가게를 빠져나갔다.

휴~ 겨우 살았다.

긴장이 풀린 니키치는 그 자리에 쓰러질 것 같았지만 겨우 냉정을 되찾았다.

이제 그 남자가 나가 버렸으니 이 자리에서 가장 거슬리는 사람은 나일 거야.

하지만 니키치는 거리낄 것도 없고 일일이 사람들을 살펴보고 싶은 생각도 없었다. 괜히 그래 봤자 리스크만 늘어나고 그사이에 중요한 기억들이 점점 사라질 것이다.

앞으로 그 남자와 다시 대치하게 될지도 모르니까 지금은 가능한 상세하게 기록해 둬야겠다.

"도망쳤잖아. 어서 쫓아가 잡자!"

중년의 남자가 소리치자 역무원이 충고하듯 말했다.

"이제 그만하시죠. 아무런 증거도 없이 더 이상 추궁할 수는 없어요. 저희는 경찰이 아니란 말입니다."

"그럼 어서 경찰을 불러와. 저놈을 체포해야지!"

중년의 남자는 화가 나 있었다.

"하지만 저희는 경찰을 부를 이유가 없습니다."

"나를 죽이려고 했잖아. 경찰을 부를 이유는 충분한 거 아니야?"

"그렇기는 합니다만……."

"역의 감시 카메라에 그놈이 나를 밀어서 죽이려고 한 것이 녹화돼 있을 거 아니야. 게다가 홈에는 목격자도 몇 명 있었어."

"그렇긴 하지만, 그 인물이 츠네무라 씨라는 증거는 없습니다."

"많이 닮았잖아."

"하지만 범인은 선글라스와 마스크를 쓰고 있었기 때문에 츠네무라 씨라는 것을 확인할 수 없습니다."

"체격이 많이 닮았고 이 근처로 도망쳤으니 맞을 거야."

"하지만 츠네무라 씨는 알리바이가 있습니다."

"이 가게 안에 있는 사람들의 말을 어떻게 믿어!"

커플 손님 중에 젊은 남자가 중년의 남자를 노려보며 물었다.

"그게 무슨 뜻이죠?"

"당신들에게는 어차피 남의 일이잖아. 나처럼 실제로 당하지 않았으니까, 귀찮게 휘말리고 싶지 않으니까 적당히 말을 맞춘 거 아니야."

"이것 보세요! 보자보자 하니까 정말 별소릴 다 듣겠네. 우리는 수사에 최대한 협조했어요. 어떻게 그렇게 말할 수 있죠?"

젊은 남자가 벌컥 화를 냈다.

"그럼 너희들이 진실을 말했다는 증거 있어?"

"뭐? 당신, 그걸 말이라고 하는 거야? 우리의 증언 자체가 증거잖아. 더 이상 무슨 증거가 필요하다는 건데."

두 사람 사이로 역무원이 끼어들었다.

"여러분, 진정하세요. 여기서 말다툼을 해 봤자 소용없습니다. 일단 저희가 할 수 있는 것은 여기까지입니다. 그다음은 당신이 하고 싶은 대로 하세요. 만약 경찰에 고소하고 싶으면 고소하세요. 용의자 미상이라고 해도 좋고, 츠네무라 씨를 직접 고소해도 상관없습니다. 그것은 당신의 재량으로 결정하시면 그만입니다."

"알았어. 그럼 이제 경찰한테 갈 거야."

중년의 남자는 언짢은 표정으로 자리를 떴다.

"소란을 피워서 죄송합니다."

역무원들도 어깨를 움츠리더니 가게를 나갔다. 어떻게든 복잡한 상황은 벗어난 것 같았다.

어쨌든, 지금 일어난 기묘한 일을 적어 두자.

…….

어…… 내가 왜 여기 있는 거지?

9

니키치는 가까스로 집에 도착해서 노트를 펼쳤다.

그랬구나. 오는 길에 속이 안 좋아져서 찻집에 갔었구나.

그는 노트를 계속 읽었다.

※ 찻집에서 이상한 남자를 만났다.

※ 그 남자는 살인 미수의 혐의를 받고 있었지만, 나를 포함한 찻집 안의 사람들이 그의 알리바이를 증명해 주었다.

※ 하지만 그것은 사실이 아니다.

이게 무슨 소리지?

니키치는 나머지 내용까지 단숨에 읽고 나서 생각했다.

그렇다면 그 남자가 찻집의 마스터와 다른 손님들에게 가짜 기억을 심었다고 생각할 수밖에 없는데. 그런 일이 가능한 건가? 일종의 최면술 같은 것일지 모르겠네.

니키치만이 그 사실을 알아차리게 된 것은 전향성 기억 상실증 덕분이었다. 기억의 괴리를 눈치채지 못했다면 다른 사람들처럼 조작된 기억을 철석같이 믿고 있었을 것이다.

남자의 이름은 츠네무라 가츠오. 가짜 이름일 가능성이 높겠군.

노트에는 서툰 솜씨의 얼굴 그림이 있었다.

길에서 어쩌다가 만나도 이 그림으로는 도저히 못 알아보겠네.

다음으로 남자의 특징도 적혀 있었다.

※ 보통 몸집에 키도 보통이다.

※ 눈이 날카롭고 지적인 인상이다.

※ 코는 높다.

※ 입의 크기는 보통이다.

※ 피부색은 약간 검다.

※ 오른쪽 뺨에 약간의 상처가 있다.

※ 턱에 작은 점이 있다.

※ 머리는 약간 긴 편이다. 원래 그런 건지 모르겠지만 갈색으로 염색한 것 같기도 하다.

※ 나이는 30대로 보인다.

※ 자신감이 넘치는 말투이다.

※ 보폭이 넓다.

※ 어깨가 좁다.

이 중에 진정한 의미의 특징이라고 할 수 있는 건 뺨에 난 상처뿐이잖아. 나머지는 특징이라고 하기에는 너무 평범해. 혹시 내 얼굴을 기억하고 있을까? 내가 사진이라도 찍혔다면 분명히 노트에 적었을 텐데, 아닌 것 같군. 그럼 나를 제대로 기억 못 할 수도…….

니키치는 츠네무라라는 이름의 남자가 자신의 얼굴을 기억할 가능성은 낮을 것이라고 생각했다.

만약 그 사람이 내 얼굴을 기억한다고 해도 나를 해칠 이유는 없잖아.

하지만 니키치는 그렇게 생각할 수만은 없다는 것을 즉시 깨달았다.

그 남자가 나의 전향성 기억 상실증에 대해서 알게 되었다면 어떻게 되는 거지? 부자연스러운 태도 눈치챘을 가능성도 있어. 그 남자는 살인 미수범이야. 살인에 대한 저항이 없는 사람이란 말이지. 그렇다면 불안 요소인 나를 죽이려고 할 수도 있지 않을까. 가능성은 높지 않지만, 무시해도 좋을지는 모르겠네.

니키치는 뭔가 대책이 있어야겠다는 생각이 들었다.

일단 카메라라도 가지고 다녀야 하나? 디지털카메라는 돌발 상황에선 사용법을 기억하지 못할 텐데 어쩐다. 반복 연습을 통한 절차 기억으로 익히면 될지도 모르지만, 아무래도 불안하단 말이야. 사진을 찍었다는 사실을 기억조차 못 하게 되면 곤란한데.

아, 폴라로이드처럼 그 자리에서 사진을 뽑을 수 있는 카메라가 좋겠다. 풍경을 찍는 척하면서 그 남자를 찍으면 되지 않을까? 그러다 들킬 공산이 크지만, 그 외의 방법이 생각나지 않네.

내 처지를 생각하면 혼자서 맞서는 것만이 능사는 아니겠지? 누군가 협조해 주면 좋을 텐데, 누구한테 부탁하면 좋을까? 이 동네에는 알고 지내는 사람도 없는 것 같은데. 그렇다고 해서 아무한테나 부탁할 수도 없고.

기억이 없는 상태에서 상대가 신뢰할 수 있는 인간인지를 판단할 수 있을까? 그 전에, 내 얘기를 누가 믿어 주기는 할까? 노트를 보여 주면서 진지하게 설명해 봤자 정신 나간 소리라고 생각할 게 뻔한데.

아~, 정말. 이것이 망상일 가능성은 없을까? 찻집에 갔던 것도, 이상한 남자를 만나게 된 것도 전부 망상이 아닐까?

하지만 망상도 일종의 가짜 기억이라고 할 수 있다. 기억 자체를 할 수 없는 니키치에게 망상이란 있을 수 없다.

그는 혼란스럽기만 했다.

어차피 노트를 보여 줘 봤자 아무도 니키치의 말을 믿지 않을 것이다. 그렇다면 그 남자에게 특수한 능력이 있다는 증거를 손에 넣어야 한다. 다른 사람에게 협조를 요청하는 것은 그다음에 할 일이다.

내가 어쩌다가 이런 일에 말려들었을까?

니키치는 차라리 그 남자에 관해서 쓴 페이지를 찢어 버려서 전부 잊는 편이 마음이 편할 것 같다는 생각마저 들었다.

아냐, 그건 안 돼.

이미 니키치는 그 남자와 엮여 버렸다. 해꼬지를 당할 가능성 역시 제로가 아닌 상황이다. 만약 노트를 찢고 잊어버린다면 완전한 무방비 상태가 될 것이다.

그래, 그 남자에 관한 기록은 중요한 메모로 남겨 두자. 그리고 그 남자에게 접근하지 않도록 노력해야지. 가능하다면 평생 만나지 않았으면 좋겠다. 그렇게만 된다면 평온한 삶을 지속할 수 있을 텐데.

아아, 그렇게 모르는 척하고 지내는 것이 정말 잘하는 짓일까? 그 남자는 지금도 다른 사람의 기억을 조정하면서 끔찍한 범죄를 저지르고 있을지도 모르는데. 그런 괴물을 내버려 둬도 괜찮단 말인가?

하지만 어쩔 수 없잖아. 나에게는 아무런 힘도 없어. 게다가 기억 장애 환자란 말이야. 그 괴물과 맞서기는커녕 도움을 받아야 할 처지인데, 도와줄 사람을 찾아낼 능력도 없어. 내가 할 수 있는 것은 아무것도 없다고. 혼자 힘으로는 태풍이나 지진의 피해를 어떻게 할 수 없는 것처럼, 내게는 그 괴물에 대항할 힘이 없단 말이야. 희생자는 계속 나올지 모르지만, 내게는 아무런 책임이 없어. 어차피 나하고는 전혀 상관없는 일이잖아.

그렇게 자신에게 변명하는 니키치의 눈에서 눈물이 흘러내렸다. 그것은 비참함과 간절함이 담긴 눈물이었다.

10

키라는 전차 안에서 새로운 타깃을 물색하고 있었다.

집중도 안 되고 짜증 나네. 어제의 실패 후유증 때문인가? 그 인간이 깔려 죽었으면 깔끔하게 끝났을 일을 어쩌다가 실수를 해서……. 그래, 그때부터 꼬였던 거야. 몸을 피해 숨었던 찻집에서는 어떤 이상한 놈 때문에 기억 조작도 제대로 못 했고.

겨우 빠져나오긴 했지만, 뒤끝이 개운치가 않아서 이거 스트레스가 장난 아니네. 날 잡으려고 쫓아온 그 인간도 그렇지만, 노트 들고 있던 그놈도 생각할수록 화가 치미네. 다음에 만나면 제대로 앙갚음을 해 줘야지.

그런데 참, 그 녀석 얼굴이 어떻게 생겼었더라? 워낙 정신이 없어서 기억이 잘 안 나네. 그러면 다시 찾아내기도 어렵잖아. 거참, 답답해 죽겠네.

키라는 스트레스를 풀기 위해 전차를 탔다. 전차는 사람들이 많이 있는 곳이지만, 감시 카메라가 없어서 비교적 그가 자유롭게 행동할 수 있는 공간이었다. 유일하게 조심해야 할 것은 핸드폰에 있는 카메라뿐이었다.

하지만 전차 안에서 찍힐 걱정은 할 필요가 없다. 전차 안에서 셔터 음이 울리면 치한으로 의심받게 될 것이 뻔하기 때문이다.

시야가 가려질 정도로 약간 붐비는 전차 안. 키라에게는 딱 좋은 상황이었다. 주욱 둘러보니 키라의 취향에 맞는 젊은 여자가 몇 명 눈에 들어왔다. 하지만 이동을 막고 있는 다른 승객들 때문에 바로 접근할 순 없는 상태였다.

키라는 승객들이 내리는 틈을 타서 조금씩 위치를 옮겨 마음에 드는 여자에게 접근했다. 여자의 뒤에 몸을 밀착한 다음 대담하게 여자의 옷 속으로 손을 찔러 넣었다.

"히익!"

놀란 여자가 숨이 멎는 소리를 냈다. 그러나 키라는 전혀 멈출 기색도 없이 탐욕스럽게 여자의 몸을 만지작거렸다.

"당신, 신고할 거야!"

"신고할 테면 해 봐."

키라는 비열한 미소를 짓더니 더욱 격렬하게 여자의 몸을 주물

럭거렸다. 여자는 달아나려고 버둥거렸지만 키라는 절대 놓아 주지 않았다. 결국 여자는 훌쩍거리더니 울음을 터뜨리고 말았다.

아~, 기분 좋다.

키라는 자신의 대담함에 취해 있었다.

"야! 그만두지 못해!"

그때 누군가 키라의 팔을 붙잡았다.

"이 짐승 같은 새끼. 너! 다음 역에서 내려!"

강인한 인상의 남자였다. 그의 표정에서 강한 분노를 느낄 수 있었다.

흥, 정의의 기사 납셨네.

"어디 할 테면 해 봐."

키라는 뻔뻔스러운 얼굴로 다른 한쪽 손으로 여자의 몸을 계속 주물럭거렸다.

"그만둬 이 새끼야!!"

"싫어. 이렇게 재밌는 걸 내가 왜 그만둬?"

"이 새끼가 미쳤나."

이윽고, 전차가 역에 도착했다. 여자는 여전히 울고 있었다. 남자는 키라를 억지로 끌어내렸다. 키라가 괴로워하는 여자를 계속 껴안고 있자 남자가 키라로부터 여자를 힘주어 떼어 냈다.

"아이참~, 왜 이래. 살살 좀 해."

키라는 장난치듯 여자 말투로 말했다. 남자는 주먹을 꽉 쥐었다.

"어? 한 대 치려고? 그 주먹을 휘두르면 폭행죄가 될 텐데."

"한 대 갈기고 싶지만 참는 거야. 바로 역무원한테 가자. 현행범이니까 바로 경찰에 넘긴다. 여성분께서는 힘드시겠지만 같이 가서 증언을 해 주셔야 할 것 같습니다."

여자는 울면서 고개를 끄덕였다.

아아, 재미없게. 그럼 이제 슬슬…….

키라는 남자에게 팔을 잡힌 채로 말했다.

"치한은 너야. 너는 전차 안에서 이 여자를 성추행했어."

남자가 눈을 부릅떴다. 그러더니 얼굴을 실룩실룩하면서 가벼운 경련을 일으켰다.

어쭈, 저항한다 이거지. 자신이 성추행 같은 범죄를 저질렀다는 것을 받아들이기 어려운가 보지? 그래 봤자 소용없을 텐데.

남자의 눈이 원래대로 돌아왔다.

"아~!"

제정신이 돌아온 남자는 손으로 얼굴을 감쌌다.

자기가 한 짓이 너무나도 부끄러운가 보군. 사실은 그런 기억이 있을 뿐인데 말이야. 역시 내 능력은 대단해.

여자는 남자의 갑작스런 변화에 당황했는지 그냥 멍하니 바라보고 있었다. 키라가 이번에는 여자의 가슴에 손을 댔다. 그리고 얼굴을 감싸고 있는 남자를 가리켰다.

"너를 성추행한 것은 이 남자야. 그리고 내가 너를 구했어."

여자도 즉시 눈을 부릅떴다. 여자 쪽은 별다른 저항이 없었다. 성추행을 당한 충격 때문에 상대가 누구인지는 중요하지 않았던 것이다.

"자, 여성분도 역무원실로 가실까요?"

키라의 말에 여자는 떨면서 가볍게 고개를 끄덕였다.

"야! 너, 각오해."

키라가 이번엔 남자에게 혼내듯이 말하자 남자가 머리를 쥐어뜯었다.

"아아아~ 아아아~. 내가 왜 그런 짓을 했지? 왜! 왜! 왜 그랬어!!"

"뻔뻔하게 사람들 앞에서 그런 짓을 할 때는 언제고 인제 와서 무슨 소리야. 그렇게 한다고 내가 그냥 놓아 줄 거 같아? 경고하는데, 후회하는 척하면서 도망갈 생각 하지 마."

남자는 고개를 떨군 채 터벅터벅 걸어갔다.

이놈은 정의감이 너무 강해서 도망가거나 변명을 할 생각은 없는가 보군. 이러다가 인격이 붕괴될 가능성도 있겠네. 이번에는 많은 목격자가 있었지만 처음부터 끝까지 전부 본 사람은 별로 없겠지.

키라는 남자가 자신을 전철에서 끌어 내릴 때부터 갑자기 입장이 뒤바뀌면서 절망적인 표정으로 역무원실로 끌려가는 것까지 전부 목격한 사람은 없을 것으로 믿었다.

혹시 전부 본 사람이 있다고 쳐도, 도대체 어떻게 된 영문인지 알 수 없을 거야.

키라는 두 사람의 몸에 손을 대고 다른 사람들에게는 들리지 않게 작은 목소리로 속삭이면서 기억을 조작했다.

만에 하나 누군가 눈치챘다고 해도, 가해자와 피해자가 모두 그것이 사실이라고 인정하고 있으니, 그런 본인들의 증언을 뒤집진 못하겠지. 물론 일부러 그런 쓸데없는 짓을 하려는 사람도 없을 테고 말이야. 그럼에도 불구하고 만에 하나 그런 사람이 나타난다면 그 사람의 기억을 조작하면 그만이고.

키라는 남자의 팔을 붙잡고 여자와 함께 역무원실로 들어갔다. 모든 상황을 얘기하자 역장은 키라에게 직접 증언해 줄 수 있겠냐고 물었다. 그러자 그는 급한 일이 있다는 핑계를 대고 나중에 필요하면 증언하겠다며 가짜 이름과 주소를 남기고 자리를 떴다.

경찰에게 자세한 이야기를 하게 되면 아무래도 여자의 증언과 다른 부분이 생길 거야. 엇갈리는 증언은 흔히 있는 일이긴 하지만, 귀찮은 일은 피하는 게 상책이지. 이 둘의 증언도 서로 엇갈릴 수 있겠지만, 이 경우에는 가해자인 남자가 거짓말을 한다고 생각하겠지.

키라는 상쾌한 기분으로 휘파람을 불면서 유유히 걸음을 옮겼다.

11

니키치는 병원에서 집으로 가는 길이었다. 그는 가능한 곧바로 집으로 가야 한다는 것은 알고 있었지만, 눈앞에서 벌어진 일이 너무나도 기이해서 호기심을 참을 수 없었다.

붐비는 전차 안, 어떤 기생오라비같이 생긴 남자가 대담하게 사람들 앞에서 한 여성에게 노골적인 성추행을 하고 있었다. 처음에는 얼굴 두꺼운 젊은이들의 애정행각인 줄 알았지만, 여자가 괴로워하면서 울음을 터뜨리는 것을 본 니키치는 강제 성추행임을 알아차렸다.

그때, 어떤 강인한 인상의 남자가 그녀를 구하려고 끼어들었다. 하지만 그 치한은 전혀 아랑곳하지 않고 여자를 계속 괴롭혔다.

니키치는 이상한 광경이라고 생각했다. 많은 사람이 지켜보고 있는 가운데 강제 성추행이 발각되었는데도 전혀 그만둘 생각을 하지 않는 것은 상식적으로 이해하기 어려운 태도였다.

물론 강제 성추행을 자체도 비상식적이긴 하지만, 저렇게 당당하게 범죄를 저지르는 것은 제정신이 아닌 자포자기 상태라고 밖에 생각할 수 없었다. 게다가 멀쩡하게 생긴 사람이 그런 행동을 해서 더욱더 기이하게 보였다.

결국, 그 치한은 억지로 전차에서 끌어 내려졌다. 하지만 그는 끝까지 여자한테서 손을 떼려고 하지 않았다.

니키치는 자기도 모르게 그들을 따라 내렸다. 그리고 약간 떨어진 곳에서 서서 세 사람을 지켜보았다. 평상시에 내리지 않는 역에서 내리는 건 그에게 위험 부담이 컸지만, 그 치한의 행동이 자꾸 신경 쓰여서 어쩔 수 없었다.

치한이 강인한 인상의 남자에게 뭐라고 속삭였다. 그랬더니 그 남자가 갑자기 눈을 부릅뜨면서 경련을 일으켰다.

어? 왜 저러지?

다음 순간, 경련을 멈춘 남자가 외마디 비명을 지르며 자신의 얼굴을 감쌌다. 그러자 먼발치에 있던 사람들까지 그쪽으로 시선을 돌렸다.

니키치처럼 같은 전차에서 내린 승객이라면 지금까지 벌어진 일들의 기이함 때문에 주목을 했겠지만, 대부분의 사람들은 남자의 비명 소리에 잠깐 눈길을 돌렸다가 다시 각자의 길로 갔다.

치한은 또 여자의 가슴에 손을 대더니 뭐라고 중얼거렸다. 여자도 잠깐 눈을 부릅떴다가 치한이 뭐라고 하자 그를 향해 고개를 끄덕였다.

아무래도 이상해.

강인한 인상의 남자는 그 자리에 주저앉더니 자신의 머리를 쥐어뜯었다.

저 사람이 도대체 뭐라고 했기에 저러지? 어떤 '마법의 주문'이라도 건 건가?

강인한 인상의 남자는 치한에게 팔이 잡힌 채 끌려가듯이 터벅터벅 걸어갔다. 여자도 그 뒤를 따랐다. 어떻게 된 일인지 그 남자와 치한의 입장이 역전된 분위기였다. 전차 안에서의 일을 모르고 이 상황만 본 사람이라면 여성을 구해 준 남자가 성추행범이라고 생각할 것이다. 선도하는 듯한 모습의 치한은 피해자와 강인한 인상의 남자를 역무원실로 데리고 들어갔다.

어쩌지? 경찰이 올 때까지 기다려 볼까?

하지만 더 시간을 끌면 안 될 것 같았다. 니키치는 그만 돌아가기로 했다. 몸을 돌리려는 순간, 역무원실의 문이 열리더니 치한 혼자만 밖으로 나왔다. 그런데 어찌 된 일인지 역무원들이 그에게 인사를 하는 것이 아닌가.

니키치는 열려 있는 문틈 사이로 역무원실 안을 들여다보았다. 치한을 붙잡았던 강인한 인상의 남자가 절망한 듯 머리를 감싸고 있었고 여자가 그 남자를 노려보고 있었다.

도대체 어떻게 된 거지? 정말로 저 남자가 치한으로 몰렸잖아.

니키치는 무슨 일이 벌어진 것인지 직접 확인하고 싶은 충동을 느꼈다. 하지만 왠지 이일에 관여하면 안 될 것 같아서 선뜻 움직일 수 없었다. 그러는 사이, 진범인 치한은 점점 저편으로 멀어져 갔다.

저 남자를 쫓아가서 물어볼까? 아냐, 얘기해봤자 진실을 말해 줄 리 없어. 그렇다면 역무원실로 가 보자.

잠시 망설이던 니키치는 역무원실로 향했다. 그가 안을 들여다보자 역무원 한 명 나왔다.

"무슨 일이세요?"

"저…… 조금 전에 소란을 목격한 사람인데요. 어째서 같이 왔던 남자가 혼자 가 버렸나요?"

"아~ 급한 일이 있다고 하셔서 보내 드렸어요."

"사건 관련자를 그냥 보내도 괜찮은 건가요?"

"저희로서는 억지로 붙잡아 둘 수는 없거든요. 피해자분께서 남아 계시니까 증언하는 것은 문제가 없을 겁니다."

"하지만 가해자가……."

"가해자는 저쪽에 얌전히 앉아 있습니다. 저렇게 듬직하고 성실해 보이는 청년이 치한이라니 정말 무서운 세상이죠."

치한과 제압한 사람이 뒤바뀌다니. 문득 으슬으슬한 오한이 니키치의 온몸을 덮쳤다.

"저분은 자신이 치한이라고 인정했나요?"

"네, 솔직하게 인정했습니다. 그래도 혹시 모르니 목격하신 분도 증언을 해 주신다면……."

"아, 죄송합니다. 저도 급한 일이 있어서요."

니키치는 도망치듯 그 자리를 떴다.

이게 무슨 일이지? 혹시 내 증상이 악화된 건가? 기억을 유지할 수 없는 것뿐 아니라 현재의 기억까지 왜곡돼 버리는 건가? 그렇다면, 나는 이제 일상생활조차 어려워지는 건가?

"잠깐 말씀 좀 물어도 될까요?"

지나가던 고상한 분위기의 노부인이 니키치에게 말을 걸었다.

"네."

"당신도 조금 전에 벌어진 일 전부 보셨나요?"

"네, 보긴 봤습니다만."

"방금, 역무원실에 갔다 오셨죠?"

"네."

"그래서 이유를 알려 주던가요?"

"이유요?"

"네, 치한을 풀어 준 이유 말이에요. 저도 뭔가 이상하다는 생각에 가서 물어볼까 생각했지만, 용기가 안 났거든요. 혼자서 망설이고 있던 중에 당신이 역무원실에 가는 것을 봤습니다. 어떻게 된 건지 궁금하네요."

"자, 잠깐만요."

노부인의 말에 니키치는 자신의 기억이 잘못되지 않았다는 것에 안심하는 것과 동시에 왠지 오싹함을 느꼈다.

"조금 전에 나간 사람이 치한이 맞죠?"

니키치가 그렇게 묻자 노부인은 이상하다는 표정을 지었다.

"못 보셨나요? 전차 안에서 난리 났었는데."

"저도 봤습니다. 그리고 어떤 강인한 인상의 남자가 그 여성분을 구해 줬죠?"

"그렇죠. 보셨다면서 새삼스럽게 왜 그런 질문을 하시죠?"

"제가 자신의 기억을 믿지 못하게 되었거든요."

"기억을 믿지 못한다고요?"

노부인은 다시 이상하다는 표정으로 니키치의 얼굴을 들여다보았다.

"요즘 기억력이 안 좋아져서……."

"저런~, 젊은 분이 안 됐네요."

"그럼 이만 실례하겠습니다."

"아, 잠깐만요. 그래서 뭐라고 하던가요?"

노부인이 당황하며 니키치를 붙잡고 물었다.

"죄송합니다만, 제가 그 대답은 해 드릴 수 없습니다."

"그게 무슨 말씀이세요?"

"말씀드려도 이해하실 수 없기 때문입니다."

"저를 놀리시는 건가요?"

노부인은 약간 화가 난 듯했다.

"아닙니다. 정말로 이해할 수 없는 일이라 그렇습니다."

"가서 직접 물어보셨다면서 이해할 수 없다니 무슨 말씀인지……."

"저는 정말 그렇습니다."

노부인이 한숨을 쉬었다.

"그럼 제가 직접 물어보러 갈 수밖에."

"별로 권하고 싶지는 않지만, 그러고 싶으시다면 제가 막을 수는 없겠죠. 제가 말씀드릴 수 있는 건, 역무원에게 물어보시면 더 혼란스러워지실 거라는 겁니다."

"역시 저를 놀리는 거군요."

노부인이 니키치를 노려보았다. 니키치는 그런 노부인에게 어색한 미소로 인사를 대신하고 그 자리를 떠났다.

니키치가 겨우 집에 도착했을 때, 아직 기억을 유지하고 있었다. 니키치는 서둘러서 노트에 조금 전에 일어난 일을 적었다. 오는 도중에 어딘가에 들러서 적을까도 생각해 봤지만, 아무래도 마음이 놓이지 않았다.

저 치한 사건은 객관적으로 관찰한 입장에서 보면, 관계자의 기억이 치한에게 유리하도록 바뀌었다고 생각할 수밖에 없었다. 만약 그것이 정말 있을 수 있는 일이라면 치한의 의도로 그렇게 된 것인지 아니면 다른 원인 때문에 그런 것인지에 따라 얘기가 완전히 달라진다.

만약 치한의 의도에 따라 그렇게 된 것이라면 그 사람은 극히 위험한 존재이다. 그 사람하고 절대로 엮이면 안 된다. 특히 기억에 장애가 있는 니키치는 절대로 피해야 하는 상대이다.

그 사람, 혹시 가까운 곳에 살고 있을까?

만약 그렇다면 니키치와 그 치한의 행동 범위가 겹칠 가능성이 있다. 즉, 다시 만날 가능성이 있다는 얘기다.

니키치는 노트를 훑어보기 시작했다. 그 안에서 몇 주 전에 자신이 수수께끼의 인물과 만났던 내용을 발견했다. 그 인물이 살인 미수를 저지르고 니키치를 포함한 몇 명에게 자신의 알리바이를 증명하기 위한 가짜 기억을 심은 것 같다, 고 추리한 내용이었다.

당시에 자신이 본 인물에 대한 묘사와 몽타주 같은 것이 있었지만, 그것만으로는 오늘 본 치한과 동일 인물인지는 판단할 수 없었다. 하지만 이런 특수한 능력을 가진 사람이 둘 이상 존재한다는 것보다는 동일 인물일 확률이 높다는 생각이 들었다.

그 치한에게 말을 걸지 않기를 잘했어. 이 노트에 적혀 있는 대로라면 그 사람은 나를 한 번 만난 적이 있으니 내 얼굴을 기억하고 있을 수도 있어.

그를 처음 만났을 때, 니키치는 자신의 기억이 조작된 것을 알아차렸고, 전향성 기억 상실증을 숨겨야만 했다. 그래서 부자연스러운 말과 행동을 취하게 된 것이다.

니키치가 그에게 말을 걸었다면 살해당했을지도 모른다. 어설픈 조치를 취하는 것보다 제거하는 것이 근본적인 문제 해결 방법이니까.

놈은 범죄를 저지르는 것에 대한 심리적 저항감이 거의 없겠지? 그렇다면 최대한 놈과 엮이지 않도록 해야 돼. 문제는 그놈을 다시 만났을 때 기억이 사라져서 알아볼 수 없다는 건데……. 즉석카메라라도 가지고 다녀야 하나? 뭔가 대책을 생각해 둬야겠어.

한참 동안 생각하던 끝에, 니키치는 노트에 이렇게 적어 넣었다.

※ 내 주변 어딘가에 무서운 괴인이 살고 있다.

※ 자세한 내용은 21페이지와 40페이지를 참조.

21페이지에는 지난번의 사건이 적혀있고, 40페이지에는 이번의 사건 내용을 적었다. 그리고 니키치는 40페이지의 기술에 다음과 같은 내용을 덧붙였다.

※ 괴인의 존재를 알아차렸을 때, 몰래 얼굴 사진을 찍어 둘 것.

※ 그러기 위해서 항상 즉석카메라를 가지고 다닐 것.

니키치에게 그 괴인에 대한 근본적인 대책은 없었다.

운이 좋다면, 다시는 만나는 일이 없을 거야. 운이 좋다면…….

12

그렇구나. 내가 화법 교실에 다니고 있었구나. 아직 절차 기억은 남아 있으니 화법을 배우는 건 가능하다고 생각한 건가? 그래서 말솜씨가 늘었는지는 잘 모르겠지만…….

그때 교실 문이 열리고 30대 정도로 보이는 여성이 들어왔다.

“저……, 그러니까…… 기타가와 교코 선생님이시죠?”

니키치는 노트를 보면서 말했다.

화장기도 없었고, 머리카락도 대충 묶었으며, 안경을 쓴 수수한 얼굴이었다. 평범한 외모의 그녀였지만, 내면에서 배어 나오는 지성이나 인품을 뚜렷하게 느낄 수 있었다.

이 여성이 담당 선생님이란 말이지. 왜 내가 이곳에 다니기로 했는지 이제 알겠다.

"네, 맞습니다. 매번 점점 발전된 모습을 보여 주시네요."

교코가 미소를 지었다.

"발전요?"

"네, 강의를 시작하기 전에 현재 상황에 관한 여러 가지 설명이 필요합니다만, 그 설명의 시간이 점점 짧아지고 있습니다."

"정말요?"

"네."

"노트에 꼬박꼬박 써 둔 덕분인 것 같군요."

"노트는 전부터 쓰고 계셨어요."

"그렇다면 전에는 더 긴 설명이 필요했던 이유를 뭘까요?"

"이전에는 노트에서 요령 있게 정보를 취하는 것이 어려우셨나 봐요."

"그런데 최근에는 요령이 생겼다?"

"그런 것 같습니다."

"하지만 어떻게 그럴 수가 있죠? 저는 기억을 할 수 없는데."

"아니요. 기억하실 수 있습니다."

"절차 기억 말인가요?"

"그렇습니다. 바로 그거예요. 확실히 이해하고 계시네요."

"조금 전에 이 노트에서 읽었습니다."

"노트 쓰기와 읽기가 절차 기억으로 습관화되어 문제없이 생활할 수 있게 되신 듯합니다."

그렇다면 내 삶이 조금씩 좋아지고 있다는 얘긴가?

"그럼, 오늘의 수업을 진행해 볼까요? 먼저 지난번 스피치를 영상으로 확인하겠습니다."

"스피치 영상이라니, 제가 그런 걸 찍었습니까?"

니키치는 놀라는 표정으로 물었다.

"네, 그렇습니다."

"여기서 찍은 건가요?"

"네."

"다른 학생들도 다들 그렇게 하나요?"

"네. 하지만 모든 분이 여기서 찍는 것은 아니고 집에서 찍은 영상을 전송해 주시는 분도 있습니다."

"영상을 전송해요?"

"네, 이 교실의 인터넷 사이트가 있어서 그곳에 업로드하면 됩니다."

"사이트에서 공개된다는 건, 인터넷을 통해 누구나 볼 수 있다는 말인가요?"

"그렇습니다."

"저의 스피치도 공개되어 있습니까? 제가 그래도 괜찮다고 했나요?"

"네, 승낙해 주신 것이 업로드되어 있습니다."

"의심하는 것 같아서 죄송합니다만, 제가 정말로 OK했나요?"

"네, 여기 각서가 있습니다. 그리고 영상의 앞부분을 보면 타무라 씨가 직접 공개 승락에 관해 언급하시는 내용도 있습니다."

각서의 사인은 분명히 니키치 자신의 것이었다.

아무리 그래도 내가 말하는 모습을 인터넷에 공개하다니…….

"그 비디오를 보여 주실 수 있으신가요?"

"지금부터 보여 드릴 생각입니다. 기억하지 못하시겠지만."

"기억합니다. 조금 전에 선생님께서 영상을 확인한다고 말씀하셨죠?"

"아, 그랬죠."

교코는 또 미소를 지었다.

"이 컴퓨터에는 여러 가지 모양의 작은 물건들이 꽂혀 있는데, 무슨 메모리 같은 건가요?"

"네, 이 컴퓨터는 거의 모든 미디어에 대응할 수 있습니다. 대부분의 비디오카메라 영상 역시 재생이 가능합니다. 타무라 씨도 댁에서 촬영한 스피치 영상을 가져오세요."

테크놀로지의 발전이구나.

"이 새끼가 어디서 약을 올리고 있어!!"

그때 갑자기 복도 쪽에서 크게 화난 목소리가 들렸다.

무슨 일이지? 밖에서 누가 싸우나?

교코가 문을 향해 걸어갔다.

"선생님, 아는 분 목소리세요?"

"아니요."

"그렇다면 나가지 않는 게 좋을 것 같은데요."

"누군가 도움이 필요할 수도 있잖아요."

"만약 싸움이라도 난 거면, 잘못 끼어들었다가는 해를 당할 수도 있어요."

"그러고 보니 타무라 씨도 싸움에 끼어들었다가 머리를 다쳤다고 하셨죠?"

"네, 그게 저의 마지막 기억입니다. 아무튼 그러다가 큰일 나요. 조용히 있다가 필요하면 경찰에 신고해야 합니다."

"경찰에 신고할지 말지 결정하기 위해서라도 먼저 상황을 확인할 필요가 있지 않을까요?"

"확인 안 하셔도 돼요. 교실 밖에서 나는 괴성 때문에 수업에 방해가 되니까 경찰에 신고하는 것이 지나친 행동은 아닐 겁니다."

"시비를 먼저 건 사람은 당신이잖아!!"

이번에는 다른 사람의 목소리가 들렸다. 싸우고 있는 것이 맞는 듯했다.

"어서 돈 내놔!!"

"돈이라니, 무슨 돈? 무슨 소리를 하는지 모르겠네. 야! 뭐 하는 거야? 위험하잖아. ……자, 잠깐. 계단이라 위험하다니까. 그만두라는데 사람 말 못 알아들어?! 야! 그만두라니까. 이러다가 떨어져. 떨어진다고. 정말 떨어……. 으악!!”

남자가 크게 비명을 질렀고, 이어서 요란한 소리가 들렸다. 누군가 계단에서 굴러떨어진 듯했다.

“아무래도 나가 봐야겠어요.”

교코가 그렇게 말하자 니키치는 고개를 끄덕였다.

“그럼 저도 가겠습니다.”

“괜찮으시겠어요?”

교코가 문으로 걸어가며 니키치에게 물었다.

“폭행에 대한 트라우마가 있으신 거 아닌가요?”

“그때 일은 기억하고 있습니다만, 트라우마 정도는 아닌 것 같습니다.”

있다고 하더라도 기억할 수 없으니 잘 모르겠다.

교실 문을 열어보니, 가까이에 있는 계단에서 한 남자가 아래를 내려다보고 있었다.

“무슨 일인가요?”

“별일 아닙니다.”

니키치는 그 남자가 있은 곳으로 가서 계단 아래를 내려다보았다. 계단 아래쪽 바닥에는 한 남자가 축 늘어진 채 쓰러져 있었다. 관절과 목이 비정상적인 방향으로 크게 꺾여 있었다. 니키치는 말문이 막혔다.

“이게 도대체…….”

그때 다른 방에서 양복을 입은 남자가 나왔다.

"무슨 일이 있었나요?"

"사람이 떨어진 것 같아요. 구급차를 불러야겠어요."

교코의 대답을 들은 남자는 혀를 찼다.

"아니 어쩌다가."

"누군가 밀어서 떨어뜨렸어요."

계단 아래를 보고 있던 남자가 말했다.

"그게 누군가요? 혹시 보셨나요?"

"네, 알려 드릴까요?"

그 남자는 양복을 입은 남자의 어깨에 손을 댔다.

"이 남자를 밀어서 떨어뜨린 사람은 머리가 길고 빨간 원피스를 입은 젊은 여자야. 당신은 그걸 목격했어. 나는 나중에 이곳에 왔고."

양복을 입은 남자가 눈을 부릅떴다. 다시 정신 차린 양복을 입은 남자는 갑자기 생각난 듯 말했다.

"제가 봤어요! 어떤 젊은 여자가 밀어서 떨어뜨렸어요."

"지금 이게 어떻게 된 거죠?"

교코가 속삭이듯 묻자 니키치가 대답했다.

"그러게요. 뭔가 이상하네요."

남자가 이번에는 두 사람 쪽으로 다가왔다.

아, 노트를 교실에 놓고 왔네. 오히려 잘됐어. 만약 저 남자가 나를 만났던 것을 기억한다면 항상 노트를 가지고 다니는 것을 수상하게 생각했을 거야.

니키치는 교실에 들어가기 바로 전에 읽은 노트의 내용을 기억하고 있었다. 노트에는 기억을 조정하는 괴인에 대한 이야기가 있었는데, 그 내용을 보고 처음에는 솔직히 반신반의했었다. 누군가로부터 도시 전설을 듣고 옮겨 적을 때 실수로 노트에 있는 중요 항목에 섞인 것은 아닐까 하고 의심했던 것이다. 시간때문에 그의 존재까지는 인식하고 있었지만, 그에 관한 자세한 특징까지는 머릿속에 넣어 둘 수 없었다.

아무래도 이 사람이 그 괴인인 것 같아. 이런 사람이 실제로 존재하는구나.

이 남자가 자신과 교코의 기억까지 조작하려 한다는 생각이 들자 니키치는 밑도 끝도 없는 공포와 절망적인 무력감이 엄습해 왔다. 눈앞에 상식을 뛰어넘는 괴물이 있다고 생각하니 몸이 후들후들 떨렸다.

당장 도망갈까? 아니야. 지금 도망가면 내가 자신의 정체를 알고 있다는 걸 눈치채겠지? 방해가 된다면 나 같은 건 아무렇지도 않게 죽일 거야.

니키치는 살해당할지도 모른다고 생각하니 등골이 오싹했다.

그렇다고 도망가지 않으면 놈에게 기억을 조작당할 텐데. 나뿐 아니라 교코 선생님까지 말이야. 그래도 너무 두려워하지 말

자. 그냥 기억 조작을 당하는 편이 나을지도 몰라. 기억이 바뀌면 더 이상 위해를 가하지 않겠지. 우리들이 그의 무죄를 증명하는 도구 역할을 해야 하니까.

괴인이 교코의 팔을 잡았다. 교코는 반사적으로 뿌리치려 했지만, 괴인은 놓아 주지 않았다.

"이게 무슨 짓이야!"

니키치가 참지 못하고 소리쳤다. 괴인은 곁눈질로 니키치를 흘깃 보더니 으름장을 놓았다.

"넌 잠깐 기다려. 먼저 이 여자부터."

"저 남자를 밀어서 떨어뜨린 사람은 머리가 길고 빨간 원피스를 입은 젊은 여자야. 너는 그것을 목격했고, 나는 나중에 이곳에 왔어. 그리고 나에게 팔을 붙잡힌 건 잊어."

교코가 눈을 부릅떴다.

"어떤 젊은 여자가 저 사람을 밀어서 떨어뜨린 것을 봤어요."

교코는 문득 그렇게 말했다. 실로 부자연스러운 말과 행동이었지만, 본인은 깨닫지 못하는 듯했다.

"기다렸지? 이번엔 네 차례야."

괴인은 어리둥절한 표정으로 서 있는 니키치에게 다가왔다. 니키치는 참기 힘든 불쾌감을 느꼈다.

아~, 이대로 내 머릿속을 휘젓도록 내버려 둬야 하다니.

괴인의 손이 몸에 닿는 순간 니키치는 졸음이 엄습하며 그대로 의식을 잃을 것 같은 느낌이 들었다. 제정신이 돌아오자 먼저 니키치의 머릿속에 떠오른 것은 머리카락이 길고 빨간색 원피스를 입은 젊은 여성이 어떤 남자를 밀어 떨어뜨리는 장면이었다. 하지만 이것은 괴인이 심은 가짜 기억임이 분명했다. 니키치는 그것을 확실하게 구분할 수 있었다.

그렇구나. 미리 마음의 준비가 되어 있으면 가짜 기억과 진짜 기억이 구별되는구나.

니키치는 어렴풋하지만 괴인이 자신을 향해 "저 남자를 밀어서 떨어뜨린 사람은 머리가 길고 빨간 원피스를 입은 젊은 여자야. 너는 그것을 목격했고, 나는 나중에 이곳에 왔어. 그리고 내가 너에게 손댄 것은 잊어."라고 말한 것이 생각나는 듯했다.

이건 희소식이야. 놈의 능력이 완벽하지 않다는 얘기잖아. 보통 인간은 자신의 기억을 의심하지 않으니까, 이처럼 여자를 봤다는 기억이 머릿속에 있으면 그것을 그대로 믿는 게 당연하겠지. 게다가 필요하다면 보완해서 이 기억을 그럴듯하게 만들 것이고.

하지만 나는 이 괴인에게 기억을 심는 능력이 있다는 것을 이미 알고 있었기 때문에 내 기억을 믿지 않았어. 그래서 기억의 보완도 이루어지지 않았고, 가짜 기억이라는 것을 인식할 수 있었던 거야.

하지만 정말 이것으로 내가 놈의 능력에서 해방된 걸까? 놈은 자신의 능력이 알려졌다는 것은 조금도 생각 못 하고 허술한 암

시로 기억을 덮어씌웠어. 만약 자신의 능력이 알려진 것을 눈치채게 된다면 더욱 철저한 가짜 기억을 만들어서 꼼짝 못 하게 하지 않을까? 만약 그렇게 된다면 진짜 기억과 가짜 기억을 구별하지 못해서 정신이 붕괴될지도…….

아냐. 놈은 그런 번거로운 짓은 안 할 거야. 그냥 나를 죽여서 그 죄를 다른 사람에게 뒤집어씌우면 그만이잖아. 놈은 지금 별 생각없이 가공의 인물에게 자신의 죄를 뒤집어씌웠지만, 실제로 존재하는 사람에게도 뒤집어씌울 수 있겠지. 만약 '빨간 원피스를 입은 젊은 여자'가 아닌 나를 가리키며 "이놈이 밀어 떨어뜨렸다."고 했다면 내가 범인이 돼 버렸을걸. 이 무시무시한 괴물을 어떻게 대하지?

정신이 든 니키치는 괴인이 자신을 바라보고 있는 걸 알았다.

아아, 이러다 들통나겠다. 어서 기억이 조작된 척해야지.

"젊은 여자가 이 사람을 밀어 떨어뜨리는 것을 봤어요."

"그럼 범인은 그 여자군요."

괴인의 말에 니키치는 모르는 척 대답했다.

"그렇습니다."

그러는 동안 교코는 핸드폰을 꺼내서 구급차를 부르고 있었다.

현명한 행동이야. 하지만 이미 늦었겠지. 떨어져서 목뼈가 부러졌다면 아마도…….

교코는 계단을 내려가서 피해자의 가슴에 손을 대 보았다.

"심장이 멈췄어요!"

니키치가 이미 죽었을 거라고 말하려는 순간, 교코가 소리쳤다.

"AED[응급 처치용 자동 심장 충격기]를 가져오세요!!"

"AED가 뭔가요?"

니키치가 물었지만 아무도 설명해 주지 않았다.

"제가 찾아보겠습니다."

양복 입은 남자가 그렇게 말하곤 어디론가 달려갔다. 니키치는 교코가 있는 계단 아래로 내려갔다.

"제가 심폐 소생술이라도 해 볼까요?"

"아, 그거 좋은 생각이네요."

교코가 진지한 표정으로 고개를 끄덕였다.

"머리의 위치는 원래대로 돌려놓는 게 좋겠죠?"

"네, 그러는 게 낫겠네요."

니키치와 교코는 천천히 남자의 머리를 바른 위치로 돌려놓았다. 물컹한 느낌이 나는 게 목뼈가 부러졌다는 것을 확실히 알 수 있었다. 교코도 그것을 느꼈을 터였다. 하지만 그녀는 아무런 말도 하지 않았다. 생사의 판단을 지금 하면 안 된다고 생각했을 것이다.

니키치는 전문가도 아니면서 '목이 부러졌으니 심폐 소생술 같은 건 해 봤자 소용없다.'고 생각하며 가능한 조치를 취할 생각도 안 했던 자신이 부끄러웠다.

머리를 다치기 전에 심폐 소생술 강습을 받았기 때문에 방법을 기억하고 있었던 니키치는 심장 마사지를 시작했다. 남자는 반응이 전혀 없었지만 니키치는 개의치 않고 계속했다. 이를 지켜보던 교코는 다시 휴대폰을 꺼내서 경찰에 전화를 걸었다.

"네, 어떤 남자가 계단에서 떨어졌습니다. 어떤 젊은 여자가 미는 것을 봤어요. 구급차는 불렀고, 지금 심장 마사지를 시도하고 있습니다."

니키치는 일단 심장 마사지를 멈추고 인공호흡을 하려고 했다.

"인공호흡은 하지 마시고 심장 마사지를 계속하세요."

전화를 하고 있던 교코가 니키치에게 말했다.

"하지만……."

"최근 지침에서는 심장 마사지가 우선으로 되어 있습니다. 비전문가의 인공호흡은 효과가 없대요."

아, 그렇구나.

니키치는 심장 마사지를 계속했다.

이윽고 어딘가로부터 사이렌 소리가 들렸다.

"죄송하지만, AED를 찾지 못했습니다."

양복을 입은 남자가 돌아왔다.

"저는 이제 가 봐도 되겠죠? 목격자는 당신들이니까."

괴인이 말했다.

여기서 도망가게 할 순 없어. 경찰이 오면 뭔가 증거가 될 만한 것을 찾아낼지도 모르는데.

"당신도 이 근처에 있으셨으니까 뭔가 증언을 해 주실 수 있잖아요."

니키치는 그를 붙잡아 둘 구실을 찾았다.

"저는 아무것도 못 봤습니다. 게다가 제가 지금 아주 중요한 약속이 있어서요. 그리고……."

괴인은 세 사람의 등 뒤로 가더니 그들에게 손을 뻗었다. 니키치는 다시 의식이 멀어지는 것을 느꼈다. 정신을 차려 보니 괴인은 자취를 감추고 없었다. 처음부터 그런 사람은 없었던 것처럼 생각되었다.

'나에 대해서 잊어라.' 아마 놈은 이렇게 말하고 자취를 감췄겠지.

니키치는 괴인의 얼굴이나 복장은 물론 목소리조차도 기억나지 않았다. 전향성 기억 상실증 때문이라고 하기에는 너무 빨리 잊어버린 것이, 아무래도 괴인이 한 짓의 영향일 것이라는 생각이 들었다. 만약 처음부터 그의 능력에 대한 마음의 준비를 하지 않았다면 이곳에 그가 있었다는 사실조차 기억하지 못했을 것이다. 만약을 위해 니키치는 다른 두 사람의 기억도 확인해 보기로 했다.

"저희들 외에 한 사람 더 목격자가 있지 않았나요?"

"네? 저는 못 봤는데요. 이쪽 분은 보셨나요?"

교코는 양복을 입은 남자에게 물었다.

“글쎄요. 제가 AED를 찾으러 간 동안에 누가 왔었나요? 저도 다른 분은 못 봤는데요.”

“혹시 남자분이 한 분 더 계시지 않았나요?”

두 사람은 고개를 가로저었다.

“그렇군요. 아마 제가 뭔가 착각을 했나 봅니다.”

니키치는 계속해서 다른 사람을 봤다고 주장하지 않기로 했다. 정신 상태를 의심받게 될 테니까. 특히 교코는 니키치의 증상을 알고 있어서 더욱 그렇게 생각할 것이다.

잠시 후 계단 아래에서 구급대원들이 올라왔다.

“이분이신가요?”

“네.”

대원들은 피해자의 상태를 확인했다. 표정을 보니 가망이 없다는 것을 알 수 있었다.

“아시는 분이신가요?”

세 사람 모두 고개를 가로저었다. 구급대원들은 피해자를 들것에 실어서 옮겼다.

이윽고 경찰이 도착하여 간단한 조사가 이루어졌다. 세 사람은 경찰에게 각자의 이름과 주소를 알려 주었다. 교코와 양복을 입은 남자는 머리가 길고 빨간 원피스를 입은 젊은 여자가 피해자를 밀어서 떨어뜨렸다고 증언했다.

"그리고 어느 쪽으로 달아났죠?"

경찰의 질문에 두 사람은 고개를 갸웃했다.

"죄송합니다만, 정신이 없어서 잘 기억이 나지 않습니다."

"그쪽에 계신 분은 어떠세요?"

경찰 한 명이 니키치에게 물었다.

니키치는 머리가 길고 빨간 원피스를 입은 젊은 여자가 피해자를 밀어서 떨어뜨린 것은 기억합니다만, 사실 그건 가짜 기억이고 실제로는 기억을 조정하는 괴인이 밀어 떨어뜨렸습니다, 라고 대답하고 싶었다. 하지만 그럴 순 없었다.

"죄송합니다. 제가 기억 장애가 있어서 증언할 수 없을 것 같습니다."

"아직 그 정도로 시간이 지나지 않았으니 괜찮지 않나요?"

교코가 의아한 표정으로 물었다.

"네, 아직은 기억하고 있습니다. 하지만, 나중에는 증언을 할 수 없으니 지금 증언해도 별 의미가 없다고 생각합니다."

"당신이 증언했다고 저희가 증언하면 됩니다."

여기서, 니키치가 젊은 여성을 봤다고 하면 두 사람의 증언을 보강하는 것이라 괴인의 뜻대로 되는 것이다. 그렇다고 해서 진실을 말하면 니키치의 정신 증상을 의심받게 될 것이 뻔했다.

"죄송합니다. 아무래도 증언은 어려울 것 같습니다."

"그거 참 유감이군요. 기억 장애가 있으시 어쩔 수 없네요. 그럼, 이 두 분의 증언에는 이의가 없는 것으로 이해해도 되겠죠?"

경찰의 말에 니키치는 어쩔 수 없이 고개를 끄덕였다.

"그럼, 증언을 해 주신 두 분은 나중에 다시 협조 부탁드리겠습니다. 그리고 타무라 씨는 기억 장애 때문에 협조가 어려운 상태로 알고 있겠습니다."

"네."

니키치는 짧게 답한 후 덧붙였다.

"그러면 교실로 돌아가도 될까요? 기억이 사라지기 전에 노트에 적어 둬야 하거든요."

"노트요? 혹시 그 노트를 보여 주실 수 있을까요?"

"그건 절대 안 됩니다. 사적인 내용들이 적혀 있거든요."

"알겠습니다."

경찰은 아쉬운 표정을 지었다.

니키치는 서둘러 교실로 돌아가 노트에 적기 시작했다.

노트에 적어 놓은 것이 맞는다면 이것으로 놈을 세 번째 만나는 거야. 혹시 나를 기억하고 있을까? 놈에게 나 같은 인간은 하찮은 존재라 기억 못 할 수도 있어. 하지만 기억 못 한다는 확증도 없지. 일상적으로 종종 마주쳐서 서로 안면이 있는 사이일 수도 있고.

니키치가 선택해야 할 것은 둘 중 하나다. 적극적으로 싸우든지, 아니면 눈에 띄지 않게 모른 척하고 넘어가든지. 물론, 싸운다고 해도 전혀 승산은 없다. 모르는 척 넘어가려고 해도 니키치의 기억 장애가 계속해서 걸림돌이 될 수 있다. 부자연스러운 태도 때문에 니키치의 장애를 알아차릴 수도 있으니까.

그러다가 평소에 그가 겪은 것을 노트에 기록하고 있다는 것도 알게 될지도 모른다. 니키치는 노트를 빼앗기면 생활에 문제가 생기는 것보다 놈이 자신을 위험한 존재로 인식하게 되는 것이 훨씬 더 두려웠다. 만약 니키치가 걸리적거리는 존재로 느껴진다면 순식간에 그를 제거할 것이다. 놈은 사소한 원한이나 그때의 기분에 따라 사람을 죽일 수 있는 사람이니까.

※ 괴인을 만나도 그를 알아챈 것을 절대로 티 내면 안 된다.

※ 괴인 앞에서 노트를 쓰지 말 것.

※ 괴인 앞에서는 다른 사람이 나의 전향성 기억 상실증에 관해서 언급하는 것을 피하도록 행동할 것.

맨 마지막 항목은 상당히 실행하기 어렵지만 중요한 것이다. 괴인이 가진 능력의 특성으로 봐서 니키치의 상태나 능력에 관심을 갖게 될 가능성이 크다. 그 자체만으로도 엄청나게 위험한 상황이 된다.

앞으로 내가 그놈에게 관심의 대상이 되지 않은 채 평생을 지내는 것, 그게 가능할까? 아니야. 지금은 내가 가능한지 아닌지 생각하고 있을 때가 아니야. 그렇게 되도록 최대한 노력해야 해.
내가 할 수 있는 건 그것뿐이니까.

13

내가 화법 교실에 다니고 있다니. 내가 어쩌다가 이렇게 쓸데없이 위험한 짓을 하게 된 거지?

니키치는 노트를 보면서 계단을 오르고 있었다. 그는 교실이 있는 층 바로 전에 있는 층계참에서 대화를 하고 있는 남녀를 발견했다.

집에서 나오기 전에 노트의 주요 부분을 한번 훑어보았기 때문에 백퍼센트 확신하진 못해도 여자는 기타가와 교코라는 것을 짐작할 수 있었다.

아~ 내가 위험을 무릅쓰고 화법 교실에 다니는 이유를 알겠다. 그런데 옆에 있는 남자는?

니키치는 뭔가 불길한 예감이 들었다.

기분 탓이겠지. 난 묘사력도 별로고 그림 솜씨도 없잖아. 인상이 노트에 적힌 사람과 다소 비슷하지만, 저 남자가 그놈일 리 없어. 물론 가능성이 전혀 없는 건 아니지만…….

그 남자는 천천히 교코로 여겨지는 여성에게 접근하면서 슬쩍 팔꿈치 부근을 향해 손을 뻗고 있었다. 니키치에게 그것은 상당히 부자연스러운 행동으로 보였다.

만약 저 남자가 그 괴인이라면 정말 만지기만 해도 기억을 조정할 수 있는 능력이 있는 걸까? 그래, 지금은 그런 고민을 할 때가 아니야. 어차피 괴인의 능력은 비상식적인 거니까 상식적으로 판단할 수 있는 건 아니잖아.

일단, 저 남자를 괴인이라고 가정해 보자. 그럼 이제 어떻게 하지? 저 괴인은 뭔가 꿍꿍이속이 있을 거야. 당장 죽일 생각까지는 없다고 해도, 교코 선생님의 기억을 조작해서 농락할 가능성이 있어.

나와 선생님이 어느 정도로 아는 사이인지 노트만으로는 확실하지 않지만, 수개월 동안 이곳에 다녔다면 어느 정도는 친한 사이일 거야. 저 괴인에게 당하는 것을 그냥 보고만 있을 수는 없어. 선생님을 구해야 하는데……. 어떤 방법을 쓰지?

이쪽에서 상대의 능력을 알고 있다는 것은 절대로 눈치채게 해서는 안 돼. 그리고 내가 전향성 기억 상실증을 앓고 있다는 것도. 그것참, 어렵네.

니키치가 주저하는 사이 남자는 교코라고 생각되는 여성의 팔꿈치에 손을 댔다. 그리고 그 상태로 말을 시작했다.

"너는……."

"기타가와 선생님!"

니키치는 얼떨결에 크게 소리쳤다. 남자가 깜짝 놀라서 니키치 쪽을 보았다. 가까이에 있는 니키치의 존재를 알아차리지 못했던 모양이었다.

교코가 눈을 부릅떴다. 하지만 남자가 손을 떼자 정신이 돌아온 교코는 미간을 눌렀다. 니키치가 그녀에게 물었다.

"선생님, 어디 안 좋으세요?"

"아니에요. 잠깐 현기증이. 내가 왜 이러지? 나는…… 기타가와……."

"네?"

"아, 아닙니다. 왠지 모르게 갑자기 내 이름이 떠올라서 그걸 무심코 내뱉었네요."

니키치는 모르는 척하며 화제를 돌렸다.

"죄송합니다. 두 분이 말씀 중이셨군요."

"아참, 이쪽은 프리라이터인 소메야 씨입니다. 얼마 전 사건에 대해 물어보고 싶은 것이 있다고 하셔서……. 타무라 씨는 사건에 대해서는 아마 기억이……."

"아아, 그때의 사건을 조사하고 계시는 건가요?"

니키치는 얼른 교코의 말을 가로막았다. 교코가 자신의 병에 대해서 다른 사람에게 얘기할 것 같지는 않았지만, 괴인에게 추측할 수 있는 실마리를 주면 안 된다고 생각했기 때문이었다. 그녀가 이미 말하지 않았기를 바랄 뿐이었다.

교코는 잠깐 망설이는 듯한 표정을 보였다. 다행히도 가짜 이름으로 여겨지는 소메야라는 남자는 니키치를 보고 있었기 때문에 교코의 표정이 변하는 걸 눈치채지 못했다.

"그런 일이 있어서 많이 놀라셨겠군요."

소메야는 가식적으로 안타까운 표정을 지었다.

"네. 그래도 목격자들도 있고 하니 조만간 체포되겠죠."

니키치는 사건 당일의 이야기는 가능하면 피하고 싶었다. 노트에 적힌 것만 알고 있기 때문에 자칫 기억 장애를 들킬 가능성이 있었다. 니키치가 얼른 말을 돌렸다.

"죄송합니다만, 이제 곧 수업 시간이라……."

그 말에 교코가 시계를 봤다.

"어머, 벌써 그렇게 되었군요. 소메야 씨, 죄송합니다만 수업이 있어서……."

"그렇군요. 바쁘신데 실례했습니다. 그럼 조만간 다시 찾아뵙겠습니다."

소메야는 자리를 뜨면서 짧은 순간 니키치를 날카롭게 노려보았다. 하지만 니키치는 모르는 척했다.

틀림없어. 이놈이 그 괴인이야.

"오늘은 어쩐 일이죠? 정말 저를 기억하고 있었어요?"

교실에 들어가자 교코가 니키치에게 물었다.

"아, 그건…… 노트에 적힌 글을 읽어서, 선생님이 아닐까 하고 큰맘 먹고 말을 걸어 봤습니다."

"그랬군요. 하지만 어떻게 사건에 관한 것까지……."

"죄송합니다만, 제 병에 관해서는 말씀을 조심해 주시면 감사하겠습니다. 만에 하나 질 나쁜 사람들이 알면 범죄나 골치 아픈 일에 휘말릴 가능성이 있거든요."

"네, 이해합니다. 조심하겠습니다. 그나저나, 그 사건까지 기억하시다니 놀랐어요."

"사건 역시 노트를 읽고 알게 되었습니다. 앞으로도 소메야 씨에게는 절대로 저의 병을 눈치채지 못하게 부탁드립니다. 그분을 특별히 나쁜 사람이라고 생각하는 건 아니지만, 만약을 위해 저의 병을 아는 사람을 제한해 두고 싶습니다."

"물론입니다. 처음부터 당신의 병에 대해서는 아무에게도 말하지 않을 생각이었습니다. 소메야 씨는 좋은 분 같지만, 아직 어떤 사람인지는 알 수 없으니 말을 조심해서 하겠습니다."

교코는 말을 하다가 갑자기 무언가 생각난 표정을 지었다.

"저는 괜찮은 건가요? 타무라 씨의 병을 알고 있어도?"

"당연하죠. 저와는 수개월 동안 알고 지낸 사이잖아요."

"네, 하지만 당신에게는 항상 첫 대면이 아닌가요?"

"만약 당신에게 수상한 점이 있었다면 노트에 적어 놓았을 겁니다. 게다가 처음 뵈었을 때 제 병에 관해서 설명드릴 수밖에 없었던 거 아닌가요?"

"네, 하지만 어떻게 그때 저를 믿게 되신 건가요?"

"그건 잘 모르겠습니다."

니키치는 어색한 미소를 지었다. 교코는 조금 난처한 표정이었다.

"농담입니다. 아, 기억이 나지 않는 것은 사실입니다만, 이유를 추측할 수는 있습니다."

"어떤 이유인가요?"

"호조 씨란 분도 기억은 나지 않지만 노트에 적힌 것에 따르면 신뢰할 만한 사람 같습니다. 그분으로부터 당신을 믿을 수 있는 사람이라고 소개받았으니 당연히 믿게 된 거죠."

"노트에 적혀 있다는 이유만으로?"

"네, 노트에 적혀 있다는 이유만으로."

"그것참, 이해가 안 가네요."

"왜 그렇게 생각하시나요?"

"조금 전에 당신은 병을 아는 사람을 제한해두고 싶다고 하셨어요."

"네."

"그 말은 아주 신중하고 주의 깊어야 한다는 거잖아요."

"그래야 한다고 생각합니다."

"그런 분이 노트에 적힌 것만으로 사람을 믿을 수 있다는 건가요?"

"그렇습니다."

"어째서죠?"

"어째서라뇨. 만약 노트에 적힌 것까지 믿지 못한다면 저는 아무것도 믿지 못하게 됩니다."

"죄송합니다. 제가 쓸데없는 질문을 했네요."

교코는 후회하는 듯했다.

"사과하실 필요는 없습니다. 애매한 것을 믿고 있는 것은 저뿐만이 아니잖아요. 세상 사람들 모두 같은 처지라고 생각합니다."

"그게 무슨 뜻인가요?"

"그러니까, 저 이외의 사람들은 노트에 적는 것 대신 자신의 기억을 믿고 있는 거잖아요."

"네. 하지만 기억은 노트와 달리……."

"믿을 수 있다?"

"네."

"노트에 적힌 것은 다시 쓰지 않는 한, 멋대로 내용이 바뀌지 않습니다."

"그건 그렇죠."

"하지만 기억은 어떻습니까?"

"기억이 바뀔 수 있다고요? 그런 일이 가능한가요?"

그 남자는 기억을 바꿀 수 있습니다, 라고 니키치는 말하고 싶었다.

"선생님은 일기를 쓰신 적이 있으신가요?"

"네, 있습니다. 요즘은 안 쓰지만."

"쓰고 나서 한참 후에 그 일기를 읽어 본 적 있으세요?"

"있죠."

"혹시 기억과는 다른 내용이 있어서 놀랐던 경험은 없으십니까?"

"그러고 보니 그런 적도 있었던 것 같네요."

"그럴 경우, 기억과 일기 중 어느 쪽이 믿을 만하다고 생각하십니까?"

교코는 잠시 생각에 잠겼다가 대답했다.

"느낌으로는 자신의 기억이 맞는 것 같습니다만, 일기에 적힌 것이 맞겠죠."

"친구와 옛 추억에 대한 이야기를 하고 있을 때, 서로의 기억이 조금씩 다른 적은 없었나요?"

"그런 적도 있었네요. 동창회에서 학창 시절을 그리워하며 그때의 에피소드들을 얘기했는데 당시의 멤버, 장소, 계절, 시간 등의 내용이 제각기 달라서 당황한 기억이 있어요."

"인간의 기억이란 원래 아주 신뢰도가 낮은 것입니다. 기억 속에서 자세한 내용들은 점점 사라진다고 합니다. 보통 사람이 이틀 전의 점심으로 무엇을 먹었는지 기억하지 못하는 것도 흔한 일이죠. 그러니까 기억은 영화나 소설처럼 하나로 이어진 것이 아니고, 빛바랜 사진이나 문장을 갈겨쓴 것처럼 작은 조각 같은 것입니다. 하지만 과거를 떠올리려고 하면 그런 조각들의 모임으로는 정확한 기억을 재현하기 어렵기 때문에 뇌가 멋대로 그들 사이를 연결해서 이야기를 만들어 내서……."

아, 그래. 그놈의 능력은 그런 특성을 이용하는 것일 수도 있겠다. 즉석에서 기억을 만들어 내는 건 불가능하다고 생각했었는데, 놈은 다른 사람의 기억에 그 조각들을 심어 넣었던 거야. 그 조각들은 일종의 씨앗에 지나지 않았던 거지. 그리고 나머지는 뇌가 앞뒤를 맞추기 위해 멋대로 기억을 재생산했을 것이고.

그럼 그 씨앗은 어떤 방법으로 심는 걸까? 텔레파시 같은 것으로 직접 뇌에 입력한 걸까? 아니야. 최소한의 정보만으로 충분하다면 좀 더 간단한 방법이 있어. 그냥 말로 전달했을 거야.

'살인범을 봤다.'라는 기억을 심는데 비디오 같은 것을 보일 필요는 없어. 그냥 '이렇고 이런 상황에서 이런 범인을 봤다.'라고 말하면 그만이었을 거야. 범인의 구체적인 얼굴과 범행의 모습 등은 머릿속에서 멋대로 만들어 냈을 거고. 그런 시각이나 음성의 기억은 어차피 다른 사람에게 그대로 전달할 수 없기 때문에 크게 신경 쓸 필요는 없었을 테니까.

이제야 놈의 능력에 관한 특성을 조금씩 알 것 같네. 생각했던 것처럼 초자연적인 능력이 아닐지도 몰라. 전류나 자기, 전자파 또는 초음파 같은 수단으로 특수한 상태로 만든 다음, 그 상태에서 말을 하여 기억을 주입하지 않았을까? 음, 그렇다면 대책을 세우는 것이 생각보다 어렵지 않을 수도 있겠다.

"타무라 씨, 괜찮으세요?"

문득 정신을 차리고 교코를 봤더니, 걱정스러운 표정을 하고 있었다.

아차, 생각에 빠져서 아무 말도 안 하고 있었구나.

"죄송합니다. 잠시 생각할 것이 있어서……."

"뭔가 신경 쓰이는 것이라도 있으세요?"

"기억에 관해 생각난 것들이 있어서요. 아시다시피 저에게는 지금 최대 관심사라."

"죄송합니다. 제가 방해가 되었군요."

"아닙니다. 대화 도중에 딴생각을해서 제가 죄송하죠. 이 기회를 통해 자신의 상태를 긍정적으로 생각하게 되었습니다. 기억에 의존하는 다른 사람들과 노트의 메모에 의지하는 제가 생각보다 크게 차이가 나지 않는다는 것을 깨달았거든요. 전부 기억을 할 수 있으면 일일이 노트에 적지 않아도 되겠지만, 그렇지 못하는 것이 현실이니까요."

"그렇군요. 지금까지 인간의 기억에 관해서 깊이 생각해 본 적은 없지만, 말씀을 들어 보니 일리가 있네요."

그 괴인의 능력을 생각하면 자신의 기억에만 의존하는 것은 오히려 위험하다. 사람들은 보통 기억이 조작될 가능성은 전혀 생각하지 않고 있기 때문에 거의 무방비 상태라고 봐야 한다. 그런 점에서 노트의 메모는 언제나 조작될 위험을 인식하고 있기 때문에 비교적 안전한 편이라고 할 수 있다. 니키치는 교코에게 양해를 구한 다음 수업 시작 전에 노트에 메모를 했다.

오늘도 놈을 만난 기록을 남기자.

※ 괴인의 기억 조작 능력은 한정적일 가능성이 있다.

※ 괴인은 화법 교실의 선생님에게 흥미를 가지고 있는 것 같다.

※ 나는 어떻게 해서든지 선생님을 지켜야 한다.

※ 괴인은 지난번과 다른 '소메야'란 가명을 사용했다. 다행히도 나를 기억하고 있지는 않은 것 같다.

수업이 끝나고 집으로 돌아와서 노트를 다시 읽은 니키치는 현재 상황을 다시 파악했다.

내가 기타가와 선생님을 왜 지켜야 하는가에 대한 내용은 적혀 있지 않네. 적을 필요가 없다는 얘긴가?

지금까지 이 괴인에게 많은 사람들이 희생되었을 것이고, 앞으로도 희생될 거야. 그런데 이 선생님만은 꼭 지켜야 한다고?

그렇다면 그 이유는 어느 정도 상상할 수 있을 것 같다. 내가 그 분을 특별하게 생각하는 것이 틀림없어. 그나저나, 선생님을 지킨다는 건 그 괴인과 대결해야 한다는 뜻인데, 그것이 얼마나 위험한 일일지 충분히 아는 상황에서 내가 할 수 있는 일이 과연 뭘까?

니키치는 길게 한숨을 쉬었다. 하지만 그는 자신의 결심이 쉽게 바뀌지 않으리라는 것을 알았다. '지켜야만 한다.'라고 생각한 것은 반드시 지켜야만 하는 것이다. 아무리 이러쿵저러쿵 고민해 봐야 소용없다는 것도 안다. 니키치는 잠시 눈을 감았다가 뜨고 다짐했다.

그래, 나는 그 괴인과 싸울 거야. 그럼 노트에도 그렇게 쓸까? 지금 나는 괴인과 싸우고 있다고? 아니야. '괴인'이란 표현만으로는 얼마나 위험한 존재인지 파악하기 어려울 거야. 그놈은 '괴인'이라고 부를 수밖에 없는 존재이긴 하지만, 괴인에 관한 메모들을 많이 읽지 않으면 얼마나 위험한지 인식할 수 없을 거야. 자칫 방심했다가는 손도 써 보지 못하고 당할 수도 있고. 그렇다면 '괴인'이 아니라, 좀 더 직설적으로 위기감을 느낄 수 있는 단어를 쓰자.

니키치는 잠시 생각한 뒤, 노트에 적었다.

※ 나는 지금 살인마와 싸우고 있다.

14

화법 교실에 다니는 건 그렇다 치고, 살인마와 싸우고 있다는 건 좀 받아들이기 힘든데.

니키치는 화법 교실이 있는 건물로 향하고 있었다.

내가 그런 말도 안 되는 상대와 어떻게 맞서 싸운다는 거야. 나 같은 사람은 힘없이 당할 게 뻔한데. 그 사람이 정체를 알고 있다는, 아니 그냥 자신을 의심하고 있다는 것을 눈치챈 순간 나는 끝이라고. 도대체 무슨 생각으로…….

"안녕하세요?"

빌딩의 입구에서 어떤 남자가 니키치에게 말을 걸어 왔다.

나를 아는 사람인가? 설마…….

니키치는 온몸에 긴장감이 돌았다.

수상한 모습을 보이면 안 돼. 침착하자. 일단 상대의 정체를 확인하는 게 좋겠다.

"아, 안녕하세요."

니키치는 일부러 느긋한 말투로 대답했다.

가능한 내 쪽에서 먼저 말을 하지 말고, 상대방으로부터 정보를 끌어내자.

"아, 그러니까…… 죄송합니다만, 성함이 어떻게 되셨죠?"

남자가 먼저 물었다.

내가 이놈한테 이름을 알려 줬었나? 노트에는 그에 관해 써 놓은 게 없었는데. 어쩌지? 대답을 길게 끌면 의심받을 텐데. 에라, 모르겠다.

"타무라입니다."

괜찮겠지. 통성명이란 게 원래 사소한 것이라 보통 사람들도 상대방의 이름을 잘 기억 못 하는 건 흔한 일이잖아.

"맞다. 타무라 씨였죠."

이 사람이 정말 그 살인마일까? 내가 그 살인마의 이름을 말해도 괜찮을까? 그래, 본인이 아니라도 이름을 잘못 말하는 건 별문제가 안 될 거야. 그러니까 노트에 적혀있던 살인마의 이름이…….

"소메야 씨…… 맞으시죠?"

"네, 소메야입니다. 저보다 기억력이 좋으시네요."

아이러니하군. 나 같은 사람이 저런 말을 듣다니. 아무튼, 이 사람이 그 특수한 능력을 가진 살인마라는 게 확인됐어. 괜히 얘기를 길게 했다가 들통나면 큰일이야. 그렇다고 갑자기 대화를 중단하면 의심하겠지? 여기서 두세 마디 더 나누다가 수업 시간 핑계를 대고 자연스럽게 헤어지는 게 좋겠다.

"그 후로 경찰한테 들은 얘기는 없나요?"

혹시 나를 떠보는 건가? 아니면 그냥 물어보는 건가? 어느 쪽이든 내가 대답하지 않으면 이상하게 생각하겠지.

"네, 아무것도 듣지 못했습니다."

"범인은 잡혔을까요?"

범인이 여기 있는데 잡혔을 리가 없잖아.

"글쎄요. 모르겠네요."

도대체 무슨 말을 하고 싶은데? 나한테 말을 건 이유가 뭐냐고.

"그렇군요. 세상이 참 뒤숭숭해요. 그죠?"

"그러게요."

지금의 나만큼 뒤숭숭한 상황에 놓인 사람이 또 있을까. 눈앞에는 기억을 조정하는 살인마가 있고, 나 자신은 기억 장애 환자에, 그 사실을 이 살인마가 절대로 알면 안 된단 말이지.

"목격자도 있으니 금방 잡히지 않겠어요?"

"그렇겠죠. 지난번에도 그렇게 말씀하셨어요."

내가 같은 말을 했구나. 뭐 괜찮겠지. 했던 말을 또 한 것이 그렇게 부자연스러운 건 아니잖아. 그나저나, 이제 슬슬 대화를 끝내야겠다.

니키치는 일부러 손목시계를 보았다.

"죄송합니다만, 저는 이만……."

"기타가와 씨는 잘 계시죠?"

살인마가 날카로운 눈초리로 질문을 던졌다.

기타가와? 그게 누구지? 기타가와라……. 모르겠는데. 못 들은 척하고 그냥 가버릴까? 아니면 누군지 까먹은 은 걸로 할까? 아니야. 나를 잘 아는 사람일 수도 있어. 어쩌지? "

"아, 네. 그……. 콜록콜록."

니키치는 갑자기 기침을 했다.

이렇게 시간을 벌며 기억을 떠올려 볼까. 아니야. 기억날 리가 없어. 그렇다면 추리해 보는 수밖에. 이 남자와 내가 같이 아는 사람이면…….

"괜찮으세요?"

살인마가 걱정스러운 표정으로 물었다.

"죄송합니다. 어제부터 기침이 한번 나오면 멈추지 않네요."

니키치는 일부러 살인마를 향해 기침을 했다. 살인마가 뒷걸음질을 하며 물러섰다.

그래. 이렇게 나와 계속 말하는 것이 싫어지게 하자. 하지만 너무 불쾌하게 하는 건 안 좋겠지. 괜히 화를 샀다가는 보복당할 수도 있고. 그것참, 어렵네.

"죄송합니다. 곧 수업이라……."

니키치는 그대로 자리를 뜨려고 했다.

"아직 대답을 못 들었는데. 기타가와 씨는 어떠세요?"

이 사람, 끈질기네.

"아아, 네, 잘 지내십니다."

"오늘도 만나시죠?"

오늘 내가 만날 사람이라고? 그래, 화법 교실의 선생님을 말하는 걸 거야. 노트에 이름이 적혀 있었겠지만, 전부를 기억할 수는 없으니…….

"네, 물론 수업 시간에 만나겠죠. 그런데 여기 무슨 볼일이라도 있으세요?"

왜 이 사람이 선생님에 대해서 묻는 거지? 그냥 형식적으로 안부를 묻는 걸까?

그때, 저편 도로에서 이쪽을 보고 환한 얼굴로 걸어오는 여자가 니키치의 눈에 들어왔다. 등지고 서 있는 살인마는 아직 알아차리지 못한 상태였다. 니키치는 긴장했다.

저 여자도 아는 사람인가? 그렇다면 인사를 해야겠지? 혹시 살인마도 알고 있는 사람이라면 괜히 번거로워질 것 같은데. 만에 하나, 잘 아는 사람이 아닌데 내가 먼저 인사하면 이상하겠지? 아냐. 가벼운 인사 정도라면 괜찮을 거야.

니키치는 만일의 경우를 생각해서 그 여자와는 눈을 마주치지 않기로 했다. 혹시 아는 사람이라고 해도 제대로 얼굴을 못 봤다는 핑계를 대야 하니까.

"아, 지난번에 기타가와 씨와 하다 만 얘기가 있어서……."

"그렇다면 제가 기타가와 선생님께 말씀을 전해 드릴까요?"

"저에게 뭔가 하실 말씀이 있으신가요?"

이쪽으로 다가오던 여자가 그렇게 말하자 니키치는 심장이 입에서 튀어나올 뻔했다.

저 여성이 기타가와 선생님이었어?

살인마가 놀란 표정으로 뒤를 돌아보았다.

"아, 기타가와 씨 오셨군요."

낭패다. 계속해서 기타가와 선생님을 보고 있었는데…….

살인마는 그녀를 보던 시선을 니키치에게 돌렸다.

그냥 놀란 것뿐이겠지. 아직은 내 상태를 의심하진 않을 거야. 하지만 곧 뭔가 이상하다는 것을 알아차릴지도 몰라.

"앗, 기타가와 선생님이셨군요. 죄송해요. 오늘은 콘택트렌즈를 하지 않고 왔네요."

니키치가 눈을 가늘게 뜨며 말했다.

"아, 그러셨군요."

"지난번에 말씀을 다 듣지 못한 것 같아서요."

살인마의 관심이 다시 그녀 쪽으로 옮겨 갔다.

"아, 네. 그런데 어쩌죠? 오늘도 수업이 곧 시작이라."

"끝나는 건 몇 시인가요?"

"네, 다른 학생분들 수업도 있기 때문에 다섯 시간 후가 될 것 같습니다."

"다섯 시간이라……."

살인마는 뭔가 곰곰이 생각하는 듯했다.

무슨 생각을 하고 있는 거지?

"저……."

살인마가 기타가와 교코에게 한 발 다가갔다.

그걸 시도할 생각인가? 그렇다면…….

살인마는 옆에 있는 니키치를 슬쩍 보았다.

나는 기억 조작을 시도해도 이제는 조정당하지 않을 자신이 있어. 하지만 기타가와 선생님은…….

"죄송합니다만, 이제부터 수업 시간이라 저희는 그만 들어가 보겠습니다."

니키치는 과감하게 두 사람 사이에 끼어들었다.

"네? 아아……."

살인마는 니키치의 갑작스러운 태도에 당황했다.

네놈 마음대로 하게 둘 수는 없지.

"그럼, 다음에 뵙겠습니다."

기타가와 교코는 살인마에게 미소로 인사하고 계단을 올라갔다. 그제야 겨우 안심한 니키치는 그녀의 뒤를 쫓아갔다.

15

키라는 아무런 생각 없이 어슬렁거리며 길을 걷고 있었다. 그러다 문득 정신을 차려 보니 얼마 전에 자신이 한 남자를 계단에서 밀어 떨어뜨려 죽인 빌딩 앞이었다. 그는 낯익은 한 남자가 건물 입구를 향해 가고 있는 것을 발견했다.

어디서 본 얼굴인데. 아, 생각났다. 그 인간을 죽였을 때 목격자로 만든 사람 중 하나군. 같이 목격한 것으로 만들었던 그 여선생의 화법 교실 학생이랬지 아마. 그 여선생, 그렇게 미인은 아니지만, 심심풀이로 가지고 놀기 적당할 것 같아서 내 애인이라는 기억을 심으려고 했는데 훼방을 놓았던 그놈이군. 심심하던 차에 잘됐다.

"안녕하세요."

키라가 말을 걸자 남자가 깜짝 놀라며 뒤를 돌아보았다.

뭐야, 이 과민 반응은. 겁이 많은 놈인가?

그는 순간적으로 눈동자가 흔들렸지만, 키라를 보고 빠르게 표정을 고쳤다.

"아, 안녕하세요."

남자는 여유 있는 목소리로 대답했다.

이 녀석, 좀 둔한 거 같은데. 그런데 이름이 뭐였더라?

"아, 그러니까…… 죄송합니다만, 성함이 어떻게 되셨죠?"

남자는 또다시 멍한 표정으로 키라를 봤다.

빨리 좀 대답해라. 답답해 죽겠네.

"타무라입니다."

타무라. 그러고 보니 그런 이름이었어. 이름이야 뭐든 관심 없지만.

"맞다. 타무라 씨였죠."

타무라는 또 멍한 표정으로 허공을 바라봤다.

지금 뭐 하는 거야? 딴생각하는 건가? 아니면 원래 멍청한 거야, 뭐야.

"소메야 씨…… 맞으시죠?"

내 이름을 생각해 내려고 했던 거였어? 거 참 쓸데없는 데 시간 낭비하는 놈이네. 이름이 생각나지 않으면 나처럼 얼른 물어

보라고, 이 멍청아.

“네, 소메야입니다. 저보다 기억력이 좋으시네요.”

기억력 같은 거, 나한테는 아무런 의미도 없지만 말이야.

“그 후로 경찰한테 들은 얘기는 없나요?”

당연히 아무런 진전도 없겠지. 어라, 또 멍한 표정이네. 정말 답답한 놈이군.

“네, 아무것도 듣지 못했습니다.”

“범인은 잡혔을까요?”

내가 진범이라는 것을 알면 깜짝 놀라겠지. 그걸 말해 주고 반응을 한번 볼까나? 그러고 나서 기억은 지우면 그만이니까.

“글쎄요. 모르겠네요.”

“그렇군요. 세상이 참 뒤숭숭해요. 그죠?”

“그러게요.”

뻔한 대답밖에 못 하는 놈이네. 머리도 아주 나쁘겠지? 이래서야 심심풀이로도 재미없으니까 내 정체를 밝히는 건 관두자.

“목격자도 있으니 금방 잡히지 않겠어요?”

뭐? 그건 전에도 한 말이잖아. 할 말도 더럽게 없나 보네. 그래 가지고 화법 교실에 다니면 뭐하냐?

“그렇겠죠. 지난번에도 그렇게 말씀하셨어요.”

타무라의 눈동자가 흔들렸다.

같은 얘기를 또 했다니까 당황했나 보군. 속이 훤히 보이는 소심한 녀석이네.

타무라가 갑자기 손목시계를 보았다.

"죄송합니다만, 저는 이만……."

잘 모르는 나와 얘기하는 것이 답답해서 견딜 수 없나 보지? 너 같이 바보 같은 녀석은 나도 별로 관심 없어. 역시 그 여자를 만나는 게 낫겠어. 오늘도 오겠지?

"기타가와 씨는 잘 계시죠?"

또 눈동자가 흔들리네. 이 녀석은 도대체 왜 이렇게 긴장하는 거야?

"아, 네. 그……. 콜록콜록."

타무라가 기침을 했다.

갑자기 웬 기침? 참 가지가지 하네.

"괜찮으세요?"

"죄송합니다. 어제부터 기침이 한번 나오면 멈추지 않네요."

타무라가 대놓고 기침을 하자, 키라는 뒷걸음질을 하며 물러섰다.

이 자식, 에티켓도 없이. 멍청한 것도 정도가 있어야지. 아주 사람 열 받게 하네.

"죄송합니다. 곧 수업이라……."

타무라는 그대로 자리를 뜨려고 했다.

야! 내 질문에 대답 안 했잖아.

"아직 대답을 못 들었는데. 기타가와 씨는 어떠세요?"

타무라는 놀란 표정으로 키라를 봤다.

기침하다가 대답하는 것까지 까먹었냐? 이런 멍청한 놈.

"아아, 네, 잘 지내십니다."

적당히 넘어가겠다 이거지?

"오늘도 만나시죠?"

타무라는 키라의 질문에 약간 움찔했다. 그러더니 뭔가 알겠다는 표정을 지었다.

"네, 물론 수업 시간에 만나겠죠. 그런데 여기 무슨 볼일이라도 있으세요?"

이놈 말하는 거 봐라. 열 받는데 따끔한 맛을 좀 보여 줄까.

타무라는 또 멍한 표정으로 먼 곳을 보고 있었다.

"아, 지난번에 기타가와 씨와 하다 만 얘기가 있어서……."

"그렇다면 제가 기타가와 선생님께 말씀을 전해 드릴까요?"

"저에게 뭔가 하실 말씀이 있으신가요?"

갑자기 들려온 목소리에 키라는 놀라며 뒤를 돌아보았다.

"아, 기타가와 씨 오셨군요."

이 자식, 왜 이러지? 말을 전해 주겠다니. 바로 뒤에 있잖아. 도대체 뭐야? 아까부터 이상한 행동만 하고.

"앗, 기타가와 선생님이셨군요. 죄송해요. 오늘은 콘택트렌즈를 하지 않고 왔네요."

타무라가 눈을 가늘게 뜨며 말했다.

"아, 그러셨군요."

뭐야, 이 자식. 그나저나, 여자가 왔으니 슬슬…….

"지난번에 말씀을 다 듣지 못한 것 같아서요."

키라는 타무라를 무시하고 기타가와 교코에게 말을 걸었다.

"아, 네. 그런데 어쩌죠? 오늘도 수업이 곧 시작이라."

"끝나는 건 몇 시 정도인가요?"

"네, 다른 학생분들도 오시기 때문에 다섯 시간 정도 후가 될 것 같습니다."

"다섯 시간이라……."

다섯 시간이나 기다린다는 건 말도 안 돼. 그냥 오늘은 수업이 없다는 기억을 심어 줄까?

키라는 교코에게 한 발 다가갔다.

"저……."

"죄송합니다만, 이제부터 수업 시간이라 저희는 그만 들어가 보겠습니다."

타무라가 갑자기 끼어들었다.

"네? 아아……."

이 자식이 끝까지 사람 열 받게 하네. 그래 너도 처치해 줄게.

어느 쪽부터 정리해 줄까. 잠깐, 여기서는 곤란하겠는 걸. 건물 안엔 감시 카메라가 없는 것을 이미 확인했지만, 입구는 다른 곳의 카메라에 잡힐 수도 있고 사람들 눈도 있으니…….

"그럼, 다음에 뵙겠습니다."

키라가 고민하는 사이에 교코는 키라에게 미소를 보이고 계단을 올라갔다. 타무라도 그 뒤를 따라 가버렸다.

뭐, 할 수 없지. 다섯 시간은 못 기다리고, 오늘은 다른 여자로 때우자.

키라는 길거리로 나가서 바로 사냥감 물색에 들어갔다.

16

역시 살인마를 상대하려면 움직일 수 없는 증거를 확보할 장비가 있어야겠어. 뭐가 좋을까? 카메라? 녹음기? 캠코더? 그런 최첨단 기기는 나 같은 사람이 다루기 어렵지 않을까? 물론 시니어용으로 기능이 단순화된 것도 있겠지만, 아무리 단순해도 사용법을 기억할 수 없으니……. 옛날식 테이프 녹음 장치나 폴라로이드 카메라 같은 건 머리를 다치기 전에 써 봐서 다룰 수 있지만, 부피가 너무 커서 금방 들키고 말 거야.

니키치는 전자 제품 대리점에 가서 설명이 없어도 사용할 수 있는 기종을 찾아보기로 했다.

일단, 단순한 기능의 제품이라면 어떻게든 녹화는 할 수 있을 거야. 하지만 녹화된 데이터를 꺼내는 건 내 능력 밖인데. 게다가 데이터를 꺼내려면 컴퓨터를 사용할 줄 알아야 하잖아.

아무리 직관적으로 다룰 수 있는 제품이라고 해도, 조작 방법을 기억 못 하면 소용이 없을 텐데. 절차 기억은 가능하니까 매일매일 반복해서 연습해 볼까?

"실례합니다."

니키치는 전자 제품 대리점의 직원에게 말을 걸었다.

"이 비디오카메라를 다루려면 컴퓨터가 필요하죠?"

"꼭 필요한 건 아니지만, 있으면 좋겠죠."

"네? 컴퓨터가 없는 경우는 어떻게 하나요?"

"본체에도 어느 정도 녹화 데이터를 저장할 수 있습니다. 하지만 역시 하드 드라이브로 옮기는 편이 낫겠죠."

"그러니까, 컴퓨터 없이도 쉽게 쓸 수 있다는 말씀이시죠?"

"네, 하지만 역시 컴퓨터가 있는 게 좋습니다."

"컴퓨터를 전혀 사용할 줄 모르는 사람에게는 어느 쪽이 쉬울까요?"

"쓰기 쉬운 걸 찾으시면 역시 컴퓨터가 있어야 할 겁니다. 최근에 나온 컴퓨터는 하루면 터득할 수 있어요."

"몇 초 안에 터득할 수 있는 컴퓨터는 없을까요?"

"빨리 터득할 수 있는 건 컴퓨터의 기종이 아니라 어떤 OS냐에 달렸습니다. 전혀 사용하신 적이 없다면 적어도 두세 시간은 필요할 겁니다."

사용법을 익히는 데 두세 시간 걸린다면, 니키치는 영원히 사용할 수 없다는 얘기다.

점원이 니키치에게 물었다.

"혹시 주변에 컴퓨터를 가지고 계신 분이 없으세요?"

내 주변에 누가 컴퓨터를 가지고 있지? 그러고 보니 노트에 적혀 있는 것에 따르면 화법 교실에서는 수업 시간에 컴퓨터를 사용하는 것 같던데. 그렇다면 선생님에게 부탁할까?

하지만 니키치 입장에서 화법 교실 선생님은 만난 기억이 없기 때문에 그런 부탁을 해도 좋은지 어떨지 판단할 수 없었다.

"네, 없습니다."

"그러시면 초기 설정에 시간이 걸리겠군요."

"초기 설정?"

"컴퓨터를 사용 가능한 상태가 되도록 준비하는 단계입니다."

"초기 설정, 그건 얼마나 걸릴까요?"

"설정할 내용에 따라 다르겠지만, 두세 시간 정도 걸리겠죠."

"또 두세 시간요?"

무심코 큰 소리로 말한 니키치는 현기증을 느꼈다.

"괜찮으세요?"

점원이 걱정스러운 표정을 지었다.

누구나 할 수 있는 일이 나에게는 불가능한 건가?

"그 작업은 설명서를 읽으면 누구나 할 수 있는 건가요?"

"그렇습니다."

"컴퓨터 초심자라도요?"

"음……, 그건 잘 모르겠네요."

"컴퓨터 대신으로 쓸 수 있는 건 없을까요?"

"스마트폰이 있죠."

"스마트폰?"

"네, 스마트폰."

"전화기 말씀이신가요?"

"맞습니다. 요즘은 핸드폰이 거의 스마트폰이죠."

그렇구나. 요즘에는 핸드폰을 스마트폰이라고 하는구나.

"스마트폰을 컴퓨터 대신 쓸 수 있는 거군요."

"네, 기능이나 성능에 제한은 있지만 그렇다고 할 수 있죠."

"그렇다면 카메라로 찍은 데이터를 스마트폰에서 보는 것도 가능한가요?"

"가능합니다만, 그렇게 잘 안 하죠."

"왜죠?"

"스마트폰에는 카메라 기능이 포함되어 있잖아요."

그렇구나, 스마트폰을 카메라 대신 사용하는 것도 괜찮겠네.

"그럼 스마트폰을 보여 주실 수 있으신가요?"

"물론입니다. 저를 따라오세요."

점원은 스마트폰 코너에서 니키치에게 사용법을 알려 주었다. 확실히 사용법은 간단했지만, 혼자서 몇 분 안에 터득할 수 있을지를 생각하면 그 역시 니키치에게는 어려울 것 같았다. 이런 범용 기기는 여러 가지 기능이 있기 때문에 기본 화면에 선택지가 너무 많다. 사용 방법을 모르는 상태에서 화면 위에 있는 수많은 아이콘들을 본다면 어떻게 해야 할지 몰라서 쩔쩔맬 게 뻔했다.

"아이콘을 최소한으로 줄일 수 있나요?"

"네. 가능합니다만, 약간 불편해질 수 있습니다."

"카메라 기능만 사용할 수 있으면 되거든요."

"그러시다면 스마트폰보다 역시 카메라 전용 기기가 나을 것 같습니다."

왠지 제자리를 맴도는 기분인데. 하긴, 지금의 내 삶은 항상 제자리 돌기지.

"카메라 전용 기기는 그렇게 간단하지 않다고 하셨잖아요."

"그래도 카메라 기능만 남긴 스마트폰보다는 나을 겁니다."

그런 건가?

"카메라 기능만 필요하시면, 컴퓨터로 디지털카메라의 데이터를 관리하는 것이 가장 사용하기 쉽습니다."

"제가 컴퓨터를 다룰 줄 몰라서요."

니키치는 같은 말을 반복하는 것이 지겨웠다.

"초심자라도 하루 정도면 사용하실 수 있다니까요."

"그렇다면 예를 들어……."

전향성 기억 상실증이라고 하면 못 알아듣겠지?

"알츠하이머에 걸린 사람도 사용할 수 있나요?"

니키치는 이해하기 쉬운 예를 생각해 냈다.

"알츠하이머라……."

직원은 팔짱을 끼고 곰곰이 생각했다.

"그건 어려울지도 모르겠네요. 그런데 알츠하이머에 걸린 사람이 컴퓨터를 사용하려고 할까요?"

"사용해야 할 필요가 있거든요."

"어떤 목적으로 사용하는 거죠?"

살인마와 싸우기 위해서, 라고 니키치는 말하고 싶었다. 하지만 그렇게 말해봤자 이상한 사람으로 볼 것이 뻔했다.

"카메라에 취미가 있었습니다. 그런데 아날로그 카메라가 고장이 나서 디지털카메라를 사용하고 싶어 하거든요."

"그러시다면 카메라 사용법만 익히시고 컴퓨터로 조작하는 건 다른 분이 해 주시는 게 어떠세요? 아날로그 카메라도 현상이나 인화는 다른 사람에게 맡기는 경우가 많잖아요."

"집착이 좀 심해서 다른 사람에게 맡기는 걸 싫어합니다."

"알츠하이머에 걸리신 분께서요?"

"그렇습니다."

직원은 머리를 긁적거리며 잠시 생각에 잠겼다.

"그럼 이건 어떠세요? 컴퓨터 본체에 사용 설명서를 붙여 두는 거죠."

"그렇게도 할 수 있나요?"

"할 수 있죠."

"이곳에서 해 주실 수 있으세요?"

"그런 서비스는 별도로 하고 있지 않습니다."

"안 되는 건가요?"

니키치는 어깨를 축 늘어뜨렸다.

"그래도 원하신다면 컴퓨터 시작 서비스를 이용하시면 그때 같이 해 드릴 수는 있습니다."

"컴퓨터 시작 서비스라……."

니키치는 희망을 느꼈다.

"네, 돈이 약간 들긴 하지만요."

"여기서도 가능한가요? 아니면 집에서 해야 하나요?"

"어디에서든 상관없습니다."

여기서 설정하면 집에서 혼자 사용할 수 있을지 확인할 수 없으니까 집에서 설정하는 편이 좋겠지? 아냐, 집에 모르는 사람을 들이는 건 위험 부담이 있어.

"그럼, 여기서 설정해 주세요. 조금 전에 말씀하신 설명서 부착을 포함해서요."

"어떤 기종으로 하시겠습니까?"

"디지털카메라와 연결이 가능하면 어떤 것이든 상관없습니다."

"모두 연결 가능합니다."

"그렇다면 가장 잘 나가는 것으로 부탁드립니다."

가장 잘 나간다는 건, 보급되고 있는 제품 중에서 가장 일반적인 것이라고 할 수 있겠지. 문제가 발생했을 때, 다른 사람에게 물어보기도 수월할 거야.

"디지털카메라는 어느 것으로 하시겠습니까?"

"노인들도 다룰 수 있는 단순한 것으로요."

"그러시다면 화질은 그다지 좋지 않을 텐데 괜찮으세요?"

"화질에는 그다지 연연하지 않거든요."

"그래도 집착이 심한 취미라고 하셨으니……."

"화질이 아니라 소재에 대한 집착이 있다고 합니다."

"알츠하이머이신 분이 그렇게 말씀하세요?"

"그렇습니다."

직원은 고개를 갸우뚱했다.

좀 더 그럴 듯한 핑계를 댈 걸 그랬나?

"기억을 할 수 없다면 이 기종이 좋지 않나?"

그때 갑자기 옆에 있는 어떤 노인이 말을 걸어왔다.

이 사람도 여기 직원인가?

지금까지 설명해 주던 직원 역시 어리둥절한 표정으로 그 노인을 쳐다봤다. 하지만 노인은 아랑곳 않고 설명을 이어 갔다.

"액정 화면을 켜면 이렇게 자동으로 메뉴가 나타나니까 일일이 매뉴얼을 읽을 필요도 없고."

"저……, 실례지만 어떻게 되시는 분이신가요?"

직원이 조심스럽게 물었다.

"아아, 그냥 지나가던 친절한 노인이라고 생각해 줘."

"그러면 손님이시군요."

"아니, 뭘 사려고 온 건 아니니까."

"그래도 사실 가능성은 있으신 거잖아요."

"아니, 아무것도 살 가능성은 없어. 그냥 구경이나 하려고."

노인은 딱 잘라 말하며 고개를 저었다.

"지금 당장 사실 생각이 없으셔도 손님은 손님이십니다."

"그런 건가? 그럼 나도 손님 하지 뭐, 구경만 하는 손님."

"죄송하지만, 지금 다른 손님과 상담중이라……."

"그런 건 말 안 해 줘도 알아."

"그러시면 잠깐 기다려 주시겠어요? 이분에게 설명이 끝나는 대로 응대해 드리겠습니다."

"아냐, 응대 같은 건 필요 없어."

"그럼 어떤 것을 원하시나요?"

"이 사람에게 카메라와 컴퓨터에 대해 설명을 하고 싶을 뿐이야."

"그 설명은 제가 해 드리고 있습니다."

"뭐? 손님은 다른 손님에게 상품 설명을 하면 안 된다는 거야?"

"그런 건 아닙니다만……."

"그러면 나를 말리지 마."

"하지만 저희가 정확한 설명을 할 수 있으니……."

"날 무시하는 거야?"

노인은 한 대의 디지털카메라를 손으로 집었다.

"이 카메라의 화소수가 얼마야? 렌즈의 초점 거리는? F 수치는? 줌의 배율은? ISO 감도는? 동영상의 프레임 레이트는?"

"자, 잠깐만 기다려 주세요."

직원은 카탈로그를 꺼냈다.

"그런 거 볼 필요 없어."

그렇게 말한 노인은 그 카메라의 스펙과 수치들을 줄줄 읊었다.

"에이, 이 기종만 미리 암기해 두신 거죠?"

"그럼 아무 디지털카메라나 골라 봐. 아니, 디지털카메라 말고 스마트폰이든 컴퓨터든 태블릿PC든 뭐든지 좋아."

직원이 두세 개의 제품을 가리키자 노인은 이번에도 술술 스펙을 읊었다. 점원은 살짝 기분 상한 표정을 지었다.

"알겠습니다. 어떤 제품으로 하실지 결정되시면 말씀해 주세요."

점원은 바로 자리를 피했다. 그 모습을 보며 노인이 히죽 웃었다.

"이제야 편하게 얘기할 수 있겠네."

"혹시 저를 아는 분인가요?"

"그런 건 신경 쓸 필요 없어."

"그렇지만 직원도 아니고 전혀 모르는 분이 전자 제품 설명을 해 주는 건……."

"이상하다는 거야?"

"네, 약간……."

"괜찮아. 이건 내 취미니까."

"취미요?"

"응, 곤경에 처한 인간을 도와주는 게 취미야. 컴퓨터 설정 같은 거 내가 다 알아서 해 줄 수도 있어."

"정말 감사합니다. 그럼 성함이라도 알려 주세요."

"그냥 도쿠 씨라고 불러 줘."

노인은 거침없이 추천 기종에 대한 설명을 이어 갔다.

17

그렇구나. 디지털카메라로 동영상도 찍을 수 있구나.

컴퓨터의 본체에 붙은 설명서를 보면서 니키치는 카메라를 만지작거리고 있었다.

사용법이 쉽긴 하네. 그래도 과연 내가 설명서를 읽지 않고 카메라 조작을 할 수 있을까? 노트에도 사용법이 적혀 있긴 하지만 급한 경우에는 그걸 읽을 여유가 없을 텐데…….

그러니까 전원을 켜고, '사진' 혹은 '동영상'의 버튼을 누르면 된다 이거지. 이 정도면 사용법을 따로 볼 필요가 없을 것 같군. 하지만 설명을 읽고 나서라 그렇게 생각하는 것일 수도 있어. 설명을 읽지 않고도 가능한지 확인해 봐야 하는데……. 그래, 노트에 적어 두 자.

니키치는 노트의 맨 마지막 페이지를 펼쳤다.

※ 설명을 읽지 말고 디지털카메라 조작을 해 볼 것.

노트에는 이미 그렇게 적혀 있었다.

내가 벌써 시도 했었군. 그럼 테스트의 결과는?

그곳에는 수십 일의 날짜가 적혀 있었고, 그 옆에 대부분 ○ 표시가 있었다.

거의 80퍼센트에 가까운 성공이군. 하지만 실패한 경우도 꽤 있네. 그래도 최근에 와서는 실패가 확실히 줄었어. 절차 기억으로 정착되고 있다는 증거겠지. 그렇다면 실전에 들어가도 될까?

이제 그 살인마의 얼굴을 찍어 봐야겠다. 그런데 어떻게 찍지? 죄송하지만 제가 인물 사진 촬영을 배우고 있는데 당신을 찍어도 될까요,라고 할까? 아냐, 누가 그렇게 말하면 나라도 이상하게 생각할 거야.

그럼 카메라를 숨길까? 비디오 촬영 스위치를 켠 상태로 카메라를 목에 걸고 있으면 얼굴을 촬영할 수 있지 않을까? 흠……, 생각해 보니 그 역시 부자연스럽네.

살인마가 기억은 조작할 수 있겠지만, 비디오 같은 건 조작 못하겠지? 그런 능력의 한계는 항상 의식하고 있을 테니 당연히 카메라에는 민감하겠지. 내가 카메라를 가지고 있다는 것을 알게 되면 그때부터 놈의 관심은 카메라에 집중될 거야.

언제 놈을 다시 만나게 될지는 모르지만, 만나면 일단 그놈이 맞는지부터 확인하자. 그리고 그놈이라는 것이 확인되면 즉시 카메라를 꺼내서 어떻게든 둘러대고 촬영을 해야지. 하지만 그때의 상황을 미리 생각해서 시뮬레이션을 해 봤자 실제로 그놈을 만났을 때는 어차피 전부 잊어버린 상태일 텐데 어떡하지?

좋아. 그렇다면 절차 기억이 되도록 훈련을 하자. 매일같이 시뮬레이션을 반복하면 될 거야. 놈을 갑자기 만났다고 상상하면서 어떻게든 촬영하는 방법을 생각해 보자. 노트의 메모를 의지하지 않고 말이야. 매일같이 훈련을 하면 임기응변에 대응하는 능력이 몸에 배게 될지도 모르잖아.

※ 매일같이 살인마를 갑자기 만났다는 가정하에 상대를 촬영하는 시뮬레이션을 할 것.

어? 이것도 이미 적혀 있잖아. 그럼 이 연습 또한 이미 여러 번 반복했다는 건가? 좋아, 그럼 또 시뮬레이션을 해 보자.

놈은 어디서 만나게 될까? 길거리에서 갑자기 만날 수도 있겠지? 그럴 경우 놈이 먼저 말을 걸지 않으면 알아차리지 못할 거야. 내가 놈을 알아차릴 수 있는 건 화법 교실이 있는 빌딩 안

이나 그 근처밖에 없어.

놈의 용모를 기억하지 못하니까 노트에 적혀 있는 묘사를 참고할 수밖에 없겠네. 사람의 얼굴을 잘 기억하지 못하는 사람이 아는 사람을 만나도 바로 알아보지 못하는 경우는 흔하니까 내가 바로 몰라봐도 그렇게 부자연스러운 건 아닐 거야. 그래도 먼저 말을 걸어 온다면 그놈이라는 것을 인지할 수 있겠지.

문제는, 나 자신이 살인마의 존재를 잊고 있을 경우야. 노트를 본 직후라면 알 수 있겠지만, 그렇지 않다면 걷잡을 수 없는 사태가 될텐데.

하지만 노트를 잊고 외출하는 일은 일단 없을 테고, 있다고 해도 노트 없이 그놈을 만날 확률이 높은 화법 교실이 있는 건물까지 갈 일은 없을 거야. 그렇게 걱정할 필요는 없어.

놈을 만나면 바로 카메라를 꺼내야 하나? 아니야. 일단 그 전에 두세 마디 인사를 나누는 것이 좋겠다.

'또 뵙네요.'

내가 먼저 말을 거는 거야.

'안녕하세요. 오늘도 수업이 있으신가요?'

'네, 그렇습니다.'

'경찰로부터 뭔가 연락이 없었나요?'

이런 내용의 대화는 공통된 화제라 자연스럽겠지. 나는 살인을 목격한 사람으로 되어 있으니까.

'아무런 연락도 없었습니다. 아마 더 연락은 없을 거 같아요.'

'그건 왜죠?'

'수사가 더 이상 진전이 없으니까요. 돌아가신 분에게는 안된 일이지만, 새로운 사건이 자꾸자꾸 발생하는데 경찰도 언제까지나 이 사건에만 매달려 있을 수도 없겠죠.'

'듣고 보니 그렇군요.'

살인마는 분명히 마음속으로 안심하고 있겠지만, 당연히 그것이 표정에 드러나지는 않겠지.

'그런 거죠 뭐.'

이렇게 적당히 말을 주고받다가 갑자기 생각난 척하면서 물어보는 거야. 가방 속에서 주섬주섬 디지털카메라를 꺼내면서.

'이 카메라로 제 사진을 좀 찍어 주시지 않겠어요?'

'네? 갑자기 웬 사진을.'

'이력서에 붙일 사진이 필요해서요. 창피한 얘기지만 제가 아직 무직이라.'

평일 낮에 화법 교실에 다니는 것을 보면 무직이라는 건 말할 필요도 없겠지. 물론 살인마 쪽도 마찬가지겠지만.

'그렇군요. 하지만 이런 곳에서 찍어도 괜찮겠어요?'

'저쪽의 벽이 하얗고 보기 좋으니까 저 앞에서 찍어 주시겠어요?'

'좋습니다.'

부탁을 들어 주지 않을 가능성도 있겠지. 그때를 위해 다른 방법도 생각해 둬야 해.

살인마에게 카메라를 건넨 다음, 벽 앞에 서서 살인마 쪽을 바라보는 거야. 그 시점에서 살인마는 별다른 의심 없이 셔터 버튼에 손가락을 올리겠지.

'아, 잠깐만요. 카메라의 설정 좀 확인할게요.'

그렇게 핑계를 대고 살인마로부터 카메라를 돌려받는 거야.

'전에 실수를 한 적이 있거든요. 설정을 잘못 건드리는 바람에 사진이 이상하게 찍혀서.'

'아, 네.'

그리고 카메라를 만지면서 자연스럽게 얘기하는 거야.

'죄송합니다. 설정을 확인해야 하는데, 사람을 찍어 보지 않으면 어떻게 나오는지 알 수가 없거든요. 죄송하지만 잠깐 저쪽에 서 주시겠습니까?'

여기까지는 단숨에 진행하는 거야. 상대에게 생각할 시간을 주면 안 돼. 극히 자연스러운 흐름으로 놈의 사진을 찍는 거야.

'그럼 제가 당신을 찍어 보겠습니다.'

살인마가 그렇게 말할 수도 있겠지. 그러면 나의 대응은…….

'아닙니다. 스위치에 문제로 제가 직접 해 봐야 합니다.'

'스위치 문제요?'

'네, 얼마 전에 떨어뜨려서 상태가 안 좋거든요. 그럼…….'

말할 틈을 주지 않고 다짜고짜 살인마의 정면을 향해 셔터를 눌러 사진을 찍는 거야.

그러면 '아!' 하고 살인마가 놀라겠지.

'이상은 없는 것 같습니다. 이제 저를 찍어 주시겠습니까?'

살인마는 기분 나쁜 표정으로 카메라를 받아 들 거야.

'사진은 지우겠습니다.'

'네?'

'지금 제 사진 찍으셨잖아요.'

'설정 확인을 위해 찍었습니다.'

'제 사진은 필요 없는 거 아닌가요?'

'필요는 없지만 기념으로 남겨 두어도 되지 않나요?'

'무슨 기념이요?'

'이렇게 제 사진을 찍어 주신 기념으로…….'

'별 기념거리도 아닌데요.'

'나중에 사진을 인화해서 보내 드릴게요.'

'저는 이런 사진 필요 없습니다. 그럼 지웁니다.'

'아…… 그럼 그렇게 하세요.'

그렇게 살인마는 자신이 찍힌 사진을 삭제하겠지.

'이제 제 사진을 찍어 주시겠어요?'

살인마는 귀찮다는 듯 말하겠지.

'여기서 찍으면 되나요?'

'네.'

그리고 건성으로 셔터를 누를 거야.

'감사합니다.'

'그럼 이만 실례하겠습니다.'

나는 카메라를 넘겨받고, 살인마는 가 버리겠지.

그렇게 살인마의 사진은 지워지겠지만 상관없다. 니키치가 셔터를 누른 건 자신의 사진이 찍히는 것으로 살인마의 주의를 끌기 위해서다. 본래의 목적은 비디오 쪽에 있다. 가방에서 카메라를 꺼낼 때 이미 비디오 촬영의 스위치는 켜져 있는 상태였다.

카메라를 꺼내면서 상대방의 얼굴을 잡는다. 그러고 난 후 상대방의 사진을 찍는다는 명목으로 셔터를 누름과 동시에 비디오 촬영을 멈춘다.

만약 사진을 찍지 않았다면 비디오 촬영 중이라는 것을 알아차릴 수도 있다. 사진을 찍으면 상대방은 셔터 소리에 정신이 팔려서 그것만을 신경 쓰게 될 것이다. 당연히 사진을 지우는 것을 우선으로 생각해서 비디오의 존재에 대해서는 까맣게 모르고 있을 공산이 크다.

만약 비디오까지 찍힌 것을 알아차렸다고 해도 실수로 스위치를 켜 놓은 모양이라고 하면 된다. 사진을 지운 직후에 급하게 사진을 찍어 줄 것을 요구하면 비디오 파일을 확인할 여유도 없을 것이다.

물론, 모든 것이 이처럼 잘 진행될 것이라는 보장은 없다. 그때그때에 맞춰 임기응변으로 대응하지 않으면 안 될 것이고, 최악의 경우 살인마에게 이쪽의 의도를 들켜 버릴 수도 있다.

하지만 위험을 감수할 수밖에 없다. 살인마의 얼굴을 언제라도 알아볼 수 있는 자료가 필요하다. 그것이 지금의 니키치로선 가장 시급한 것이다.

아무튼, 이번 시뮬레이션도 완료했다. 실전의 기회는 언제 올지 알 수 없으니 준비를 철저하게 해 두는 것이 좋을 것이다. 니키치는 카메라 안에 기록된 사진이나 비디오 파일을 체크해 보았다.

어라, 벌써 몇 번인가 시험 촬영을 했네.

확인해 보니 실내의 사진이나 창밖의 풍경, 그리고 니키치 자신의 사진들이 있었다.

이건 누가 찍어 준 건가? 아니면 삼각대를 사용한 건가?

니키치는 방 안을 둘러보았다. 삼각대같이 생긴 건 없었다.

누군가 찍어 준 건가 보구나. 하지만 누가? 누가 나를 찍어 준 거지? 그리고 이걸 어디서 찍은 거지? 본 적이 없는 장소인데. 본 기억이 없는 것이 당연하겠구나. 지금 있는 방조차 기억에 없잖아.

게다가 카메라 안에는 비디오 파일도 있었다. 니키치는 그것을 재생했다.

[이 카메라로 제 사진을 좀 찍어 주시겠습니까?]

니키치 자신의 목소리였다. 비디오 재생이 시작되고 한동안 캄캄하던 화면이 갑자기 밝아졌다. 화면은 어딘가에 있는 건물의 콘크리트 천장을 비추고 있었다.

[네? 갑자기 웬 사진을.]

처음 듣는 목소리였다. 화면은 흔들리면서 이리저리 비추고 있었다. 마치 녹화 버튼을 누른 것을 까먹은 채 카메라를 휘휘 돌리고 있는 것 같았다.

힐끗힐끗 사람 얼굴이 비쳐졌다. 그중 한 명은 니키치 자신이었다. 다른 사람은 남성같이 보였지만 화면의 흔들림이 너무 심해서 알아보기 힘들었다.

[이력서에 붙일 사진이 필요해서요. 창피한 얘기지만 제가 아직 무직이라.]

[삼각대 같은 거 없으세요?]

[네, 없어요. 저를 찍어 주시면 안 될까요?]

[안 될 건 없지만…….]

[무슨 문제라도 있나요?]

[아뇨, 그런 건 없지만……. 그럼 찍어 드릴게요.]

[감사합니다. 저쪽 벽이 보기 좋으니까 저 앞에서 찍어 주세요.]

슬쩍 비친 벽은 그다지 좋아 보이지 않았다.

[그럼 카메라 줘 보세요.]

[잠깐 설정 좀 확인할게요.]

[설정?]

[네, 설정을 확인해야 하는데, 사람을 찍어 보지 않으면 어떻

게 나오는지 알 수가 없어서요. 잠깐 저쪽에 서 주시겠습니까?]

[싫어요.]

[네?]

[사진은 절대 찍히고 싶지 않습니다.]

[잠깐 확인만 할게요.]

화면이 빠르게 움직이더니 중앙에 남자의 모습이 잡혔다. 1초도 안 돼서 셔터 소리가 났다. 안색이 달라지면서 다가오는 남자. 비디오는 갑자기 거기서 끝났다. 이비디오는 이미 살인마의 모습을 촬영하는 데 성공했음을 의미한다.

문제는 비디오에 나온 남자가 진짜 살인마가 맞냐는 건데, 이 정도로 사진 찍는 것을 싫어하는 것을 보면 놈이 맞을 것이다.

컴퓨터에 붙어 있는 설명서대로, 니키치는 신중하게 비디오 데이터를 컴퓨터에 저장했다. 그리고 동영상을 열었다. 남자의 얼굴이 잘 찍힌 것은 불과 몇 초였다.

설명서를 읽고 따라하다 보니, 프레임으로 보기를 이용해서 제대로 찍힌 얼굴에서 멈춘 다음 그 화면을 작은 사진 크기로 프린트하는 데 성공했다. 그리고 다시 프레임으로 보기를 하여 다른 표정이 나온 화면을 몇 장 더 프린트해서 그것들을 전부 노트에 붙였다.

이제 이것만 있으면 언제라도 살인마의 얼굴을 알아볼 수 있어. 그래, 기타가와 선생님의 사진도 붙여 두자. 선생님은 내 병을 알고 있으니까 사진을 찍도록 허락해 줄 거야.

그럼, 다음 단계는 뭘 해야 할까? 앞으로 그놈과 한판 붙어야 할 거 같은데. 물론 폭력으로 대결할 수는 없겠지. 놈의 무기는 일종의 초능력이야. 다른 사람의 기억을 조정할 수 있는 초능력.

초능력자와 싸우려면 이쪽에서도 초능력을 사용하는 것이 제일 좋겠지만, 안타깝게도 나는 아무런 초능력도 없어. 오히려 기억 장애가 있어서 일반 사람과 비교해도 불리한 핸디캡이 있지.

그렇다면 의지할 수 있는 건 지력과 결단력밖에 없는데. 과연 나의 지력과 결단력으로 저 살인마의 초능력을 이길 수 있을까?

살인마도 자신의 능력을 잘 활용하고 있는 것으로 봐서 나름대로 지력을 가지고 있다고 볼 수 있어. 하지만 그놈은 자신의 능력 때문에 자신감에 넘쳐서 방심하겠지. 또한, 놈은 자신 이외의 사람들을 하찮게 여길 거야. 그러니까 아무렇지도 않게 인간의 존엄이나 생명을 짓밟을 수 있었을 테고 말이야. 나에게 승산이 있다면 그런 방심을 이용하는 수밖에 없어.

우선은 최대한 준비를 해야 돼. 물론 마음의 준비까지는 할 수 없겠지. 기억을 못 할 테니. 내 일상에서 신경 써야 하는 것이 살인마만이 아니라, 다른 일에 정신을 빼앗기면 나는 살인마에 대해서는 완전히 잊어버리게 될 거야. 그리고 노트의 해당 사항을 읽을 때까지 기억해 내지 못하겠지.

아니지. 기억해 내는 것이 아니고 '새롭게 알게 되는 것'이라고 해야겠지. 노트를 읽을 때마다 나는 초능력을 가진 살인마라는 위협적인 존재를 새롭게 알게 되는 거야. 그 부분을 읽은 직후가 아니면 나는 놈의 존재를 인식하는 것조차 불가능해. 그렇기 때문에 마음의 준비는 할 수 없는 거야.

나는 놈에 관한 정보를 노트에 정리해서 보는 즉시 알아볼 수 있게 해야 돼. 그리고 그런 나를 절대 놈이 눈치채게 해서는 안 돼. 알기 쉽게 정리하면 할수록, 노트의 내용이 노출되었을 때 이쪽에서 놈에 대한 정보를 가지고 있다는 것을 들킬 가능성이 높지만. 어쩔 수 없어. 운명의 신이 내 편이 되어 주길 기도할 수밖에.

18

그렇구나. 내가 화법 교실에 다니고 있구나.

니키치는 노트에 붙어 있는 지도를 보면서 교실이 있는 건물을 향해 가고 있었다.

이것이 기타가와 선생님의 사진이군. 위험 부담을 무릅 서고 화법 교실에 다니는 이유가 이건가.

"안녕하세요, 타무라 씨. 오랜만입니다."

모르는 남자가 말을 걸었다.

"아, 안녕하세요."

아는 사람인가 보다. 혹시 내 증상을 알고 있는 사람일까? 만약 모른다면 내가 일부러 말해 줄 필요는 없으니까, 일단 어떻게 나오나 두고 보자.

"오늘도 카메라를 가지고 오셨나요?"

카메라? 지금 어깨에 메고 있는 가방 안에 카메라가 있는 건가?

"그, 글쎄요. 가져왔나……."

"요전에는 갑자기 제 사진을 찍으셔서 깜짝 놀랐잖아요."

내가? 이 남자의 사진을? 왜?

니키치는 가슴이 두근거렸다.

"잠깐만요."

니키치는 메고 있던 가방을 앞으로 들었다. 그리고 뭔가 찾는 척하면서 잽싸게 가방 속의 노트를 펼쳐서 넘겼다.

내가 이 남자의 사진을 찍었다는 건 뭔가 의미가 있을 거야.

남자의 사진이 붙어 있는 페이지가 눈에 들어왔다.

※ 주의! 목숨이 위험하다!

※ '소메야'라는 이름의 남자를 조심할 것.

※ 그 남자와 가급적 엮이지 말 것.

※ 자세한 내용은 27페이지를 볼 것.

니키치는 당장이라도 27페이지를 펼쳐서 읽어 보고 싶었지만, 더 지체했다가 이 노트를 소메야라는 남자에게 들킬지도 모른다는 생각이 들었다.

지금은 참자.

니키치는 가방 안에 디지털카메라가 있는 것도 확인했지만, 이 남자에게 알려 주지 않는 것이 좋겠다고 생각했다. 그 카메라는 가방 바닥에 따로 만들어 넣은 주머니 같은 것 안에 들어 있었다. 몰래 숨겨 놓았다는 것을 알 수 있었다.

"가방 안이 어수선해서 찾아봐야 알겠네요. 혹시, 제 카메라가 필요하신가요?"

"아뇨. 특별히 카메라가 필요해서 말씀드린 건 아닙니다. 그냥 전처럼 갑자기 사진이 찍히면 곤란할 것 같아서요."

전에 사진 찍은 것 때문에 나와 이 남자 사이에 어떤 트러블이 있었던 건가? 내가 무리해서 이 남자의 사진을 찍었구나. 그렇게까지 한 이유는 이 남자의 사진을 가지고 있지 않으면 더욱 위험해질 수 있기 때문이겠지?

그래도, 이렇게 친한 척 말을 거는 것을 보니 내가 자신의 정체를 알고 있다는 것을 아직 눈치채지 못한 모양이군. 그게 아니면…… 생각조차 하기 싫지만, 내가 전향성 기억 상실증에 걸렸다는 것을 알고 일부러 모르는 척 하는 걸 수도 있어.

아, 그렇다면 속수무책의 상태잖아. 하지만 아직 그럴 만할 근거는 없어. 일단은 아직 모른다는 것을 전제로 행동할 수밖에…….

남자가 니키치에게 다가왔다.

뭐 하려는 거지?

니키치는 긴장했다.

이 남자가 위험한 것은 확실한데, 어떻게 위험하다는 거지? 갑자기 칼이나 총을 들고 죽이려 할까? 아니면 격투기에 통달해서 맨손으로도 간단하게 사람을 죽이는 건가? 아무튼 지금 당장이라도 도망가고 싶은데, 갑자기 도망가면 나를 의심하겠지?

노트 안에는 판단에 필요한 근거가 있겠지만, 지금 이 시점에서 노트를 보는 것은 위험해. 일단은 아무렇지 않은 듯 행동할 수밖에 없어. 만일 이 남자가 갑자기 공격을 해 온다면, 미리 그것을 예상하고 있는 것만으로도 어떻게든 모면할 수 있을 거야. 지금은 그것밖에 기대할 수 있는 게 없어.

"사진은 별로 신경 쓰지 않습니다. 다만 앞으로는 조심해 주시면 좋겠어요."

남자가 니키치의 어깨에 손을 올렸다. 니키치는 전신에 극도의 긴장이 감돌았지만 가까스로 그것을 숨겼다. 일순, 의식이 멀어지는 느낌이었다.

벌써 어떤 공격을 받은 건가? 아니면 그냥 기분 탓일까? 아니야, 이 남자는 지금 나에게 뭔가 말하고 있어.

"내 사진을 찍은 것은 잊어라. 그리고 그때 내가 화를 낸 것도 잊어라."

니키치는 무언가 아련해지는 느낌이 들었다. 하지만 애당초 니키치는 자신이 이 남자의 사진을 찍었다는 기억이 없기 때문에 그의 말은 아무런 소용이 없었다. 원래 없는 기억을 어떻게 잊는다는 말인가. 정상적으로 기억을 가지고 있는 다른 사람이라면 기억을 지우는 것이 가능할지 몰라도, 니키치에게는 전혀 의미가 없는 것이었다.

이거, 진심으로 하는 소린가?

니키치는 그가 제정신을 가진 사람 같지 않았다.

만약 이게 장난이 아니라면? 정말로 타인의 기억을 마음대로 지울 수 있다는 말인가? 노트의 27페이지에는 이 남자의 능력에 대해서 상세하게 적혀 있을 것 같아서 보고 싶은데, 지금 확인하면 안 되겠지?

만약 그 능력이 진짜라면 이 남자는 엄청나게 위험한 존재야.

하지만 운이 좋았다고 할까, 이 능력이 나에게는 거의 무의미해. 이 남자의 능력과 나의 장애는 상극이란 말이지. 나로서는 천만다행이야.

원래대로라면 이 능력을 사용한 대상은 기억이 지워진 다음 지시받았다는 기억까지 지워지겠지? 하지만 내 경우는 기억의 삭제가 무효가 되어 버렸기 때문에 지시했다는 사실도 그대로 남게 된 거야.

니키치는 적에 관해서 또 하나의 좋은 정보를 얻었다고 생각했다.

이 능력을 나에게 사용했다는 것은 전향성 기억 상실증에 관해서 아직 모른다는 얘기야. 아마 내가 사진을 찍은 것도 우발적인 것이라고 생각하고 있겠지.

그렇다면 이 상황을 이용해 보자. 이제부터 이 남자의 사진을 찍었다는 사실은 기억에 없는 척하자. 원래부터 기억하고 있지 않으니까 억지로 기억나는 척할 필요도 없고, 오히려 잘된 일이야.

니키치는 '소메야'가 자신을 뚫어지게 쳐다보고 있다는 것을 깨달았다.

내 반응을 보고 있는 건가? 일단 뭐라고 해야 하지? 기억이 삭제된 것이니 사진에 대한 얘기는 하면 안 돼. 하지만 지금까지 사진 얘기를 하고 있었는데 갑자기 다른 얘기를 하는 건 이상하겠지? 어떤 식으로 반응해야 자연스러울지…….

"그러니까…… 무슨 얘기를 하고 있었죠?"

니키치는 이마에 손을 댔다.

이런 반응이면 괜찮을까?

남자는 무표정한 상태로 니키치를 바라보기만 했다.

이게 아닌가?

남자는 다시 니키치의 어깨에 손을 올렸다.

"날씨 얘기를 하고 있었어. 계속 맑은 날씨가 계속되고 있어."

멀리서 남자의 목소리가 들려오는 느낌이었다.

이게 뭐야. 기억을 지우는 능력만 있는 것이 아니었어?

니키치의 머릿속에 이 남자와 날씨 얘기를 하고 있었다는 기억이 홀연히 떠올랐다. 물론 오감에 근거한 상세한 기억이 아니라, 단순히 '날씨 얘기를 하고 있었다.'는 기억뿐이지만, 대화 내용을 떠올리려 하자 세부적인 것들이 구체화되었다. 만약 이 남자의 능력을 알아차리지 못했다면 니키치는 이 가짜 기억을 그대로 믿어 버렸을 것이다.

인간은 보통 자신의 기억을 의심하지 않는다. 그래서 작은 모순이 발생하면 뇌가 자동으로 기억을 수정해서 억지로 앞뒤가 맞게 만든다. 결과적으로 이 남자가 원하는 대로 되는 것이다.

하지만 뒤집어 생각하면, 이 능력의 존재를 알게 된 순간부터 이 남자의 능력은 거의 무효화된다고 할 수 있다. 인간은 자신의 기억에 확신이 없어지면 객관적인 증거를 찾게 된다. 결국 이 능력은 마각을 드러내고 마는 것이다.

그나저나, 이 남자의 능력을 일반 사람들에게 알리는 것이 가능할까? 내가 노트를 근거로 이 남자가 초능력을 가진 살인마라는 것을 주장해 봤자 엉뚱한 망상이라고 비웃음을 사게 될 게 뻔해. 게다가 나는 이 남자에게 제거해야 할 표적이 되겠지. 내 기억은 어떻게 하지 못한다고 해도, 주위에 있는 사람의 기억을 조정해서 나를 궁지로 몰거나 극단적인 방법으로 나를 죽이고 자기만 쏙 빠져나갈 수도 있어.

니키치는 절대 실수하지 않게 신중해야겠다고 다짐하며 금방 생각났다는 듯 말했다.

"아, 맞다. 날씨 얘기였죠? 최근에는 계속 맑은 날씨가 계속되고 있네요. 비가 안 온 지 얼마나 됐더라……."

젠장, 전혀 기억을 할 수 없으니. 괜찮아. 얼마 동안 비가 안 왔는지는 보통 사람들도 별로 신경 쓰지 않잖아.

"글쎄요, 얼마나 됐는지 잘 기억이 안 나네요. 2, 3주 정도 됐나?"

"네, 그 정도 된 것 같군요."

역시 이 남자도 정확한 기억은 없나 보다.

"그럼, 저는 먼저 실례하겠습니다."

니키치는 얼른 자리를 뜨려고 했다.

"아, 오늘은 기타가와 선생님……."

남자가 니키치를 붙잡고 계속 말을 하려고 했다. 바로 그때, 한 젊은이가 그의 뒤에서 앞쪽으로 지나가면서 남자와 어깨가 부딪쳤다.

"아!"

그다지 세게 부딪치지 않은 것 같은데 남자가 얼굴을 잔뜩 찡그렸다. 하지만 젊은이는 귀에 이어폰을 끼고 있었던 탓에 아무 것도 못 듣고 그대로 지나갔다. 남자의 얼굴이 순식간에 분노한 표정으로 바뀌었다.

"야, 거기 서!"

젊은이는 여전히 그의 말을 듣지 못했다.

"거기 서라고 이 새끼야!"

남자가 젊은이의 뒤를 쫓았다.

이 남자, 분노 조절 장애가 있군. 원래 성격인 걸까, 아니면 초능력자라는 것이 이런 성격을 만든 것일까.

인간은 성인이 되면서 분노를 억제하지 않으면 결국 자신에게 불리해진다는 것을 학습한다. 그러나 개중에는 학습이 안 된 인간도 있는데 그런 사람은 사회적 부적합자가 된다.

자신이 원하는 대로 타인의 기억을 조작할 수 있는 능력이 있다면 분노를 억제하지 않아도 불리해지는 일은 없었을 것이다. 즉, 그는 분노를 억제하는 것을 학습할 필요가 없었던 것이다.

남자는 느닷없이 젊은이의 등을 발로 찼다. 젊은이는 그대로 앞으로 고꾸라지면서 두 손으로 땅을 짚었다. 너무나 갑작스러운 일이라 사태가 파악이 안 되었는지, 젊은이는 한동안 바닥에 엎드려 움직이지 못했다.

"이 개새끼야! 개새끼야! 개새끼야!"

남자는 젊은이의 엉덩이를 사정없이 차고 또 찼다. 정신없이 차이던 젊은이는 남자가 잠시 멈췄을 때 뒤를 돌아 노려보며 소리쳤다.

"이게 무슨 짓이야!"

"이 새끼가 빌어도 부족한데 큰소리를 쳐? 나쁜 새끼! 죽어!!"

남자는 젊은이의 머리를 마구 짓밟았고, 젊은이의 얼굴은 피범벅이 되었다.

"소메야 씨, 진정하세요."

니키치가 남자를 막았다. 이대로 두면 젊은이가 맞아 죽을 것 같았기 때문이다. 그러자 남자는 니키치를 노려봤다.

아차, 내가 경솔했나? 이러다 나까지 얻어맞는 거 아냐?

"너도 조금 전에 봤잖아!"

남자가 포효하듯 소리쳤다.

"네, 봤습니다. 어깨를 치고 갔죠."

"그래, 이 새끼가 잘못한 거니까 맞아도 싸!"

"일부러 그런 건 아닌 것 같은데……, 주의 정도로 충분하지 않을까요?"

"아냐, 그 정도로는 분이 풀리지 않아!"

"하지만 이 사람이 그렇게 나쁜 사람은 아닌……."

남자가 니키치의 어깨를 잡았다. 순간, 니키치의 의식이 멀어졌다. 갑자기 '젊은이가 이 남자에게 심한 폭력을 행사했다.'는 말이 떠오르면서 머릿속에 그런 내용의 영상이 나타났다.

또 기억을 조작 당했다. 놈은 나에게 가짜 기억을 심어서 자신이 행사한 부당한 폭력 행위를 정당화하려는 거야.

어떻게 하지? 어디까지 이 남자를 제지해야 하지? 하지만 내가 이 젊은이의 '폭력 행위'를 기억하지 못하면 초능력이 효과가 없었다는 것을 들키고 말 텐데. 그렇게 되면 내가 위험에 빠질 거야. 이 남자는 다른 사람의 기억을 조작할 수 있으니까, 나한테는 안 통한다고 하더라도 나를 궁지에 몰 방법은 얼마든지 있을 거야. 그렇다면 소메야가 원하는 대로 해야 할까? 살아남기 위해서는 그래야 하는 건가? 하지만…….

"소메야 씨, 그만하세요."

"너도 봤잖아! 이놈이 나를 먼저 때렸단 말이야!"

"그러니까요. 이런 사람에게 폭력을 휘두르면 후환이 있을지 모릅니다."

"후환?"

"복수할 수도 있다는 얘깁니다."

"복수?"

남자는 젊은이를 깔아 보았다.

"이런 애송이가?"

"이런 애송이가 조금 전에 당신을 때렸습니다."

"그래, 그러니까…… 아무리 애송이라도 갑자기 공격하면 손쓸 도리가 없는 거지."

"혹시 이 사람과 아는 사이신가요?"

"내가 이런 놈을 어떻게 알아!"

"이상하네요. 그럼 왜 갑자기 생판 모르는 소메야 씨를 때린 걸까요?"

남자는 니키치의 얼굴을 지긋이 보았다.

내가 뭔가 말을 잘못했나?

남자가 다시 손을 뻗어 오자 니키치는 반사적으로 뒷걸음질을 했다.

아차, 실수. 기억을 조작 당하는 게 겁나서 반사적으로 피하고 말았네. 이러면 의심을 받을 텐데.

“왜 그래? 왜 그렇게 몸을 사려?”

“아, 저까지 때리려는 줄 알고. 지금 너무 흥분하신 것 같아서.”

“나는 침착한 상태야. 벌벌 떨면서 침착하지 못한 건 너잖아. 그러니까, 자~.”

남자는 니키치의 어깨에 손을 올렸다.

또 피하면 완전히 의심하겠지?

니키치는 이를 악물었다.

“이놈은 나를 아는 놈이야. 어떤 여자를 성추행하려는 현장을 발견하고 잡아서 경찰에 넘겼더니 원한을 품고 계속 나를 쫓아다닌 거야.”

조금 전에는 모르는 사람이라더니 말을 바꾸는 거야? 이런 사소한 부분까지 고치고 또 고치면서 타인의 기억을 엉망으로 만들다니. 상황 파악도 안 된 사람에게 이렇게 몇 번이고 기억 조작을 반복하면 정신이 나가고 말 텐데, 그런 건 전혀 신경 쓰지 않는 놈이군.

니키치는 이번에도 걸린 척했다.

“그럼, 경찰을 부를까요? 체포 기록이 있을 테니 폭행 동기는 확실하겠죠. 또 다른 보복을 막기 위해서라도 경찰에게 넘기는 편이 낫지 않겠어요?"

얻어맞기만 한 이 젊은이를 경찰에 넘기는 건 미안하지만, 이대로 소메야에게 맞다가 죽는 것보다는 낫겠지. 놈은 이 젊은이가 어떻게 되든 신경 쓰지 않을 게 뻔해.

"경찰이라……."

남자는 잠시 생각에 잠겼다.

이놈 지금 경찰을 개입시킬 경우와 그렇지 않을 경우를 비교해서 계산하고 있구나.

"아니, 그러지 않는 게 좋겠어."

젊은이를 경찰에 넘기면 분풀이는 되겠지만 위험 부담이 있는 건 사실이다. 게다가 앞뒤를 맞추기 위해서 적지 않은 인원의 기억을 조작해야 한다. 그보다는 직접 손을 보는 편이 훨씬 나을 것이라 판단했을 것이다. 그렇다면 젊은이의 목숨이 위험하다. 최악의 사태는 어떻게든 막아야 한다.

"그럼 이대로 내버려 두고 가시죠."

니키치가 남자에게 제안했다.

"왜?"

"왜라뇨, 그럴 수밖에 없잖아요. 경찰을 부를 것인가 아니면 내버려 두고 가야죠. 혹시 다른 생각이라도 있으세요?"

"직접 처벌해야지."

"직접 처벌하다뇨. 그러다 체포당해요."

남자는 니키치를 흘깃 보면서 자신의 턱을 쓰다듬었다.

"내가 체포당한다고?"

"네, 정당한 복수라고 해도 폭력은 범죄예요."

"나를 신고할 생각이야?"

남자가 니키치를 노려봤다. 니키치는 움찔했다. 죽일 듯한 눈빛에 기가 죽은 것이다.

"그럴 생각은 없습니다만, 더 이상의 폭력은 곤란합니다."

남자는 다시 니키치의 어깨를 만지려고 했다.

뭘 또 조작하려고.

니키치는 진절머리가 났다. 하지만 남자는 그대로 팔을 내렸다.

"폭력은 쓰지 않을 거야. 대화를 하려구."

"대화?"

"이 녀석하고 대화를 통해서 해결할 거야."

"그래도 안 되면요?"

"그때 가서 경찰에 넘기면 돼."

대화로 해결한다면 그다지 나쁜 얘기는 아니다. 젊은이는 돈을 잃게 될 수도 있겠지만 적어도 목숨은 건지게 될 테니까. 이 정도로 다행이라고 생각할 수밖에 없다. 상대가 워낙 악질이라는 것을 생각하면.

젊은이는 겁먹은 눈으로 두 사람의 대화를 듣고 있었다.

이럴 때 도망쳐!

니키치가 속으로 외치면서 눈치를 줬지만 젊은이에게 전달되진 않는 것 같았다. 남자는 젊은이의 옆에 웅크려 앉더니 등에 손을 대고 뭐라고 속삭였다.

불쌍하게도 기억을 조작 당하겠지?

젊은이는 고개를 끄덕이더니 자리에서 일어났다.

"조용히 얘기할 곳으로 가자. 지금 누구랑 같이 살고 있지?"

남자가 젊은이에게 물었다.

"혼자 삽니다."

"원룸 맨션 같은데?"

"아뇨, 학생 기숙사입니다."

"기숙사?"

남자는 불쾌한 표정으로 혀를 찼다.

"어디 따로 적당한 장소 없을까? 가능하면 조용한 곳이 좋은데."

"부모님 소유의 별장이 하나 있습니다. 지금은 아마 비어 있을 거예요."

"그거 좋네. 여기서 얼마나 멀어?"

"전차로 한 시간 반 정도 걸립니다."

"그건 더 좋은 조건이다. 지금 바로 가자."

상황이 점점 안 좋은 방향으로 진행되고 있다. 저 남자와 젊은이 둘만 있게 하면 안 되는데.

"그럼 저도 같이 가겠습니다."

니키치는 과감하게 동행 의사를 밝혔다. 이러다 기억이 도중에 끊겨 버리겠지만, 기회를 봐서 노트를 보는 수밖에 없었다.

"따라온다고? 왜?"

"두 분만 있으면 걱정되거든요."

"걱정?"

"생각해 보세요. 이 사람이 또 폭력을 행사할지도 모르잖아요."

"이 녀석이 폭력을? ……아아, 맞아 그랬었지."

자신이 했던 기억 조작도 깜박하는군. 역시 허점이 있었어.

남자는 잠시 생각에 빠진 듯했다.

"그러고 보니 감시할 사람이 있는 게 낫겠네."

괴인은 니키치의 팔꿈치를 잡았다. 니키치는 자신도 이 젊은이에게 맞았다는 기억이 갑자기 생겼다.

"너도 당했으니까 절대로 도망가게 하면 안 돼. 나는 볼일이 있어서 조금 늦을 거야. 야! 네 전화번호 불러 봐."

젊은이는 자신의 핸드폰 번호를 말했고, 니키치는 일단 암기했다.

가능한 빨리 메모해 두자.

"그럼, 오늘은 수업을 쉬겠다고 선생님에게 말해 두고 오겠습니다."

"잠깐 기다려 봐. 꼭 그걸 얘기할 필요가 있는 거야?"

"네, 오늘은 수업이 있는 날이니까요."

"알았어. 하지만 자세한 이유는 말할 필요 없어. 그냥 갑자기 일이 생겼다고만 하고 와."

갑자기 반말을 하더니 부하에게 명령하듯 하는 저 말투. 평소 타인에게 명령하듯 말하는 것이 습관이 되었겠지. 괜히 거슬러서 이놈의 성질을 건드려 봤자 좋을 일 없을 테니 당분간 순순히 따를 수밖에 없겠다.

하지만 일단 이 남자로부터 떨어져 있을 구실이 생긴 것은 다행이었다. 니키치는 남자의 눈에 들어오지 않는 위치에 다다르자 서둘러 노트를 꺼내서 메모를 하고 교실로 향했다.

"안녕하세요."

교코가 니키치를 반갑게 맞이했다.

아, 사진보다 훨씬 좋은 느낌의 사람이네.

"죄송합니다만, 오늘은 수업을 못 받을 것 같습니다."

"무슨 일 있으세요?"

"사실은 조금 전에 이 근처에서 소메야 씨를 만났는데……."

"소메야 씨라면, 그 소메야 씨 말씀이세요?"

"아마 그럴 겁니다."

"대단해요, 기억하고 계시다니."

"그런 건 아니고…… 그분이 먼저 말을 걸었거든요."

"아, 그랬군요. 어떻게, 잘 대응하셨나요?"

"네. 그런데 얘기를 하던 중에 갑자기 문제가 생겨서……."

"네? 문제요?"

생각해 보니 놈은 자세한 이유는 말하지 말라고 했지만, 그때 있었던 일의 기억을 지우려 하지 않았어. 그것은 내가 발설할 가능성이 남아 있다는 얘기지. 그렇다면 그것을 이용하자.

"소메야 씨와 지나가던 사람이 부딪쳐서 작은 싸움이 벌어졌습니다."

"어머, 어디 다친 데는 없었나요?"

"소메야 씨는 괜찮지만 상대방이 가벼운 부상을 입었습니다."

"저런, 그럼 소메야 씨가 폭력을 휘두른 건가요? 그럴 분으로는 안 보였는데."

"어쩌다 보니 그렇게 됐습니다."

놈은 젊은이도 폭력을 행사한 것으로 기억을 심었지만, 그런 것까지 선생님에게 말할 필요는 없겠지.

"그래서, 경찰을 불렀나요?"

"아니요. 일단 대화를 해 보기로 했습니다만, 두 사람만 있게 하면 불안해서 저도 따라가기로 했습니다."

"하지만 타무라 씨, 그래도 괜찮으시겠어요? 당신은 그……."

교코는 말끝을 흐렸다.

"괜찮습니다. 그렇게 어려운 일도 아니고. 일단 오늘 수업을 빠지게 되는 것을 양해 부탁드립니다."

"저도 따라서 가 볼까요?"

"아뇨, 괜찮습니다. 일이 번거로워질 것 같으면 경찰을 부를 겁니다."

"그러시다면 확실하게 노트에 적어 두세요."

"네, 물론입니다."

니키치는 미소를 지으며 부랴부랴 인사를 하고 교실을 나갔다.

19

“어서 도망쳐요.”

니키치는 전차의 문이 닫힘과 동시에 말했다.

“그 사람은 나중에 온다고 했어요. 시키는 대로 먼저 가서 기다리고 있을 필요가 없습니다. 다음 역에 내려서 도망쳐요.”

“무슨 소리세요, 대화하기로 했는데.”

“대화라니, 무슨 대화 말인가요?”

“제가 그 사람을 때렸으니까…….”

“정말로 그런 짓을 했다고 생각하십니까?”

“네, 제가 그 사람을 때린 것을 분명하게 기억하고 있습니다.”

“저는 못 봤는데요.”

"정말인데……."

젊은이는 멍한 표정으로 말했다.

"참, 이름이 어떻게 되시죠?"

"후루타 류이치입니다."

"후루타 씨, 당신은 저 사람에게 폭력을 행사했다고 생각하시지만, 실제로는 아무 짓도 하지 않았어요."

"사실 지금까지 타인에게 그렇게 폭력을 휘두른 적은 없습니다만……."

"그것 보세요."

"하지만 제가 기억하고 있어요. 제가 소메야 씨를 심하게 때렸습니다."

"그것은 착각입니다."

"왜 그렇게 말하시죠? 제가 기억하고 있으니까 틀림없습니다."

놈은 타인의 기억을 조작할 수 있습니다라고 말하는 순간, 이 사람은 내가 한 말이 전부 진정성이 없다고 생각해 버릴 거야. 납득시키기 위해서는 뭔가 증거가 필요해. 비디오라도 찍어 두면 좋았을 텐데. 잠깐, 혹시…….

니키치는 가방 안을 뒤졌다. 가방의 바닥에 붙어 있는 이상하게 생긴 주머니 속에 카메라가 있었다.

역시 내가 증거를 찍기 위해서 카메라를 가지고 다녔어. 다음에도 알 수 있게 이 사실을 기억해 두면 좋을 텐데.

"무슨 일 있으세요?"

후루타가 심각한 표정의 니키치에게 물었다.

"아아, 잠깐 생각할 것이 있어서요. 후루타 씨는 자신이 그 사람을 때렸다고 하셨죠?"

"네, 틀림없습니다."

"왜 때렸습니까?"

"그러니까, 그게……."

후루타의 얼굴이 새빨갛게 달아올랐다.

"창피한 일입니다만, 성추행을 저지르다가 소메야 씨한테 잡혀서 그 앙갚음으로 일을 저질렀습니다."

"당신은 전에도 성추행을 한 적이 있습니까?"

"아니요."

"그렇다면 어째서 그때는 그런 짓을 하려고 했나요?"

후루타는 고개를 갸우뚱했다.

"글쎄요, 마가 씌었다고밖에 드릴 말씀이 없네요."

"정확한 이유는 기억이 안 나시는 거군요."

"성추행에 이유 같은 건 없잖아요. 충동적으로 하는 짓이 아닙니까?"

"자신의 일인데도 모르시는 겁니까?"

"창피한 일입니다만……."

후루타의 얼굴이 더 빨개졌다.

불쌍한 사람.

"당신이 성추행을 저질렀다는 증거는 있습니까?"

"무슨 말씀이세요? 저 자신이 인정하고 있는데 증거가 왜 필요하죠?"

"그게 아니라, '당신이 성추행을 저지르려다가 그 사람에게 잡혔다.'는 사건 자체의 증거가 있냐는 말씀입니다."

"말씀의 의미를 모르겠습니다."

"그렇다면 당신은 어떤 사람을 성추행하려고 했나요?"

"그러니까, 그게……."

"기억나지 않는군요."

"아, 그건…… 여대생이었던 것 같습니다. 맞아, 어떤 여대생이었습니다."

"어떻게 상대가 여대생인 것을 알 수 있죠?"

"그러니까, 그 뭐냐…… 여대생풍의 차림새를 하고 있었으니까요."

"여대생풍의 차림새란 게 뭔가요? 무슨 색의 옷이었습니까?"

"기억이 안 나네요."

"왜요?"

"그렇게까지 자세한 건 기억 못 하는 것이 당연한 거 아닙니까?"

"경찰에 체포되었나요?"

"네?"

후루타는 당황한 표정으로 반문했다.

"성추행을 하다가 잡혔다면 경찰에게 넘겨지는 거 아닌가요?"

"그게……."

그 남자 어지간히도 어설픈 짓을 했다. 상세한 설정은 빼고 그냥 치한 행위를 했다는 기억만을 심은 것이다. 인간의 뇌는 기억의 결손 부분을 합리적으로 이어지게 채우려 하지만, 경찰에 체포된다는 비일상적인 기억은 그렇게 간단하게 만들어 낼 수가 없는 것이다.

"그런 큰일을 기억하지 못하는 건가요?"

"무슨 말을 하고 싶으신 겁니까?"

"당신은 성추행 같은 범죄는 저지르지 않았다는 얘깁니다."

"저에게 시비 거시는 겁니까?"

"아닙니다. 저의 말을 믿지 못하시겠다면 먼저 경찰에 가 보시죠. 만약 당신이 치한 행위를 했다면 경찰에 기록이 남아 있을 테니."

"저는 분명히 기억하는데, 왜 그런 기록을 확인하려고 하시죠?"

"저는 납득할 수 없으니까요."

"제가 범죄를 저질렀다는 증거를 당신에게 꼭 보여 줘야 하는 건가요?"

후루타가 불만스러운 표정으로 눈을 부라렸다.

"그런 게 아니라, 당신이 범죄를 저지르지 않았다는 것을 알려 주려는 겁니다."

"그건 저에게 의미가 없습니다."

"그럼 자수하세요."

"어째서요? 모처럼 소메야 씨가 대화로 해결하자며 합의의 여지를 줬는데."

"대화로 해결하자는 얘기를 정말 믿나요?"

"대화가 아니면 무엇을 한다는 겁니까?"

"보복이죠."

"저의 폭력에 대해서 말입니까?"

"그렇다고 할 수 있죠."

실제로 폭력을 휘두른 건 그 남자 쪽이지만 그렇게 말해 두는 편이 이해가 빠를 것 같았다.

"소메야 씨가 저를 속이려고 한다는 말씀이십니까?"

니키치는 고개를 끄덕였다.

"소메야 씨를 믿지 말라는 말씀이십니까?"

"네."

"하지만 소메야 씨는 당신을 신뢰하시잖아요."

"저를 신뢰한다고요?"

"저를 감시하는 일을 당신에게 맡겼으니까."

"그런 모양새가 되긴 했습니다만……."

"당신과 소메야 씨는 어떤 사이죠?"

"그냥 얼굴만 아는 정도입니다."

"그냥 얼굴만 아는 사이인데 이렇게 중요한 일을 맡기다니, 사람을 잘 믿으시니 오히려 좋은 분 아닌가요?"

"그렇게는 보이겠죠."

"그런 사람을 당신은 믿지 말라고 하시네요."

"네."

"하지만 제 입장에서는 당신을 믿을 이유도 없습니다, 타무라 씨."

논리적으로 생각하면 후루타의 말이 맞다. 그의 판단은 냉정한 것이었다. 물론 잘못된 판단이지만.

"저의 제안은 경찰에 자수하자는 것이지, 사람을 폄하하자는 게 아닙니다."

"소메야 씨는 대화로 해결하자는 거니까, 저에게 있어선 자수하는 것보다 유리한 것이 아닌가요?"

"그 사람이 진심으로 한 말이라면 그렇죠."

"소메야 씨가 거짓말을 했다는 증거는 있습니까?"

그렇다. 사실 그것이 없어서 문제다. 니키치는 고개를 가로저었다.

"그럼 저는 소메야 씨를 믿겠습니다. 만약 소메야 씨가 거짓말을 했다는 것을 알게 되면 그때는 당신의 조언에 따라 자수하겠습니다."

"그렇다면 저 이외의 입회자를 불러 주세요. 믿을 수 있는 사람을 가능한 많이요."

"대화의 자리에 지인들을 부르라는 말씀이신가요? 저는 성추행을 저지른 것도 모자라서 그것을 저지한 사람에게 폭력을 휘둘렀어요. 그런 창피한 일을 지인들에게 알릴 수 있다고 생각하십니까?”

니키치는 어깨를 움츠렸다.

솔직히 그냥 모른 척하면 그만이지만, 이대로 뒀다가 이 친구한테 무슨 일이 생기면 어떻게 해. 뭔가 방법이 있을 거야. 일단은 그 방법을 궁리해 보자. 목적지에 도착할 때까지는 아직 한 시간 이상 남아 있어. 좋은 생각이 떠오르면 메모를 해 놔야지.

20

"타무라 씨, 앞으로 30분 정도 후면 도착합니다."

누군가의 말소리에 눈을 뜬 니키치는 옆에 있는 어떤 젊은 남자와 눈이 마주쳤다.

여긴 전차 안 같은데……. 내가 언제 탄 거지? 너무 마셔서 필름이 끊겼나?

"이 노트, 주무시다가 떨어뜨렸어요. 뭔가 열심히 쓰고 계시던데, 무슨 연구라도 하시나요?"

이 노트가 내 거라고?

표지에는 큰 감탄 부호와 세 자리 숫자가 매직으로 쓰여 있었다. 니키치는 노트를 건네준 처음 보는 젊은 남자에게 가볍게 사

인사하고 노트를 펼쳤다.

경고!

※ 나의 기억은 수십 분밖에 지속되지 않는다.

남아있는 기억은 사고를 당하기 전의 일들뿐이다.

※ 병명은 전향성 기억 상실증.

※ 생각난 것은 모두 이 노트에 적을 것.

기억 상실증이라니, 대체 이게 무슨 소리야!

속으로 비명을 지른 니키치는 옆에 있는 젊은 남자를 살폈다. 그는 다른 곳을 보고 있었다. 니키치는 이 남자가 깜빡 잠든 사이에 노트를 읽었을지도 모른다는 생각이 들었다. 그가 이 노트에 글을 쓴 게 아닐까도 생각해 봤지만, 지금은 그런 의심을 해 봤자 소용없다는 것을 깨달았다. 가능한 한 빨리 이 노트의 내용을 읽을 수 있는 만큼 읽는 것이 우선이었다. 이 젊은이가 앞으로 30분 후면 도착한다고 했으니 남은 시간은 그 30분뿐이었다.

"도착하고 나서 말인데요……."

"잠깐만요. 미안하지만 써 둬야 할 것이 있어서 그러는데, 조금만 기다려 주시겠습니까?"

"쓰실 것이요?"

"잊고 있던 일이 생각나서요. 오늘 중에 끝내지 않으면 안 되는 일이라."

이 남자가 내 이름은 알고 있는 것 같은데, 말하는 걸 들으니 그렇게 잘 아는 사이는 아닌가 보다. 일단 이 남자가 어떤 사람인지 알게 될 때까지는 대화를 피하는 게 좋겠다. 그나저나 노트의 어디를 읽어야 하지? 기억이 수십 분밖에 가지 않는다면 전부 읽는 건 의미 없는 일인데……. 그래, 중요한 내용은 맨 앞쪽에 있을 거야. 최근 상황은 마지막에 있을 테고.

니키치는 서둘러 노트를 읽어 나갔다.

※ 문패도 없고 우편함에도 이름은 없다.

※ 이름이 없는 것은 이 노트에 이름이 쓰여 있지 않은 것과 같은 이유이다.

※ 이유를 알고 싶으면 7페이지를 참조할 것.

그럼 7페이지를 보자.

※ 진상은 8페이지에 적혀 있다. 하지만 상당히 충격적인 내용이라 먼저 심호흡을 하고 읽어야 한다.

상당히 거창하게 나오는구나. 그럼 일단 심호흡을 하고.

니키치는 8페이지를 펼쳤다.

※ 나는 지금 살인마와 싸우고 있다.

이건 또 무슨 소리야.

니키치는 다시 한 번 심호흡을 했다.

일단, 내 옆에 앉아 있는 이 남자가 그 살인마인지 확인하자.

니키치는 떨리는 손으로 조심스럽게 페이지를 넘겼다. 대략적인 상황은 10분 정도로 파악되었다.

살인마는 '소메야'라는 이름의 남자로 타인의 기억을 조정하는 초능력을 가지고 있다. 초능력이라는 건 믿기 어렵지만, 만약 정말이라면 아주 위험할 수 있으니까 어쨌든 믿어 보기로 했다. 니키치는 노트에 붙어 있는 살인마의 얼굴 사진도 확인했다. 옆에 있는 젊은이는 아니었다. 니키치는 안도의 한숨을 쉬고 다음을 읽어 나갔다.

이 젊은이는 살인마의 희생자라는 것이 파악되었다. 자신이 성추행과 폭행을 저지른 범죄자라고 믿고 있다. 니키치가 진실을 설명해 줬지만 설득에 실패했다. 당연한 결과라는 생각이 들었다. 니키치 자신도 이 내용을 믿지 못할 정도이니 말이다.

니키치는 혹시라도 이 젊은이가 자신을 놀리기 위해 쓴 글일 가능성도 생각해 봤다. 그것이 사실이면 화가 나기는커녕 오히려 기쁠 것 같았다. 하지만 지금은 최악의 경우, 즉 이 노트의 내용이 맞는다는 가정하에 행동할 수밖에 없는 상황이다.

"후루타 씨, 별장은 다음 역에서 내리면 되는 건가요?"

"네, 일은 다 끝내셨습니까?"

"아직 남아 있습니다만, 나머지는 나중에 하려고 합니다."

이윽고 목적지의 역에 도착했다. 도착한 곳은 교외의 소도시로 그다지 시골 같다는 느낌은 없었다. 역 앞에는 제법 큰 쇼핑센터도 있었다.

살인마가 같이 오지 않은 건 후루타와 같이 있는 것을 목격당하고 싶지 않기 때문일 거야. 놈은 살인까지 생각하고 있어. 그러니 뒤끝이 없게 하려면 기억을 조작할 대상도 최소한으로 줄이는 것이 상책이겠지. 현재 상황이라면 내 기억만 조작하면 그만이니까.

"별장까지 거리가 2킬로미터 정도 되니까 택시를 타고 가시죠."

후루타가 제안했다.

그러는 게 좋겠다. 택시를 타면 운전사가 기억할 테니 살인마가 생각하지 못했던 사람과 함께 있는 건 현명한 선택이야. 게다가 난 2킬로미터나 되는 거리를 걸어가는 동안 기억이 또 사라질 가능성이 높아. 걸으면서 노트를 읽는 것은 어렵기도 하지만 부자연스러운 행동이기도 하고.

택시에 탄 니키치는 다시 설득을 시도했다.

"지금이라도 늦지 않았습니다. 별장에서 그 사람을 만나는 건 그만두는 게 어때요?"

"또 그 얘기신가요? 아까도 말씀드렸지만, 소메야 씨의 제안에는 전혀 문제가 없다고 생각합니다."

잠시 후, 택시가 별장에 도착했다.

별장이라고는 하지만 그렇게 크지 않았다. 그냥 협소 주택이라고 하는 편이 나을 정도의 크기였다. 주변에도 비슷한 크기의 건물들이 많았다. 외딴곳의 산장 같은 것을 상상했던 니키치는 근처에 사람이 살고 있다는 것에 약간 안심이 되었다.

후루타는 열쇠를 꺼내 문을 열었다.

"들어오세요."

안에는 화장실 겸 욕실 이외에 방이 두 개 있었는데, 입구 쪽에 하나 그리고 안쪽에 하나가 있었다.

잠시 후, 후루타의 핸드폰이 울렸다. 번호는 '발신 번호 표시 제한'으로 돼 있었다. 전화를 받자 예상대로 소메야로부터 걸려온 것이었다.

"네, 역 앞에서 택시를 타고 오시면 됩니다."

후루타는 전화기에 대고 설명했다.

"네, 그렇습니다. 저희들도 택시 타고 왔습니다. 택시 회사 이름요? 그게…… 잘 기억이 안 납니다. 타무라 씨에게 한번 물어보겠습니다."

역시 놈은 택시를 타게 된다는 것을 예상하지 못한 듯했다. 택시 회사 이름을 물어본 건 운전사를 찾아내서 기억을 지우기 위해서일 것이다. 니키치는 택시 회사의 이름을 기억하고 있었지만 물론 살인마를 도와줄 생각은 없었다.

"안타깝지만, 저도 기억이 안 납니다."

"타무라 씨도 모른다고 합니다. ……네, 알겠습니다."

후루타는 전화를 끊었다.

"지금 역에 도착했다고 하네요."

"소메야 씨는 왜 같이 오지 않았을까요?"

니키치는 일부러 의문을 표했다.

"글쎄요. 뭔가 다른 볼일이라도 있었겠죠."

"그랬다면 우리들이 기다렸다가 같이 올 수도 있었잖아요."

"기다리게 하는 것이 미안했던 게 아닐까요?"

"여기서도 기다리는 건 마찬가진데?"

"뭐 그렇긴 하지만……. 거기까지는 생각 못 했나 보죠."

놈이 역에 도착했다면 남은 시간이 거의 없다. 이제 도망가게 하는 건 무리겠지.

니키치는 후루타를 설득하는 것을 포기했다.

내가 할 수 있는 건 뭘까? 여기서 기다렸다가 놈이 후루타를 해치려는 것을 막는 건 가능하겠지. 그놈의 능력은 기억을 조작할 수 있는 것뿐이니까, 신체 능력이 보통 사람 수준이라면 2 대 1로 붙어서 지지는 않을 거야.

하지만 그걸로 안심할 수 있는 걸까? 나는 놈에게 저항할 수 있겠지만 다른 사람은 그렇게 못 하잖아. 놈이 마음만 먹으면 나 같은 사람 제거하는 것 정도는 일도 아닐 거야. 내가 제거당한다면 결국 후루타도 무방비 상태로 당할 텐데. 최악의 경우 살해당할 수도 있고.

초인종이 울렸다. 후루타가 현관문을 열었다. 그곳에는 화가 나서 얼굴이 새빨개진 살인마가 서 있었다.

"택시를 타고 오다니, 누가 마음대로 그런 짓 하래!"

"네? 택시를 타면 안 되는 건가요?"

"몰라서 물어? 범죄자 주제에 택시를 타고 오다니."

"……."

후루타는 고개를 떨궜다.

살인마가 느닷없이 후루타의 멱살을 잡고 벽으로 밀어 붙였다. 예상하지 못한 상황 때문에 상당히 화가 난 것 같았다.

니키치는 황급히 가방 안에 손을 넣었다.

하마터면 카메라를 가지고 있다는 걸 잊을 뻔했네.

"소메야 씨, 진정하세요. 택시는 어쩔 수 없이……."

니키치가 끼어들며 말렸다.

"너도 그래. 어째서 택시를 타게 그냥 내버려 뒀지? 어?"

화가 난 이유는 알겠지만, 정말 말도 안 되는 소리만 지껄이네.

"죄송합니다."

"그건 상식이잖아! 범죄자는 택시를 타면 안 된단 말이야!"

"네?"

니키치는 혼란스러운 척했다.

"뭐, 그건 그렇고, 먼저 합의금 얘기부터 하자."

살인마는 겸연쩍었는지 급히 말을 돌렸다.

"네."

"얼마나 줄 수 있지?"

"그게……, 수중에 있는 돈이……."

"수중에 있는 돈의 액수를 물어보는 게 아니야. 너와 너의 부모가 가지고 있는 자산의 총액이 얼마나 돼?"

"소메야 씨, 그건 좀 지나치십니다."

니키치는 눈이 휘둥그레졌다.

"이 녀석의 인생이 걸린 문제야. 그 정도는 내놔야지."

"인생이 걸리다니, 너무 크게 해석하신 거 아닌가요?"

"이 녀석은 강간 미수와 살인 미수를 저질렀어. 전 재산을 내놓는 게 당연하다고."

"강간 미수? 성추행이라고 하시지 않았나요?"

노트에는 분명히 '성추행'이라고 적혀 있었다.

"성추행은 강간 미수의 부드러운 표현이야. 이 녀석은 여고생을 강간하려고 했단 말이야."

"옛? 후루타 씨, 정말 그랬나요?"

후루타의 뇌가 만든 기억에서는 여대생이었다. 대충 날조하다

보니 정합성이 결여되어 있었다.

"여고생은 아니었던 것 같은데……."

살인마가 니키치를 노려봤다.

"너희들, 둘이서 무슨 얘기 한 거야?"

"아, 네."

살인마는 내가 성추행에 관해서 물어봤기 때문에 후루타의 뇌가 스스로 기억의 갭을 메꿨다는 것을 눈치챈 듯했다.

"거짓말하지 마!"

살인마는 후루타를 노려봤다.

"옛? 아니에요. 저는 강간 같은 짓은……."

살인마는 다시 후루타의 멱살을 잡았다.

"너는 여고생을 강간했어."

후루타는 눈을 부릅뜨더니 10초 정도 경련을 일으켰다.

잔인한 놈, 강제로 저렇게까지 하다니.

후루타는 제정신으로 돌아오자 절규했다.

"내가 도대체 무슨 짓을 저지른 거야!"

그는 벌벌 떨면서 그 자리에 주저앉아 통곡을 했다.

불쌍해라. 이대로 두면 정신이 붕괴되고 말 거야.

"소메야 씨, 강간을 했다니 무슨 말씀이세요? 조금 전에는 미수라더니."

"자질구레한 건 아무래도 상관없어!!"

살인마는 막무가내로 떠들며 억지를 부렸다.

이놈은 지금 냉정함을 잃은 상태다. 하지만 아무리 그렇다고 해도 정말 지독한 인간이다.

"그래서, 돈은 얼마나 있어?"

"난…… 틀렸어. 이제 내 인생은 끝이야."

후루타는 회복될 기미가 안 보였다.

"쳇. 이 녀석, 안 되겠구나."

"정신 착란을 일으키고 있는 것 같습니다. 오늘은 이 정도로 해 두고 일단 돌아갔다가 다시 와서 얘기하시죠."

"다시 오자고? 이런 곳에 들락거리면 사람들 눈에 띄게 되잖아."

"사람들 눈에 띄면 안 되는 건가요?"

"이상한 소문이라도 돌면 어떻게 해."

이상한 소문이라니, 도대체 무슨 소리 하는 거야? 그렇다고 따지면 안 되겠지? 더 거슬렀다가는 기억을 조작 당할지도 모르니까. 물론 견뎌 낼 수는 있겠지만, 내 머릿속이 파헤쳐지는 건 싫어.

"할 수 없군. 돈을 포기할 수밖에……."

혼잣말을 한 살인마가 니키치를 불렀다.

"야, 잠깐 나갔다 와."

"네?"

"풀하고 가위하고 자 좀 사 와."

"어디에 쓰시려고요?"

"서류를 만들 거야."

"무슨 서류죠?"

"합의 서류지, 무슨 서류는."

"근처에는 가게가 없는 것 같던데요."

"역 앞 쇼핑센터에 가면 있을 거야."

"택시를 불러도 될까요?"

"택시는 안 돼. 걸어서 갔다 와."

니키치는 범죄자가 아니니까 택시를 타도 상관없었지만, 감히 반박은 할 수 없었다.

아무래도 살인마는 나를 이 별장 밖으로 나가 있게 하고 싶은 모양이군. 내가 나가 있는 동안 후루타에게 무슨 짓을 할 속셈일 거야. 흠……, 이건 기회일 수도 있겠다.

"알겠습니다. 역까지 한달음에 다녀오겠습니다."

"뛰지 않아도 돼. 천천히 걸어서 갔다 와."

밖으로 나오자 니키치는 노트를 펼친 다음 서둘러 메모를 했다. 지금은 아주 중요한 국면이다. 신속하게 움직이느라 메모를 게을리 했다가는 큰일 날 같은 느낌이 들었다.

니키치는 별장 주변을 여기저기 돌아다니며 도움을 받을 만한 사람을 물색했다. 경찰관이라도 만나면 좋겠지만 좀처럼 찾을 수 없었다. 물론 전화로 경찰차를 출동시키는 방법도 있긴 하지만, 사이렌 소리가 나면 놈은 달아날 것이 뻔하기 때문에 현명한 선택은 아니다.

니키치가 주변 2~300미터를 돌아다니다가 찾아낸 건 한가롭게 걷고 있던 초로의 남자 한 명, 그리고 한 곳에 서서 수다를 떨고 있던 여학생 세 명 정도였다.

미성년자는 대상에서 제외하자. 그렇다면 저 사람밖에 없는 건가? 싸우는 데는 별로 도움이 안 될 거 같지만 일단 수적으로 압도할 수 있을 테니.

"실례합니다만, 뭐 좀 부탁드려도 될까요?"

니키치가 초로의 남자에게 말을 걸자 남자가 놀란 눈으로 그를 바라봤다.

"지금, 저쪽 별장에서 시비가 붙었는데요. 분위기가 점점 안 좋아져서……. 그렇다고 경찰을 부를 정도는 아니고, 다른 사람이 와서 중재를 좀 해 주면 흥분이 가라앉을 것 같거든요."

니키치의 말을 들은 초로의 남자는 고개를 가로저었다.

"상황이 그렇다면 모르는 사람이 끼어드는 것보다 경찰을 부르는 편이 나을 것 같은데."

"지금이라면 장난이 약간 지나쳤던 정도로 적당히 넘어갈 수 있지만, 경찰을 부르면 두 사람을 너무 몰아세우게 될 거 같아서요."

남자는 잠깐 생각을 하고 나서 물었다.

"위험한 건 아니죠?"

"네. 혹시 걱정이 되신다면 다른 분들도 부르면 어떨까요?"

"그럼 잠깐만요. 이곳 별장지의 관리인을 불러 볼 테니."

남자가 핸드폰을 꺼냈다.

"여보세요? 자세한 건 모르겠지만, 주민들한테 문제가 생긴 것 같습니다. ……네. 어느 분에게 문제가 생기신 거죠?"

남자가 니키치에게 물었다.

"후루타 씨입니다."

"아아, 그 후루타 씨 말이군요. 저보다 약간 젊은 분이시죠?"

"아뇨, 그분의 아드님입니다. 나이는 20대일 겁니다."

"그렇군요. ……여보세요? 후루타 씨라고 합니다. 집주인 말고 그분 아드님이래요. 네, 그럼 곧 뵙겠습니다. ……금방 올 것 같습니다."

금방 온다는 게 몇 분 정도일까? 너무 긴 시간 동안 두 사람만 있게 하면 안 되는데. 조금 기다렸다가 늦을 것 같으면 나 혼자라도 가 봐야겠다.

"후루타 씨의 아드님과는 어떤 사이세요?"

초로의 남자가 니키치에게 물었다.

뭐라고 하지? 그 정도로 자세한 부분은 생각해 두지 못했는데.

"솔직히 말씀드리면 그다지 친한 사이는 아닙니다. 저는 다른 분과 같이 온 사람이라……."

"다른 분?"

"네, 소메야라는 분입니다만, 후루타 씨하고 사이에 문제가 있어서 둘만 두면 안 될 것 같아 따라왔거든요."

"둘만 두면 안 될 것 같아서 따라왔다면서, 그 둘을 그냥 두고 이렇게 나온 건가요?"

"저 혼자서는 감당하지 못할 것 같아서요. 만약 관리인분이 늦으면 저 혼자라도 빨리 가 볼 생각입니다."

얘기를 하던 중 때마침 이쪽으로 다가오는 사람이 보였다. 특별히 서두르는 기색도 없이 느긋하게 걸어오고 있었다.

"후루타 씨 아드님이세요?"

"아뇨, 저는 그냥 아는 사람입니다."

"그럼 후루타 씨 아드님이 어떻게 되셨나요?"

"제 친구와 시비가 붙었는데 저러다가 무슨 일 생길 것 같아서 걱정입니다."

"경찰을 부르면 되잖아요."

"아직은 경찰까지 부르지 않아도 상황이 진정될 수 있을 것 같아서요."

"하지만 우리는 전혀 무관한 사람들이기도 하고……."

"같이 가 주시는 것만으로도 충분합니다. 얘기는 제가 할 생각입니다. 다른 사람들의 눈이 있으면 어떻게 못할 겁니다. 만약 위험하다고 판단되면 바로 경찰을 부르셔도 됩니다."

"그렇게 위험한 상황인가요?"

아차, 너무 겁을 줬구나.

"아, 만약의 경우를 말씀드린 겁니다. 아무튼 저 혼자서 싸움을 중재하는 건 자신이 별로 없어서요."

"흐음~ 싸움의 중재는 제 관할 밖인데……."

"그래도 긴급 상황이니 어떻게 좀 안 될까요?"

"긴급 상황이라면 역시 경찰을……. 에휴~ 계속 이래 봤자 결론이 안 날 테니 일단 같이 가 봅시다. 하지만 제가 따로 해 드릴 수 있는 건 없습니다. 그래도 괜찮죠?"

"네, 같이 가 주시기만 하면 됩니다."

니키치는 관리인에게 연락했던 초로의 남자를 바라봤다.

"같이 가 주실 수 있으세요?"

"도움이 된다면 같이 가 드리겠습니다만……."

그렇게 세 사람은 후루타의 별장으로 향했고, 도착하자마자 니키치는 현관문 손잡이를 잡았다.

"초인종을 누르지 않아도 괜찮나요?"

관리인이 의아한 표정을 지었다.

"네, 초인종 소리 때문에 더 흥분시키면 안 될 것 같아서."

니키치는 가능한 소리를 내지 않도록 조심하며 문을 열었다. 그리고 살금살금 안쪽에 있는 방으로 향했다. 하지만 영문을 모른 채 니키치의 뒤를 따르던 두 사람이 발소리를 내고 말았다. 살인마가 눈치채지 않길 바랄 수밖에 없었다.

이윽고 그들은 안쪽에 있는 방문에 가까워졌다. 앞장서던 니키치는 방문 앞에서 두 사람이 가까이 다가오길 기다리며 가방 끈을 꼭 쥐었다.

제발 별일 없었길…….

두 사람이 바로 등 뒤에 도착한 것을 느낀 니키치는 용기를 내서 방문을 열어젖혔다. 살인마가 로프로 후루타의 목을 조르고 있었다.

"아아아아악!"

니키치는 비명을 질렀다. 등 뒤에 있던 두 사람은 너무나도 충격적인 상황에 소리조차 내지 못했다.

니키치 일행이 방 안으로 들어온 것을 알아챈 살인마가 얼굴을 들었다.

"갑자기 들어오면 어떻게 해! 당신들은 또 뭐야!"

살인마의 목소리는 분노에 떨고 있었다.

"넌 어째서 상황을 이렇게 번거롭게 만드는 거야! 나 골탕 먹이려고 일부러 이러는 거야?"

생각보다 눈치가 빠르군. 하지만 지금 그게 문제가 아니잖아.

"소메야 씨, 지금 뭐 하고 있는 거예요?"

"보다시피 이놈의 목을 조르고 있었어."

"어째서 이런 끔찍한 짓을……."

"그게, 그러니까……, 그 뭐냐. 정당방위였어."

"후루타 씨가 먼저 공격해 왔다고 말씀하시는 건가요?"

"그래, 맞아. 느닷없이 이 로프로 내 목을 조르잖아. 그러는 걸 겨우 빼앗아서 역공을 한 거야."

"후루타 씨는 이미 의식이 없어요."

"알고 있어."

"알고 있었다고요?"

"그래."

"그렇다면 정당방위는 성립되지 않아요. 아무리 먼저 공격을 했다고 해도 의식을 잃어서 몸을 움직일 수 없는 상태의 사람을 살해하는 짓은 과잉 방위예요."

"그렇군. 이것이 과잉 방위라고 하면 어떻게 되는 거지?"

"처벌 대상이니 체포될 겁니다. 당장 로프를 풀어 주세요. 경찰과 구급차를 불러야 합니다."

니키치는 힘주어 말했다.

"그런 건가? 빨리 손을 쓰지 않으면 귀찮아지겠군."

아쉬운 표정을 지은 살인마가 로프에서 손을 떼고 세 사람에게 다가갔다.

"나는 체포 따위 당하고 싶지 않아. 그냥 가야겠어."

"이봐, 어딜 가? 일단 경찰이 올 때까지 여기 있어."

초로의 남자가 윽박지르듯 말했다.

"그래. 여기서 도망치면 죄가 더 무거워져."

옆에 있던 관리인도 한마디 했다.

"아, 그러셔? 그래도 나는 갈 테니까 막을 수 있으면 막아 봐."

살인마는 이들을 밀치고 나가려 했다.

놈이 무슨 생각을 하고 있는지 대충은 알겠다. 하지만 이 두 사람에게 말해 봤자 괜히 혼란스럽기만 하겠지. 게다가 살인마에게는 내가 다 알고 있다는 것을 들키게 될 테고. 지금은 모르는 척하고 있을 수밖에…….

"가면 안 된다니까!"

초로의 남자가 살인마의 팔을 붙잡았다. 관리인도 반대편의 팔을 붙잡았다. 살인마는 히죽 웃었다.

"너희들은 이 애송이가 로프로 나를 목 졸라 죽이려는 것을 목격했어. 모두 같이 그를 저지했지만 이 애송이는 틈을 타서 자살을 시도했어."

두 사람은 갑자기 눈을 부릅떴다.

다음으로 살인마는 니키치를 향해 다가왔다.

"이분들이 갑자기 왜 이러시죠?"

니키치는 시치미를 떼고 놀란 척했다.

"다 잊어버리게 해 줄게. 나는 기억을 조작할 수 있거든."

살인마는 니키치의 팔을 잡았다. 니키치의 머릿속에 후루타가 살인마를 공격하는 장면이 떠올랐다. 그리고 원래의 기억들은 빠져나가는 느낌이 들었다.

하지만 기억 조작이 행해진 자체는 사실감이 없는 의미 기억으로 남겨졌다. 사실감이 동반되지 않으니까 마치 역사상의 사건을 들은 것처럼 느껴졌다. 이것은 니키치의 뇌가 기억이 조작된다는 사실을 인식하고 있어서 다른 기억이 있을 수 없다고 판단하기 때문에 나타난 결과이다. 다른 두 사람의 뇌는 그것을 인식하지 못하기 때문에 조작된 기억을 위해 억지로 앞뒤를 맞추고 있을 것이다.

니키치가 정신을 차리자 초로의 남성과 관리인은 멍하니 후루타를 내려다보고 있었다.

“어서 구급차를 불러 주세요.”

니키치는 두 사람에게 소리친 후 후루타의 호흡과 맥박을 확인했다. 어느 쪽도 감지되지 않았다.

“인공호흡 아니면 심장 마사지라도 해야겠어요.”

일단 니키치는 심장 마사지를 시도했다.

“빨리 구급차를 불러요.”

“범인의 생명보다도 먼저 경찰을 불러야 하는 거 아냐?”

“지금은 도주의 염려가 없잖아요. 먼저 구급차를 불러 주세요.”

관리인은 마지못해 구급차를 불렀다. 동시에 초로의 남자는 경찰에게 연락을 했다.

“뭐 좀 물어봐도 될까요? 당신들은 무슨 일로 여기에 왔습니까?”

이들을 보던 살인마가 물었다. 살인마는 자신의 현재 처지를 파악하고 싶었다. 계획대로라면 자신은 처음부터 여기에 없었던 것으로 했을 테지만, 니키치가 어떻게 해서 이들을 데리고 왔는지 확인해야 자신의 알리바이를 제대로 만들 수 있기 때문이었다.

초로의 남자가 대답했다.

"우리들은 이 사람의 부탁으로 왔어. 지인들이 다투고 있는데 중재할 수 있게 도와달라고 했거든."

살인마가 니키치에게 물었다.

"야, 말을 건 사람들은 이 둘이 다야?"

니키치는 일부러 두루뭉술하게 대답했다.

"아닙니다. 몇 사람에게 말을 걸었습니다."

"몇 사람이라는 게 대체 몇 명이야?"

"글쎄요."

니키치는 심장 마시지를 하느라 말을 제대로 듣지 못한 척했다.

"한 열 명 정도였나……."

"이 녀석이 몇 명에게 말을 걸었습니까?"

살인마가 두 사람을 보며 물었다.

초로의 남자가 먼저 답했다.

"글쎄요, 그건 저도 잘 모르겠네요."

"나는 나중에 왔기 때문에 전혀 알 수 없지."

옆에 있던 관리인까지 그렇게 말하자 살인마는 혀를 찼다. 누구에게 무슨 말을 했는지 확실하지 않으면 기억을 조작해도 실패할 게 뻔하기 때문이었다. 예를 들어 이 별장에 원래 소메야라는 사람은 없었다고 조작했을 경우, 왜 니키치가 소메야라는 인물이 여기에 있다고 사람들에게 말했는지를 끼워 맞춰야 한다.

그때, 밖에서 사이렌이 울렸다. 살인마는 급하게 초로의 남자와 관리인의 어깨에 손을 올렸다.

"여기에 있던 소메야는 젊은 여자였다. 그 여자는 서둘러 자취를 감췄다."

이어서 니키치의 등에 살인마의 손이 올라갔다. 니키치에게 소메야 본인의 모습은 사라지고 대신 젊은 여자가 나타났다가 달아났다는 기억이 형성되었다. 그리고 이들의 정신이 돌아오기 전에 살인마는 그 자리를 떴다.

잠시 후 구급대원들이 급하게 들어왔다.

"어떻게 된 겁니까?"

"로프를 목에 감고 자살을 시도했습니다."

초로의 남자가 설명하자 구급대원이 후루타의 맥박을 확인했다.

"어서 AED 가져와!"

다른 대원이 AED를 들고 오고 후루타의 앞가슴 쪽 옷을 풀어헤쳤다.

"다들 물러나 주세요."

후루타에게 전기 충격이 가해졌다.

붕~.

후루타는 반사적으로 몸을 젖혔다.

“반응 없음!”

“한 번 더.”

붕~

“반응 없음!”

“한 번 더 해 보자.”

붕~

“심장이 뛰기 시작했습니다.”

“좋아. 이동하자.”

후루타가 들것으로 옮겨지고 있던 중 경찰들이 도착했다.

“어떻게 된 일인가요?”

“자살 미수입니다.”

초로의 남자와 관리인은 각자 니키치에게 부탁받고 이 별장의 상황을 보러 왔던 것, 후루타가 젊은 여자를 공격했던 것, 그리고 그것이 저지당하자 후루타가 자살을 시도했다는 것을 설명했다.

“그 여자는 어떻게 되었나요?”

경찰이 니키치에게 물었다.

“죄송합니다만, 잘 기억이 안 납니다.”

니키치는 이 상황에서 진실을 얘기하는 건 다른 사람의 증언 때문에 안 될 것 같다고 생각했다. 그렇다고 살인마가 심은 가짜 기억대로 얘기해서 그의 뜻대로 되게 하고 싶진 않았다.

“저는 기억 장애가 있어서 장기간 기억을 유지할 수 없습니다.

필요하다면 의사를 통해 진단서를 제출하겠습니다."

"그래도 뭔가 기억나시는 건 없습니까?"

니키치는 고개를 저었다.

"알겠습니다. 일단 성함과 주소를 알려 주세요. 나중에 다시 찾아뵙고 사실 확인을 부탁드리고 싶은데, 괜찮으시죠?"

"상관없습니다만, 별로 의미가 없을 겁니다. 조금 있으면 이 사건에 대해서 기억하지 못하게 되거든요."

"구급차에 타고 병원에 같이 가실 분은 안 계십니까?"

구급대원이 묻자 세 사람 모두 고개를 가로저었다.

21

오늘은 무슨 힘든 운동이라도 한 건가?

니키치는 아무것도 기억할 수 없었지만, 적지 않은 몸의 피로를 느꼈다. 깨어 있는 동안은 계속 의식하고 있기 때문에 전향성 기억 상실증으로 기억을 유지할 수 없다는 사실만은 잊지 않고 있었다. 하지만 그 외의 기억들은 아무리 중요한 것이라고 해도 다른 생각을 하는 동안 사라져 버린다.

정말 중요한 것이라면 노트에 메모해 두었겠지.

니키치는 일단 노트를 꺼낸 다음 TV를 켜서 확인한 오늘 날짜의 맨 처음 부분부터 읽기 시작했다.

오늘은 화법 교실에 가는 날이었네. 뭐? 내가 화법 교실에 다닌다고? 흠……, 선생님의 사진이 이거구나. 그동안 이 선생님하고 어떤 얘기를 주고받았는지 기억할 수 없는 게 유감이네. 매일 같이 새로운 기분으로 이분을 만날 수 있다는 건 좋은 점이긴 하지만 말이야. 그나저나, 이 피로감은 화법 교실에 갔다 와서 그런 건가? 도대체 무슨 일이 있었기에 이 정도로 몸이 피곤한 거야.

니키치는 계속해서 노트를 읽었다.

뭐야, 이건. 기억을 조정하는 살인마라니.

니키치는 맨 처음 페이지로 돌아갔다.

이게 전부 사실이란 말이야? 이 정도로 무서운 놈과 싸우는데 노트의 메모만으로 어떻게……. 정보량이 너무 부족해. 적어도 카메라와 녹음기는 있어야 하지 않을까?

아, 놈의 사진이 여기 있네. 멀쩡하게 생겨서 그렇게 흉악한 놈으로는 보이지 않지만 무조건 조심해야겠지.

니키치는 다시 오늘 쓴 글이 있는 곳으로 돌아갔다.

후루타라는 남자가 놈에게 희생되었구나. 그는 스스로를 성추행과 상해를 저지른 범죄자라고 생각하다가 살인마에게 목이 졸려 죽을 뻔했고, 겨우 목숨은 건진 것 같은데 그다음에는 어떻게 되었는지 알 수 없군.

이 정도 범행을 저질렀는데 증거가 전혀 없을 리 없어. 하지만 인간은 자신의 기억을 절대적으로 신뢰하기 때문에 기억과 모순되는 증거가 나올 경우, 그것은 말도 안 된다고 생각하며 의식적으로 배제시킬 거야.

이럴 때 필요한 건 그 기억을 뒤집을 만큼 명확성이 있는 증거야. 그냥 사진만으로는 안 돼. 음성이나 영상에 의한 기록이 있어야 해. 그래, 이제부터 비디오카메라를 가지고 다니자. 가방 안에 넣어 두면 되지 않을까?

하지만 카메라를 가지고 다니다가 중요한 증거가 될 장면을 우연히 포착하게 되었을 때, 가방에서 꺼내 촬영할 수 있을까? 살인마는 절대 카메라 앞에서 자신의 능력을 보여 주지 않을 거야. 그렇다면 몰래 카메라가 필요하겠지?

몰래 카메라라고 해도 그렇게 거창한 건 필요 없고, 자그마한 카메라를 가방 속에 숨겨 두자. 눈에 띄지 않게 아주 작은 구멍을 뚫은 다음, 그 구멍에 카메라를 고정할 수 있게 주머니 같은 것을 만들어 두면 되겠다. 예를 들어 이 근처에……. 어? 벌써 만들어 놨잖아.

니키치가 가방을 들여다보니 바닥에 작은 주머니가 붙어 있고 그 안에 카메라가 들어 있었다. 작은 구멍도 이미 뚫려 있었다.

이건 어떻게 재생하는 거지?

니키치는 카메라의 버튼과 스위치에 쓰여 있는 글자를 꼼꼼하게 읽으며 확인했다.

안에는 중요한 영상이 들어 있을지도 모르니까 절대로 잘못 만져서 삭제하는 일이 있어서는 안 돼.

조심스럽게 스위치를 재생 모드 쪽으로 한 다음, 버튼을 눌렀더니 동영상이 재생되었다. 화면이 심하게 흔들렸다. 게다가 찍힌 것은 화면의 오른쪽 상단 부분뿐이었다. 구멍과 카메라 렌즈의 위치가 미묘하게 어긋나서 가려진 것이다. 화면 속에 비치는 것은 천장이나 벽의 일부였다.

[아아아아악!!!]

잡음이 심하긴 했지만 니키치 자신의 목소리가 분명했다.

[갑자기 들어오면 어떻게 해!!!!! 당신들은 또 뭐야!!! 넌 어째서 상황을 이렇게 번거롭게 만드는 거야!!! 나 골탕 먹이려고 일부러 이러는 거야?]

처음 듣는 목소리였다.

[소메야 씨, 지금 뭐 하고 있는 거예요?]

니키치 자신의 목소리가 들렸다.

[보다시피 이놈의 목을 조르고 있었어.]

[어째서 이런 끔찍한 짓을……]

[그게, 그러니까……, 그 뭐냐. 정당방위였어.]

[후루타 씨가 먼저 공격해 왔다고 말씀하시는 건가요?]

[그래, 맞아. 느닷없이 이 로프로 내 목을 조르잖아. 그러는 걸 겨우 빼앗아서 역공을 한 거야.]

동영상은 거기서 끊어졌다.

이게 다 무슨 소리야.

엉뚱한 곳이 찍혀서 제대로 된 영상이 전혀 없는 데다, 녹음되어 있는 목소리는 어떤 남자의 것이었다. 대화 내용 역시 니키치와 같이 있던 사람들의 증언과는 전혀 다른 것이었다. 이 대화를 그들에게 들려줘 봤자 사건과 관련 없다고 생각할 게 뻔했다.

갑작스러운 일이라 준비도 제대로 안 된 상태에서 촬영하다 뭔가에 부딪치는 바람에 녹화가 정지된 것 같아. 사전 준비가 잘 되었다면 제대로 찍었을 텐데. 그래, 제대로 준비해 두는 것이 좋겠다. 살인마가 기억 조작을 실행하기 직전에 말이야.

하지만 놈이 언제 기억 조작을 할지 예측할 수 없잖아. 아니야. 때를 기다리는 것이 아니라 유도해야지. 놈이 기억 조작을 해야만 하는 상황을 만들면 되는 거야.

노트에 따르면 놈이 기억 조작을 하는 것은 크게 두 가지 경우. 하나는 자신의 욕망을 만족시키기 위해, 그리고 또 하나는 자신을 보호하기 위해.

첫 번째와 두 번째는 밀접한 관계가 있어. 놈이 욕망에 따라 마구잡이로 기억을 조작했기 때문에 위기에 빠지게 되고, 결과적으로 기억 조작을 반복하게 되는 패턴인 거지. 그렇다면 놈을 위기 상황에 빠지게 유도하는 거야. 우선 계획을 세우자.

22

며칠 후, 니키치는 후루타에게 전화를 걸었다.

[네, 후루타입니다.]

역시 처음 듣는 목소리였다.

“저는 타무라입니다.”

[타무라 씨? 연락 잘하셨어요. 저는 죽다가 살아났네요.]

니키치는 노트에 적혀 있는 당시 상황을 상기했다.

“그러니까 그때 도망치라고 했잖아요.”

[어떻게 된 일인지 도저히 영문을 모르겠습니다. 소메야 씨에게 목 졸려 죽을 뻔했하다니.]

“그랬죠.”

[그런데 경찰은 제가 어떤 젊은 여성을 죽이려다가 실패하고 자살을 기도했던 것으로 알고 있어요.]

"목격자가 세 명이나 있었으니까요."

[그중 한 분이 당신이신가요?]

"네."

[진실을 알고 계시면서 왜 제대로 증언해 주지 않으셨죠?]

"증거가 없잖아요. 저 혼자서 두 사람의 증언을 뒤집기는 어렵습니다."

[저는 누군가를 죽이려 한 적이 없습니다.]

"알고 있습니다. 그나저나 지금은 어떤 상황이신가요?"

[피해자를 특정할 수 없기 때문에 지금 당장은 구속되지 않았습니다.]

"그나마 다행이군요. 피해자는 존재하지 않으니까 괜찮을 거예요."

[그럼 이제 걱정할 필요 없는 거죠?]

"그건 잘 모르겠네요."

[또 뭔가 다른 문제가 있나요?]

"소메야가 현장에서 왜 일찍 떠났는지 아시겠습니까?"

[글쎄요.]

"당신이 이미 죽었다고 생각했기 때문입니다."

[그런 건가요?]

“당신이 살아 있다는 것을 알게 된다면 그가 어떻게 나올지 몰라요.”

[어떻게 나올까요?]

“이미 겪으셨지만, 방해가 되는 인간은 살려 두지 않는 것이 그 사람의 방침 같습니다.”

[자, 잠깐만요. 그럼 저를 또 죽이려 할 거란 말씀인가요?]

후루타가 공포에 떨고 있다는 것이 목소리에서 느껴졌다.

“소메야가 당신이 살아 있다는 사실을 알게 되면 어떤 수단을 써서 당신을 죽이려 할지 전혀 예상할 수 없습니다.”

[그럼 저는 어떻게 해야 하나요?]

“공격은 최선의 방어입니다.”

[그 사람하고 싸우라는 말씀이신가요?]

후루타가 자신 없는 목소리로 말했다.

“그 수밖에 없습니다.”

[빈틈을 노렸다가 공격하자는 건가요?]

“아뇨. 그런 방법으로는 절대 이길 수 없어요. 한 방에 저세상으로 보내 버린다면 모르겠지만.”

[저는 사람을 죽이는 짓은 못 합니다!]

후루타의 목소리가 거칠어졌다.

“그건 저도 마찬가지예요. 그것이 우리들의 약점입니다. 상대방은 아무렇지도 않게 살인을 하는데.”

[그럼 어떻게 공격을 하자는 거죠?]

"폭력만이 방법은 아닙니다. 놈의 범죄 증거를 잡는 겁니다."

[어떻게요?]

"먼저, 놈과 접촉해야 합니다."

후루타는 낙담한 목소리로 물었다.

[그 시점에서 아웃 아닌가요?]

니키치는 최대한 아무렇지 않은 척하며 말했다.

"최초의 접촉은 제가 하겠습니다."

[연락처는 알고 계세요?]

"아니요."

[그럼 어떻게 접촉한다는 거죠?]

"놈이 출몰할 만한 장소를 배회하는 겁니다."

[그렇게 해서 어느 세월에 만날 수 있을까요?]

"쉽지는 않겠죠. 하지만 그 수밖에 없습니다."

[그렇게 해서 그를 만나면 어떻게 하실 건가요?]

"당신에게 연락할 겁니다. 연락받는 즉시 나와 주세요."

[그리고 어떻게 하면 되는 거죠?]

"놈을 만나는 겁니다."

후루타가 자조적인 말투로 따졌다.

[스스로 사지에 뛰어들라는 건가요?]

"당신을 만나면 놈은 뭔가 행동을 하겠죠."

[저를 또 죽이려고 할지 모르잖아요?]

"그렇죠."

후루타는 울먹이는 목소리로 말했다

[저더러 목숨을 걸라는 말씀인가요?]

"하지만 당신을 죽이려는 시점에서 놈을 잡을 수 있는 확증을 얻을 수 있습니다."

[당신이 목격자로서 증언을 하시겠다는 건가요?]

"네."

니키치는 자신의 증언이 가치가 별로 없다는 것을 알고 있었다. 그래서 비디오 녹화를 할 예정이다. 하지만 그것을 후루타에게 말하지 않기로 했다. 왜냐하면, 자칫 놈에게 정보를 누설할 위험이 있기 때문이다.

[그럼 저는 계속 집에서 대기해야 하는 건가요?]

"꼭 그러실 필요는 없습니다. 놈을 처음 만난 장소, 기억하시죠?"

[네.]

"그곳에서 30분 정도면 도착할 수 있는 범위 안에 있으시면 됩니다."

[집에 있어도 30분이면 도착할 수 있는 거리입니다.]

"그것참 다행이네요. 그리고 이 계획은 절대로 누구에게도 말하면 안 돼요. 당신의 목숨이 걸려 있다는 것을 잊지 마시길 바랍니다."

23

"어이~."

한 남자가 웃는 얼굴로 니키치를 불렀다. 니키치는 오기 전에 노트를 훑어봤기 때문에 그가 누구인지 알고 있었다. 니키치는 일단 인사를 했다.

"안녕하세요."

"지난번에는 미안했어."

"네? 그게 무슨 말씀이시죠?"

"어떤 젊은 놈하고 시비가 붙었었잖아. 그래서 나중에 별장에 가기로 했는데 결국 가지 못했던 거 말이야."

"아아, 그때 말씀이시군요."

"그러고 나서 어떻게 됐어?"

"큰일이 벌어졌었죠. 후루타 씨가 어떤 여성을 공격했는데, 이름도 당신 이름과 같은 '소메야'였던 것으로 기억합니다. 그런데 공격에 실패하자 후루타 씨가 자살을 시도했어요."

"그래서 어떻게 됐어?"

"어떻게 되었냐뇨?"

"후루타가 죽은 거야?"

"글쎄요."

"글쎄요라니, 그게 무슨 소리야?"

"그게……, 구급차에 실려 갔는데 그 이후엔 어떻게 되었는지 모릅니다."

"뉴스에도 안 나오던데."

"그런가요?"

죽은 사람이 나온 것도 아니고 피해자도 찾지 못했으니 경찰도 사건성을 입증하지 못했을 것이다. 매스컴에서도 다뤄지지 않은 건 당연했다.

"경찰에서 연락도 없었어?"

"그러게요. 그러고 보니 없었네요."

"정말? 그것 참 이상하군."

남자가 니키치를 흘깃 쳐다봤다.

나를 의심하는 건가? 일단 어디 못 가게 붙잡아 놔야 하는

데……. 초조한 모습은 보이지 말자.

“그나저나, 이제부터 여기에 자주 오게 될 것 같아.”

“네?”

“나도 화법 교실에 다닐 생각이야.”

“왜요? 말도 잘하시면서.”

“그런 건 상관없어. 솔직히 말하면 그 여선생한테 마음이 있어서야.”

“기타가와 선생님한테요?”

“그래, 너도 좋아하잖아.”

아마 맞는 말이겠지만, 솔직히 기억은 안 난다.

“넌 포기해. 그 여자는 내 것으로 만들 거야.”

“자신 있으시군요.”

“나에게는 여자가 무조건 나를 좋아하게 만드는 특별한 능력이 있어.”

“정말인가요? 그런 게 있으면 저도 좀 가르쳐 주세요.”

“너한테는 무리야. 타고난 재능이 있어야 하거든.”

“그래서 지금 수업 신청하러 가실 건가요?”

니키치는 화제를 바꿨다.

“어, 그럴 생각이야.”

“하지만 지금은 수업이 있어서 신청은 그 후에 하실 수 있을 겁니다.”

“수업은 어느 정도 걸리지?”

"한 시간 정도 걸립니다."

"한 시간이라…… 어중간하네. 그럼 이 근처에서 시간을 좀 보내다 올게."

살인마는 자리를 떴다.

큰일이다. 놈의 능력 때문에 기타가와 선생님은 금방 넘어갈 거야. 좋아하지 않는 상대를 강제로 좋아하게 만드는 거니까 이건 일종의 폭력이야. 어떻게든 막아야 해.

니키치는 공중전화를 찾아서 후루타에게 전화를 걸었다.

"여보세요. 타무라입니다."

[여보세요. 어? 공중전화 표시가 뜨네요.]

전화를 받은 후루타가 의아한 듯 말했다.

"네, 공중전화로 걸었으니 당연하죠."

[핸드폰, 잃어버리셨어요?]

"핸드폰은 없습니다."

[네? 왜요?]

"사용법을 익히는 게 귀찮아서……."

[지금 농담하시는 겁니까?]

"아무튼, 즉시 말씀드린 장소로 와 주세요."

[소메야를 찾았나요?]

"그렇습니다."

[잠깐 기다려 주세요. 마음의 준비가…….]

"놈은 한 시간 후에 이곳으로 돌아옵니다. 최대한 빨리 와 주세요. 기회가 언제 또 올지 모릅니다."

놈이 화법 교실에 다니게 되면 언제라도 기회는 있겠지. 하지만 기타가와 선생님을 구할 기회는 오늘밖에 없어. 무슨 일이 있어도 후루타 씨는 지금 와 줘야 해. 우선 오늘은 수업을 받을 수 없다고 선생님한테 말해 둬야겠다.

니키치는 교실로 향했다. 교실 문을 열자 교코가 있었다.

"안녕하세요."

"오늘은 일찍 오셨네요."

교코의 실제 얼굴을 보자 니키치는 자신도 역시 그녀를 마음에 두고 있음을 자각했다. 하지만 매번 이렇게 상대를 기억할 수 없다면 연애가 진전될 가능성은 없을 것 같았다.

"죄송합니다만, 오늘은 급한 일이 생겨서 수업을 못 할 것 같습니다."

니키치가 심각한 얼굴로 말하자 교코가 물었다.

"또 얼마 전 같은 일인가요?"

"얼마 전 같은 일요?"

"네. 소메야 씨가 어떤 문제에 말려들었다고 하셨어요."

"제가 그런 말을 했었나요?"

"네."

"아, 그러고 보니 오늘 소메야 씨가 올 것 같습니다."

"어머, 그래요? 무슨 일로?"

"이 교실에 다니고 싶어서 신청하려요."

"언제쯤 온다고 하셨나요?"

"한 시간 정도 후요."

"어쩌죠. 한 시간 후에는 다른 분의 수업이 있는데."

잘됐다. 이걸로 조금은 시간을 벌 수 있겠다.

"그렇다면 그 후로 해야겠네요. 만약 소메야 씨가 시간이 안 된다고 하면 다른 날 뵙는 것으로 하는 건 어떨까요?"

"그렇게 하는 것이 좋을 것 같네요."

"그럼 저는 먼저 실례하겠습니다.가봐야 할 곳이 있어서……."

니키치는 서둘러 인사하고 나와서 빌딩 입구로 향했다. 그리고 빌딩을 나가면서 가방 안에 있는 비디오카메라의 세팅을 확인했다.

이번에는 절대로 실패하면 안 돼. 기억이 유지되고 있을 때 철저하게 준비해 둬야지.

몇십 분 기다리고 있으니 젊은 남자가 니키치에게 다가왔다.

아직 괜찮아. 기억의 연속성이 유지되고 있어. 제발 조금만 더 버텨 줘.

"아직 별일 없었죠?"

젊은 남자가 말했다.

"후루타 씨인가요?"

니키치가 물었다.

"네? 벌써 제 얼굴을 잊으셨어요?"

남자는 어리둥절한 표정을 지었다.

"죄송합니다, 눈이 좀 나빠서."

니키치는 일부러 눈을 가늘게 떴다.

후루타 씨의 사진도 찍어 둘걸 그랬나. 겨우 정밀하게 세팅해 놓은 카메라를 지금 꺼내면 안 되는데……. 아무래도 후루타 씨 사진은 포기해야겠다.

"곧 소메야가 여기 나타날 겁니다. 저 빌딩의 모퉁이 근처라면 눈에 띄지 않을 테니 거기서 얘기하시죠."

니키치가 말했다.

"이제 어떻게 하면 되는 건가요?"

"일단, 우연히 이곳을 지나가는 것처럼 보이게 하는 거죠. 상대방이 어떻게 나올지 두고 보는 겁니다. 그러다가 뭔가 위협적인 말을 하게 유도해야 합니다."

"그러다 갑자기 공격해 오면 어떻게 하죠?"

"제가 큰 소리로 도움을 요청할 겁니다. 이곳은 사람들의 통행이 많은 편이라 누군가 와 주겠죠."

"그걸 기대해도 될까요?"

"걱정 안 해도 됩니다. 다만, 그 사람의 말에 넘어가서 사람들의 통행이 적은 장소나 건물 안으로 들어가지 않도록 하세요."

"타무라 씨는 어떻게 하실 건가요?"

"어디 잘 안 보이는 곳에 숨어 있을까 생각했지만, 그러다가 발견되면 오히려 이상해 보일 테니 적당한 시기를 봐서 나올 생각입니다."

"그렇게 해 주신다면 저도 안심입니다."

"아, 소메야가 저기 나타났네요."

"엣? 눈이 나쁘다고 하지 않으셨나요?"

앗, 실수다. 무심코 그만…….

"소메야와 아까 만났었기 때문에 멀리 있지만 복장으로 알아봤어요."

"그럼, 어떻게 말을 걸면 좋을까요? 자신을 죽이려고 했던 사람인데."

"이런 상황에서 어물거리면 의심할 수 있으니까, 직설적으로 얘기할 수밖에 없을 거 같아요."

"직설적으로?"

"'지난번에 당신이 저를 죽이려고 했죠? 지금 저랑 같이 경찰서로 갑시다.'라는 식으로."

"그렇게 말하면 엄청 화를 낼 텐데요."

"그렇겠죠."

"그럼, 그 다음에 어떻게 하나요?"

"그때 제가 나타나겠습니다. 어쩌면 제가 놈에게 일방적으로 폭행을 당할 수도 있으니, 그때는 후루타 씨가 사람들을 불러서 도움을 요청해 주세요. 자, 지금입니다. 잘 부탁드려요."

니키치가 후루타의 등을 밀었다. 후루타는 고꾸라질 듯한 자세로 길가로 튀어나왔다. 살인마는 갑자기 나타난 후루타를 힐끗 보더니 시선을 돌렸다. 그리고 몇 초 후 다시 한 번 후루타 쪽을 보고 눈이 휘둥그레졌다.

"살아 있었어?"

"내가 죽은 줄 알았지?"

후루타는 떨리는 목소리로 답했다.

"뭐야, 떨고 있는 거야?"

살인마가 히죽 웃었다.

"그런 일이 있었으니 당연히 떨리지."

"그런 일?"

"당신이 나를 목 졸라 죽이려고 했잖아."

"참 듣기 불편한 얘기를 하고 있군."

"그날, 별장에서 타무라 씨가 나간 후에 당신은 합의를 해야 하니까 서류를 써 달라고 했어. 그래서 의자에 앉아서 쓸 준비를 하고 있는데, 갑자기 당신이 내 목을 로프로 감더니 조르기 시작했지."

"첫, 뻗어 버려서 틀림없이 죽었을 거라고 생각했는데."

"그때는 심폐 정지 상태였어."

"그렇다면 소생한 거구나. 운이 좋네. 그래서? 경찰이 뭐라고 하던가?"

"내가 젊은 여자의 목을 졸라 죽이려다 실패한 다음 자살하려 한 것으로 되어 있더군."

"그거 참 이상하구먼."

"목격자가 세 명이나 있었어."

"세 명이나 있었다면 증언을 뒤집는 건 일단 무리겠네."

"아니, 아직 방법은 있어. 당신이 진실을 증언해 주면 돼."

"그런 짓을 해서 나한테 무슨 이득이 있는 거지?"

"양심의 가책에서 벗어나게 되겠지."

"양심의 가책? 어쩌지, 나한테 그런 건 없는데."

"하지만 죄를 저질렀는데도 숨겨야 하는 건 괴로운 일이잖아."

"전혀 괴롭지 않아. 오히려 즐거운데?"

"그런 사람이 정상적이라고 생각해?"

"정상적인 사람 같은 건 관심 없어. 나는 사람을 초월한 존재가 되고 싶거든."

"사람을 초월한다는 게 무슨 뜻이지?"

"너는 평생 알 수 없어. 알 필요도 없겠지만 말이야."

"어쨌든 같이 경찰서로 가야겠어."

"경찰서로 가자고? 지금 제정신으로 하는 소리야?"

"경찰서에 가서 진실을 말해."

후루타는 약간 초조한 표정이었다.

"무슨 진실 말이지?"

"나를 죽이려 했던 거 말이야."

"세 명의 목격자가 너는 자살을 시도했다고 했어. 내가 죽이려고 했다는 건 너 혼자뿐이라고. 그럼 사람들은 어느 쪽 말이 맞는다고 생각할까?"

"진실은 다수결로 정하는 것이 아니야."

"그럼, 어떻게 정하지?"

"정하는 것이 아니라 원래 정해져 있는 거야."

후루타의 눈이 안절부절못하며 이리저리 움직였다.

부탁이야. 조금만 더 버텨 줘.

"틀렸어. 진실은 그렇게 정하는 거야. 그렇지 않으면 뭐 때문에 재판을 하겠어?"

"재판은 진실을 발견하기 위한 수단일 뿐이야."

"그건 그냥 듣기 좋으라고 하는 얘기고, 현실에서는 재판으로 진실을 정하고 있어. 겨우 세 번의 재판으로 말이야."

"그런 논리는 아무래도 상관없어. 나는 자살을 시도하지 않았다는 것을 알고 있다구. 그것을 증명해야 돼."

후루타는 땀을 줄줄 흘리고 있었다. 그에 비해 살인마는 아무렇지도 않은 표정이었다.

"너, 자신이 여고생을 성폭행하거나 나를 죽이려고 했던 건 기억하지?"

"그건……, 기억하고 있어."

"그건 진실이 아닌가?"

"뭐가 어떻게 된 건지 나 자신도 잘 모르겠어. 그것이 진실이라고 한다면 할 수 없겠지. ……하지만, 내가 어떤 여자를 살해하려고 했다거나 자살을 시도했다거나 하는 것은 분명히 진실이 아니라구!! 그것을 증명하고 싶단 말이야!!"

후루타는 벌벌 떨면서 머리를 쥐어뜯었다.

슬슬 한계인가?

"목격자가 세 명이나 있다고 했는데, 저 녀석도 그중에 한 사람 아닌가?"

살인마는 조금 떨어진 곳에서 지켜보고 있던 니키치를 손가락으로 가리켰다.

역시 알아챈 건가. 물론 예상했던 거지만.

"너도 이 녀석이 젊은 여자를 공격하는 걸 봤지?"

살인마가 니키치에게 물었다.

뭐라고 대답을 하는 게 좋을까? 노트에서 본 대로라면 증인이 세 명이나 있는 것에 반해 후루타에게는 반론할 증거가 없어. 하지만 너무 엇갈리는 발언을 하면 후루타에게 의심을 받게 될 텐데. 그렇다고 해서 이 시점에서 살인마에게 정면으로 맞서는 건 좋은 방법이 아니고.

"네."

니키치는 일단 긍정했다.
“타무라 씨, 진실을 말해 주세요.”
후루타가 간청하듯 말했다.
“보긴 했지만, 믿기지 않습니다.”
니키치의 말에 살인마는 눈살을 찌푸렸다.
“후루타 씨하고 얘기해 봤는데, 그렇게 폭력적인 사람이 아닌 거 같아요.”
“그래서 뭐야. 너는 자신의 눈을 믿지 못하겠다는 거야?”
“그건 아니지만, 뭔가 이유가 있었던 것이 아닐까 하는 생각이 듭니다.”
“너, 뭔가 다른 이유가 있었어?”
살인마의 물음에 후루타는 고개를 저었다.
“나는 그런 짓 하지 않았어!”
“어때? 이 녀석은 완전히 부정하고 있어. 이렇게 되면 정상 참작의 여지가 없군.”
후루타가 원하는 것은 정상 참작에 의한 감형이 아니라, 완전 무죄의 증명이었다. 하지만 후루타의 범죄를 증명하는 것은 세 사람의 증언뿐이고 피해자조차 특정할 수 없다. 그렇다면 입건은 할 수 없다. 어떤 의미로 상황은 후루타에게 유리하다고 할 수 있었다.
반대로 살인마에게는 후루타의 존재는 위험 요소가 된다. 현장에 있던 사람들 중에 그만이 진실의 기억을 가지고 있기 때문이다. 이것은 살인마가 기억을 조작할 수 있는 능력을 가지고 있음을 의심할 수 있는 충분한 근거가 된다. 때문에 살인마는 뭔가 행동을 취할 것이다. 그는 후루타의 존재를 자신에게 무해한 것으로 만들어야 한다.

니키치가 예상하는 행동은 두 가지이다. 하나는 후루타의 기억을 개조하는 것이다. 그에게도 같은 기억을 심으면 모순은 없어진다. 다른 하나는 그의 존재 자체를 제거하는 것이다.

전자라면 그나마 낫겠지만, 후자일 경우 사태는 심각해진다. 만약 살인마가 후루타를 죽일 결심을 한다면 니키치는 아무리 그것이 위험한 짓이라고 해도 무조건 후루타의 목숨을 구해야 한다. 어쩔 수 없는 선택이었지만, 처음부터 니키치는 후루타를 미끼로 사용하는 것에 부담을 느끼고 있었다.

"너는 창피하지도 않냐? 강간에 살인 미수도 모자라서 자신의 죄까지 부정하려고 해?"

살인마는 천연덕스럽게 후루타를 나무랐다.

"아니야! 내가 사람을 죽이려 했다는 건 말도 안 돼. 정말 내가 한 짓이 아니라고!"

"그렇다면 더는 거짓말을 할 수 없게 만들어 주지."

살인마가 후루타에게 다가갔다. 니키치는 강한 위기감을 느꼈다.

도대체 무슨 짓을 할 생각이지?

살인마는 후루타의 팔을 붙잡더니 어떤 건물 안으로 밀어 넣었다. 니키치는 그런 그들의 뒤를 쫓았다. 건물 안에 인적이 없는 것을 확인한 살인마가 빙긋이 웃었다.

드디어 시작했구나.

"너는 별장에서 젊은 여자를 죽이려고 했어."

살인마가 말했다.

다행이다! 죽이는 것이 아닌 기억 조작이구나.

니키치는 안심했다.

후루타는 눈을 부릅떴다가 이윽고 다시 원래 상태로 돌아왔다.

"아~!"

후루타는 머리를 감싸고 주저앉았다.

"어때? 기억이 났어?"

"이제 생각났어. 나는 여자를 죽이려고 했어."

"잘 생각해 봐요! 당신은 여자를 죽일 이유가 없어요!"

니키치는 무심결에 그렇게 소리치고 말았다.

"이유는 모르겠지만, 분명히 살인을 하려고 했어요!"

"생각해 봐. 좀 전까지 당신은 여자를 죽이려 하지 않았다고 했잖아요."

니키치가 말했다.

"내가 그런 말을?"

"그랬어요."

"모르겠어요. 전혀 생각이 안 나요."

살인마가 후루타의 머리에 손을 올렸다.

"네가 여자를 죽이려고 했던 건 성폭행을 하려다가 실패했기 때문이야. 지금까지 잊고 있었던 것은 자신 속의 악을 인정할 수 없어서였지."

다시 정신이 돌아온 후루타는 크게 절규하더니 통곡을 했다.

큰일이다. 이러다가 후루타의 정신이 붕괴되겠어.

"후루타 씨, 정신 차려요!"

니키치가 소리쳤다.

"너는 수치심을 느낄 짓을 했어. 너는 더 이상 살고 싶지 않아야 해."

살인마가 비웃듯 말했다.

"후루타 씨, 사람은 몇 번이고 다시 시작할 수 있어요. 진정하고 잠시 마음을 가라앉혀야 해요."

"거참 시끄럽네!"

살인마가 이번엔 니키치의 손목을 잡았다.

"오늘 여기서 있었던 나와 후루타의 일은 전부 잊어라."

문득 니키치의 기억이 날아갔다. 놈의 능력은 무시무시한 것이었다.

하지만 살인마는 오산했다. 니키치는 모든 것을 예상하고 있었기 때문에 기억의 갭을 그대로 받아들일 수 있었던 것이다. 그래서 그의 뇌는 앞뒤를 맞추려고 하지 않았고, 단순히 기억의 조작이 있었다고 인식하기만 했다. 때문에 금방 있었던 일의 자세한 부분은 아무것도 기억이 안 났지만, 상황을 대체적으로 추측할 수 있었다. 하지만 니키치는 그런 사실을 알리고 싶지 않았다.

"어라? 두 분은 언제 이곳에 와 계셨어요?"

살인마는 다시 니키치의 손목을 잡았다.

"우리들은 10분 전에 여기 왔어. 후루타는 자신이 여자를 죽이려고 했던 것을 자백했고."

새로운 기억이 심어졌다.

"하지만 그 여자는 죽지 않았잖아요."

니키치는 살인마의 초능력에 걸린 척했지만, 후루타를 진정시키는 것은 포기하지 않았다.

"경찰에 체포되었지만 석방됐으니 너무 괴로워할 필요는 없어요."

"너는 조용히 해!"

살인마는 니키치에게 고함을 치더니 고개를 숙이고 앉아 있는 후루타의 머리를 짓밟았다.

"그래서, 이제 죽을 거라 이거지?"

"소메야 씨, 무슨 소리예요?"

"좀 전에 이 녀석이 한 말이야, 죽고 싶다고."

후루타는 천천히 일어나더니 비틀거리며 걷기 시작했다.

"후루타 씨!"

니키치가 그의 뒤를 쫓으려고 하자 살인마가 니키치를 불러 세웠다.

"야! 잠깐 기다려 봐. 너 지금 수업 중 아니었어?"

이런, 들키고 말았네.

"맞아요. 그런데 교실로 가는 도중에 멀리서 후루타 씨가 지나가는 걸 발견하고 쫓아왔거든요. 아무래도 신경이 쓰여서 계속 찾아다니던 중이었습니다."

"정말이야?"

아까부터 내가 상황에 따라 말 맞추기를 반복해서 그런지, 아무래도 놈은 나를 의심하기 시작한 것 같다. 놈이 제대로 검증하려고 들면 금방 탄로 나고 말 텐데. 어떻게든 오늘 안에 결판을 내지 않으면 승산이 없어.

"네, 정말입니다."

"무슨 꿍꿍이가 있는 건 아니겠지?"

"도대체 무슨 말씀을 하시는 건가요?"

살인마가 니키치의 팔을 잡았다.

"나와 너는 친한 친구야. 서로에게 절대로 거짓말을 하지 않는다고 맹세했어."

갑자기 살인마의 얼굴이 빛나는 것처럼 보이면서 니키치는 그에게 강한 우정을 느꼈다. 물론 실제로 놈의 뜻대로 되지는 않았다.

"우리 친구잖아. 진실을 말해 줘."

"그러니까 무슨 말씀이세요."

"정말 우연히 이곳에 온 거야?"

"그렇다니까요. 금방 말씀드렸잖아요."

살인마는 팔짱을 끼더니 골똘히 생각했다.

"그렇다면 알았어. ……그나저나, 네가 이곳에 있다는 건 지금 기타가와 선생에게 시간이 난다는 뜻이겠지?"

"아뇨. 이미 다른 수업이 시작되었을 지도 몰라요."

"그게 무슨 소리야? 그럼 한 시간 더 기다려야 한다는 거야?"

살인마는 자신의 손목시계를 들여다봤다.

"아직 늦지 않았으면 좋겠네. 그럼 난 간다."

살인마는 계단을 뛰어 올라갔다. 니키치는 후루타를 쫓아 거리로 뛰쳐나갔다.

24

니키치가 교실의 문을 열자 교코와 학생들이 어리둥절한 표정으로 이쪽을 보았다.

내가 교실을 맞게 찾아온 건가?

“아! 죄송합니다. 아직 수업 중이었군요.”

“괜찮아요. 지금 막 끝나던 참이라.”

교코가 니키치에게 미소를 지어 보인 후 학생들에게 말했다.

“여러분, 과제는 스피치의 동영상 데이터를 제출하는 것입니다. 기한까지 완성해서 서버에 올려 두세요.”

이분이 기타가와 교코 선생님이군.

학생들 중 한 사람이 손을 들었다.

"인터넷 전송이 제대로 안 돼서 그러는데, 메모리에 복사한 거 드려도 될까요?"

"네, 상관없습니다. 오늘 수업이 전부 끝나고 작업할 예정이라 메모리는 다음 주에 돌려 드려도 될까요?"

"네, 괜찮습니다."

"그럼 다른 질문은 없나요?"

"선생님, 저도 메모리로 제출해도 될까요?"

"알겠습니다. 받은 데이터는 오늘 중에 전원이 공유할 수 있도록 해 둘게요. 다른 분도 원하시면 메모리로 제출하셔도 됩니다."

같은 이유로 몇 명의 학생들이 메모리를 제출했다.

잠시 후, 학생들이 교실에서 모두 나가는 것을 기다리던 니키치가 입을 열었다.

"선생님, 중요한 얘기가 있는데요. 지금 괜찮으실까요?"

교코가 잠깐 생각하다가 대답했다.

"죄송합니다. 바로 하지 않으면 안 되는 준비가 있거든요. 한두 시간 후에는 어떠세요?"

"그럼, 한 시간 후에 다시 오겠습니다."

"두 시간 후라면 확실히 시간이 괜찮을 것 같습니다만."

"아닙니다. 한 시간 후에 오겠습니다."

"한 시간 후라면 아직 일이 끝나지 않을 수도 있어요."

"그럼 그때 봐서 다시 오겠습니다."

"한 시간 후라고 하신 건, 혹시 기억할 수 있는 시간과 관계가 있는 건가요?"

"전혀 관계가 없는 건 아니지만, 노트가 있으니 괜찮을 겁니다."

"그럼 두 시간 후라도 문제는 없다는 말씀이시네요."

"네, 하지만 가능한 빠른 편이 좋습니다."

"알겠습니다. 한 시간 후까지 일을 끝낼 수 있도록 최대한 노력은 해 보겠습니다. 하지만 만약 그때까지 끝내지 못해도 이해해 주세요."

"아닙니다. 제가 무리한 부탁을 드려서 정말 죄송합니다. 그럼 이따 뵙겠습니다."

니키치는 인사를 하고 교실을 나갔다.

그로부터 한 시간 후, 니키치는 다시 교실로 향하고 있었다. 노트는 조금 전에 확인을 끝냈다.

정말 말도 안 되는 상황에 처한 것 같다. 일단은 기타가와 선생님이라는 분을 만나야 한다 이거지.

"어디 가는 거야?"

갑자기 불러 세우는 남자는 사진에서 본 기억이 있다. 그 살인마다.

"아아, 잠깐 잊은 물건이 있어서 가지러 갑니다."

지금 이놈하고 엮이면 안 돼. 어서 대화를 끝내자. 그리고 선생님을 만나러 가는 것을 알게 해서도 안 돼, 절대로.

"같이 가 줄까?"

"아뇨, 혼자서 가도 괜찮습니다."

"급한 거야?"

"그렇지는 않습니다."

"그럼 잠깐 같이 갈 데가 있는데."

"네?"

"이 건물의 옥상은 전망대로 되어 있고 출입이 자유롭지만 사람들이 잘 안 가는 데 같더라고. 주위의 빌딩들이 너무 높아서 전망대라고 해도 가로막힌 벽밖에 안 보여서 그런 가봐. 아무튼 사람도 없고 조용한 곳이라 거기 가서 얘기를 좀 했으면 좋겠는데. 어때?"

이놈하고 단둘이 있는 것은 정말 위험한데. 하지만 지금 이놈을 뿌리치면 수상하게 생각하고 화법 교실까지 쫓아올지도 몰라. 그렇다면 일단 대충 얘기하다가 보내는 수밖에 없겠다.

"알겠습니다. 하지만 10분 정도밖에 시간을 낼 수 없는데 괜찮으시겠어요?"

"어, 그 정도면 충분해."

니키치가 살인마를 따라 좁고 어두운 계단을 오르자 녹이 슨 철제의 묵직한 문이 나왔다. 그 문을 밀어서 열었더니 끼익 하고 기분 나쁜 쇳소리가 났다.

눈앞에 펼쳐진 옥상은 살풍경한 곳이었다. 주위의 건물은 창문도 없는 창고같이 생겨서 시야를 가로막고 있었고, 회색의 바닥은 여기저기 금이 가고 갈라져 있었다.

"그래서 하실 말씀이란 게 뭔가요, 소메야 씨?"

"어, 그러니까…… 먼저 내 이름 말인데, 사실은 키라가 본명이야. 키라 미츠오."

"그럼 소메야라는 이름은 뭔가요? 필명 같은 건가요?"

왜 갑자기 실명을 알려 주는 거지? 나중에 기억을 지울 수 있으니 상관없다고 생각하는 건가? 아무리 그래도 지금까지 가명을 써 왔으면서 새삼스럽게 실명을 밝히는 이유를 모르겠네. 아무렇지도 않게 사람을 죽여 온 놈이 갑자기 마음을 바꿨을 리는 없고. 그렇다면 뭔가 꿍꿍이가 있는 건가? 아니면 단순히 나를 가지고 노는 것이 재미있어서? 하필이면 이런 타이밍에…….

니키치는 아주 기분 나쁜 느낌이 들었다.

"필명이냐고? 아니야, 그런 거. 필명도 아니고 예명도 아니지. 굳이 말하자면 '범명'이라고 할까."

"그런 말도 있나요?"

"글쎄다, 지금 내가 만든 말이라고 할 수 있지."

"그게 무슨 뜻인가요?"

"범죄용 이름이라고."

"범죄용 이름?"

"내가 범죄를, 그러니까 절도나 상해나 강간이나 살인을 저지를 때 쓰는 이름이란 말이야."

"범죄용 이름이라니, 그거 농담으로 하시는 말씀이시죠?"

"농담 아니야."

이거 큰일인데. 갑자기 자신의 비밀을 다 털어놓고 있잖아. 아무래도 나를 제거할 생각인가 봐. 어쩌지?

니키치는 둘의 위치를 확인했다. 키라는 니키치와 철문 사이에 서 있었다. 니키치가 철문을 통해 계단으로 빠져나가려면 키라를 통과해야 한다. 게다가 철문을 여는 데 시간이 걸린다. 키라가 흉기라도 들고 있다면 즉시 쫓아와서 등을 찌를 수도 있는 상황이다.

니키치는 천천히 자신의 위치를 바꿨다. 하지만 키라도 이쪽의 움직임을 예상했는지 따라서 위치를 바꾸고 있었다. 그가 대뜸 물었다.

"그래서, 어디까지 알고 있지?"

"무슨 말씀이시죠?"

"나에 대해서 어디까지 알고 있냐고."

"아무것도 모릅니다. 실명도 방금 처음 들었잖아요."

"지금까지 나를 속여 온 거 아니까, 어디까지 알고 있는지 말해."

"아까부터 도대체 무슨 말씀을 하시는 건지 모르겠어요."

"네가 후루타를 쫓아갔을 때 난 기타가와 교코를 만나러 갔어."

"결국 가셨군요."

“화법 교실에 다니고 싶다고 얘기하러 말이야.”

“네.”

“뭐, 그건 구실이고 그 여자를 내 것으로 만드는 게 목적이었지.”

“선생님을? 설마 벌써……?”

“안심해. 아직 아무 짓도 안 했어. 어차피 오늘 중에 어떻게든 할 생각이지만 말이야.”

“어떻게든?”

“실컷 가지고 놀아야지. 그러다 질리면 재미로 죽여 버릴지도 모르고.”

“뭐라고? 어떻게 그런 끔찍한 소리를 할 수 있지?”

니키치는 더 이상 참지 못하고 소리를 질렀다.

“그건 내게 아무것도 아니야. 계속 그렇게 살아왔거든.”

“지금 자백하는 건가?”

“마음대로 생각해. 하지만 증거는 없지.”

“정말? 절대로 없다고 확신할 수 있어?”

“완전히 없다고는 할 수 없겠지. 하지만 그런 건 증거로써 의미가 없어. 왜냐하면 아무도 나를 의심하지 않거든.”

“도대체 무슨 말을 하는 거야.”

“아무튼, 내가 교코를 만나러 갔었다고 했었지?”

“그래.”

“교실로 들어간 나는 ‘기타가와 선생님, 부탁드릴 것이 있어서 왔습니다.'라고 차분하게 말을 걸었어."

키라는 마치 일인극을 하듯이 얘기를 늘어놓았다.

"'네, 무슨 부탁이시죠?'

'이 교실에 다니고 싶습니다.'

'아, 타무라 씨한테 들었습니다.'

'타무라한테요?'

나는 뭔가 이상하다고 생각했지.

'타무라가 제 얘기를 자주 하던가요?'

'그렇게 자주 하시지는 않습니다. 무슨 일이 있을 때만.'

'무슨 일이라면 어떤 일 말씀이시죠?'

'예를 들어 지난 번 누군가하고 문제가 생겼을 때라든가…….'

'타무라가 그런 얘기도 하던가요?'

'네. 어머, 말하면 안 되는 거였나요?'

물론 말하면 안 되는 거였지. 하지만 너는 그 사실을 누설했어. 그러니까 말해서는 안 되는 나와 후루타 사이의 문제가 알려졌다는 얘기야. 이것이 무엇을 의미하는지 알겠어?"

"글쎄."

"나의 계획이 어그러졌다는 거야. 물론 계획이 어그러져도 재구축할 수는 있지. 하지만 그러려면 엄청나게 번거로워진단 말이야. 나는 모든 것을 마음대로 제어하고 싶은데, 네가 그 모든 것을 망치려 하고 있어. 내가 분명히 그 얘기를 하지 말라고 했는데도 말이야."

물론, 니키치에게는 그런 말을 들은 기억도 없었고, 선생님에게 얘기한 기억도 남아 있지 않았다.

"말하지 말라고 했다고 내가 그것을 꼭 지킬 이유는 없지 않나?"

"물론 그렇지. 하지만 나는 거스르는 놈을 용서할 수 없는 데다, 원래 너는 그 말을 할 수 없게 되어 있었거든."

"원래 할 수 없게 되어 있었다니, 그게 무슨 소리야."

키라는 니키치의 말을 무시하고 하던 말을 계속했다.

"나는 화가 나서 교코에게 물었지.

'그 녀석이 그런 얘기까지 했나요? 말하지 말라고 했는데. 아무리 친한 친구라고 해도 용서할 수 있는 일과 용서할 수 없는 일이 있는데 말이에요.'

'두 분이 친한 친구셨어요?'

'네, 서로 마음이 잘 맞아서 친한 사이가 되었습니다.'

너와 내가 친한 친구라는 거 인정하지?"

살인마하고 친한 친구라니, 말도 안 돼.

"아니, 친구는 무슨 친구."

니키치는 힘껏 고개를 가로저었다.

"역시 그렇구나. 그렇게 나올 줄 알았어. 아무튼 하던 얘기를 계속하자면, 교코가 그러더군.

'그랬나요? 하지만 그분에게 너무 화내지 마세요. 타무라 씨

는 아마 패닉 상태였을 거예요. 병도 있으니까.'

순간 내 귀에 '병'이라는 단어가 확 들어오더군. 최근 너의 수상한 언동과 그 '병'이 관계가 있을 것 같았지. 너의 병이 뭔지 궁금했지만 그 자리에서 바로 물어보진 않았어. 아마도 그 여자는 너와 친한 친구 사이라는 말을 믿고 이미 내가 그 병에 대해 알고 있다고 생각했겠지. 그래서 나도 자연스럽게 병에 대해서 말을 꺼냈어.

'맨 처음 병에 대해서 들었을 때는 어떻게 대해야 좋을지 몰랐습니다만, 지금은 익숙해져서 별로 신경 쓰지 않게 되었어요.'

'저도 최근에는 자연스럽게 대할 수 있게 되었답니다. 하지만 두 분처럼 친구 같은 관계는 될 수 없었는데…… 소메야 씨는 친구가 되셨군요. 그런 상태에서 어떻게 하면 친구가 될 수 있었는지 궁금하네요.'

솔직히 나는 잠깐 긴장했지. 아무래도 교코와 너는 병 때문에 친구가 되지 못했던 것 같더군. 그렇다면 나 역시 예외가 될 수는 없을 텐데, 아무래도 내가 말을 잘못한 것 같다는 생각이 들었어. 하지만 내 말이 거짓이란 게 발각되어도 해결 수단이 있으니까 나는 모험을 조금 해 보기로 결심했지.

'특별한 방법은 없습니다. 그냥 인내하는 수밖에.'

'역시 그랬군요. 반복하면 타무라 씨도 기억할 수 있는 거군요.'

기억할 수 있다는 게 무슨 소리지? 교코가 갑자기 아주 이상한 말을 하는 거야. 처음에는 기억력이 좋지 않은 학생이라는 뜻인가 생각했지. 하지만 나는 너와 친구가 되었다고 했어. 친구가 되는 데 기억력이 좋을 필요는 없잖아. 그래서 생각했지. 혹시 친구였다는 것을 기억할 수 없다는 말인가? 그렇다면 일종의 치매 상태일까도 생각해 봤지만 너의 행동을 보면 전혀 치매에 걸린 것 같지 않았단 말이지. 그렇게 지능이 높아 보이지도 않지만 상황에 맞게 신중하게 행동했거든. 오히려 지나치게 신중했지."

"그런 칭찬 필요없어."

니키치는 엉뚱한 말을 하며 틈을 노려 봤지만 키라는 날카로운 눈빛으로 니키치의 움직임을 놓치지 않고 있었다.

"칭찬 같은 소리 하네. 나는 그저 극단적으로 신중한 너의 태도는 무언가 부족한 부분을 보완하려는 거라고 생각했을 뿐이야."

이놈, 눈치가 보통이 아니군. 자신의 능력을 최대한 발휘하기 위해 항상 사람을 관찰하고 분석하는 능력을 갈고닦았던 게 틀림없어. 내가 이놈을 얕잡아 봤구나.

살인마가 자신의 능력을 과신해서 상대를 꼼꼼하게 분석하지 않을 거라고 생각했던 니키치는 그런 스스로를 책망했다.

"아무튼 내가 그랬지.

'그 녀석 스스로도 굉장히 노력하고 있어요. 정말 머리가 숙여질 정도라니까요.'

'그렇죠. 항상 노트를 가지고 다니면서 상당한 양의 메모를 하

고 계시니까요.'

노트라고? 난 그 말을 듣고 네가 평소에 그런 걸 가지고 다녔었나 하고 곰곰이 생각해 봤어. 그러고 보니 두세 번 노트를 본 기억은 있지만 항상 가지고 있지는 않았던 것이 떠오르더군. 그러니까 넌 의도적으로 내 눈에 노트가 보이지 않게 숨기고 있었던 거야. 왜일까? 왜 나에게 알리고 싶지 않았을까? 아무에게도 알리고 싶지 않은 병인 건가? 그게 아니면 나에게만 알리고 싶지 않은 병인가? 그런 생각을 했지. 전자라면 상관없지만 후자라면 어떤 특별한 이유가 있다는 얘기가 되니까. 참, 지금도 노트를 가지고 있는 거야?"

니키치는 심상치 않은 공포를 느꼈다. 노트는 니키치에게 기억 그 자체라고 할 수 있었다. 또한 발병 후의 인생 그 자체이기도 했다. 그것을 빼앗긴다면 니키치가 유일하게 의지할 수 있는 것이 사라지는 것이다.

"대답이 없네. 그건 지금도 가지고 있다는 뜻이겠지?"

키라가 우쭐거리며 말했다.

"대답할 필요가 없다고 생각하는데."

"그래, 대답할 필요는 없어. 내가 직접 확인해 볼 거니까."

"당신에게 그럴 권리는 없어."

"아니, 있어. 나에게는 모든 권리가 있거든."

"누가 그런 권리를 준 거지?"

"물론 나 자신이지. 나는 나에게 권리를 줄 권리를 가지고 있어."

"순환 논법이군."

"논리 같은 건 아무래도 좋아. 한마디로 내가 세상의 중심이라는 말이야. 그나저나 어디까지 얘기했지? 맞다, 노트였지. 그래서 내가 교코에게 그랬지.

'그건 저도 깜짝 놀랐습니다. 정말 대단한 녀석이죠.'

'원래 꼼꼼한 성격이신 것 같아요. 제가 같은 병에 걸렸다면 그 정도로 많이 쓰는 건 못 했을 겁니다. 노트가 아니라 스마트폰을 사용할 수 있었다면 좀 더 편했을 텐데 말입니다.'

나는 '그러게 말입니다.' 하고 맞장구를 쳤어. 그러고 나서 생각했지. 오래전에 발병한 거라 스마트폰을 사용하지 못하는 건가, 하고 말이야. 나는 열심히 너의 평소 모습을 떠올려 봤어. 그런데 네 손이 마비된 것 같은 증상은 못 봤거든. 그러니까 병 때문에 스마트폰을 사용할 수 없다면, 육체적인 부분이 아니라 정신에 문제가 있다고 봐야 맞는 거였지. 하지만 너는 정신도 역시 문제가 없는 것같이 보였어. 그럼 이게 대체 어떻게 된 걸까? 그래서 나는 더 깊이 파 보기로 결심했지.

'타무라는 겉으로도 이상은 없어 보이고 의사소통에도 문제가 없어서 남들이 보면 전혀 눈치채지 못할 정도죠.'

'네, 본인의 감이 좋은 것도 있겠죠. 노트를 대충 보고도 지금까지의 일들을 전부 파악할 수 있다는 것은 대단한 능력이니까요.'

교코가 또 묘한 소리를 하더군. 노트를 보고 현재 상황을 파악한다고? 거꾸로 생각하면 노트가 없으면 파악을 못 한다는 얘기가 되잖아. 그렇다면 역시 치매의 일종으로 생각할 수 있지만, 그것을 다른 사람이 전혀 알 수 없다는 건데……. 정리해서 말하면, 너는 뇌의 능력 중 일부를 상실해서 그것을 다른 능력으로 보완하고 있는 거지. 그럼 잃어버린 능력이란 뭘까? 노트에 엄청난 양의 메모를 한다. 그리고 그 메모를 읽지 않으면 상황을 파악하지 못한다. 단서는 그것으로 충분했어. 너는 기억 능력에 장애가 있는 거야."

니키치는 순간 너무 감탄해서 박수를 칠 뻔한 걸 겨우 참았다.

"그런데 이해가 안 되는 부분이 또 있어. 기억 상실이라면 어째서 멀쩡한 상태를 유지할 수 있는 거지? 기억 상실이라는 건 지금까지의 기억을 전부 잃어버리는 것이 아니었나? 그렇지 않으면 선택적으로 잃어버리는 건가?"

살인마는 니키치의 얼굴을 들여다보았다.

"다시 정리해 보자. 너는 상황을 파악하기 위해 노트를 봐야만 해. 그리고 항상 노트에 무언가를 적고 있어. 또 과거의 지식을 완전히 잃어버린 것은 아니야. 이것을 어떻게 해석해야 할까?"

그것은 니키치가 매일 아침 씨름하고 있는 문제 그 자체였다.

"거기서 나는 겨우 이런 결론에 다다르게 됐어. 보통 기억 상실증은 한 사람의 과거를 전부 빼앗아 버리지. 하지만 너의 병은 반대의 방향성을 가지고 있었던 거야. 너는 과거가 아닌 미래를 전부 빼앗긴 거야. 그러니까 너는 새로운 것을 기억할 수 없는 병에 걸렸어."

이놈, 정말 무시무시한 괴물이다. 이제 나는 어떻게 하지?

키라는 의기양양한 태도로 얘기를 계속했다.

"난 그런 병이 있다는 걸 몰랐어. 하지만 그런 건 아무래도 상관없어. 그런 병은 분명히 존재하고, 너는 그 병을 앓고 있으니까. 그래도 특별히 문제는 없어. 단 한 가지만 빼고."

"아니, 문제는 산더미같이 많아."

"그건 네 입장에서의 문제야. 나하고는 상관없어. 나에게 있어서 문제는 단 하나야."

"그게 뭔데?"

"이건 상당히 중요한 문제야. 너의 병 때문에 나의 초능력이 통하지 않을 가능성이 있거든."

"초능력? 뭐야, 그게?"

"정말로 내가 무슨 말을 하는지 모르는 거야? 모르는 척하는 것인지는 노트를 보면 알 수 있겠지? 기다리기 귀찮아서 말해 버리는 건데, 나는 인간의 기억을 조정할 수 있어."

"뭐라고? 말도 안 돼. 그냥 단순한 망상 아니야?"

"망상이라고 생각해도 상관없어. 아무튼 그런 능력이 있다는 것만 알아 둬. 이 능력을 기억력이 없는 인간에게 사용하면 어떻게 될 것 같아?"

"기억할 수 없다면 조정이고 뭐고 못 하겠지."

"그런데 기억할 수 없다고 해도 전부 기억할 수 없는 건 아니지. 적어도 이렇게 대화를 할 수 있는 것을 보면 얼마간 기억을 유지할 순 있는 것 같아. 도대체 얼마 동안 할 수 있는 거야? 하루 동안? 아니면 한 시간? 그 정도의 시간이 지나면 기억이 사라지는 거겠지? 그런 사람에게 기억을 개조할 수 있는 초능력을 사용하면 어떻게 될까? 물론 개조된 기억도 일정 시간이 지나면 사라지겠지. 그리고 그 전에, 어차피 기억하지 못하는 기억을 개조한다면 어떻게 될까? 없어야 할 기억이 있다는 것을 알게 된 시점에서 이변을 알아차리지 않을까?"

"알아차렸다고 해도 그것 역시 잊어버리겠지."

"물론이야. 하지만 너에게는 노트가 있잖아. 나는 지금까지 언제나 내가 타인을 앞지르고 있다고 생각했어. 하지만 너의 특징을 알아챈 순간, 다른 가능성에 생각이 미치게 됐지. 내 초능력을 알고 있는 인간이 존재하고 있지만 나는 그 인간이 나의 능력을 알고 있다는 것을 모르고 있었다는 걸 말이야."

니키치는 두뇌를 풀가동하고 있었다. 이렇게 하나하나 설명하고 있는 건 단순히 이놈의 호기심 때문인지 아니면 다른 이유가 있어서인지 짐작할 수 없었다. 하지만 이 시간을 활용하지 못하면 목숨을 부지하기 어려울 거라는 건 잘 알고 있었다. 만약 키라가 노트를 없애 버린다고 해도 니키치는 그의 능력으로 조정할 수 없는 불확정 요소로써 여전히 존재하게 될 것이기 때문이다. 그가 자신을 이대로 내버려 둘 거라고는 생각되지 않았다.

니키치는 씁쓸한 표정을 지으며 말했다.

"그런 것도 좋은 경험 아닐까?"

"어, 아주 좋은 경험이었어. 한 번도 생각해 보지 못했던 상황이거든. 그 가능성에 도달한 순간 소름이 돋을 정도였지. 내가 완전히 속아 넘어갔다는 걸 깨달았거든. 그래서 오늘 교코를 내 것으로 만들 예정이었는데 급히 계획을 변경했어.

'선생님, 죄송합니다만, 갑자기 급한 용무가 생각나서요. 수강 등록은 다음에 해도 되겠죠?'

'아, 네. 언제 하셔도 상관없습니다.'

그러고 나서 나는 이 근처에서 너를 찾아다니다가 이렇게 만나게 된 거야."

"나를 찾아내서 어떻게 할 작정이었지?"

니키치는 키라를 노려보았다.

"먼저 확인을 해야지."

"무슨 확인?"

"내 초능력이 너에게 효과가 있는지 없는지 말이야."

"그렇군. 그럼 어서 확인해 봐."

"이미 확인은 끝났어."

"끝났다니, 언제?"
"너와 나는 친한 친구야."
"말도 안 되는 소리 하지 마."
"거봐, 나는 너에게 '너와 나는 친한 친구'라는 가짜 기억을 심어 두었거든. 하지만 너는 그것을 완전히 부정하고 있어. 결국 내 초능력은 너에게 효과가 없다는 얘기야. 확인 종료지."
"그럼 목적은 달성한 거네. 축하해. 그렇다면 나는 이제 가 봐도 될까?"
"확인은 너를 만나는 목적 중 하나일 뿐이야."
"목적이 더 있어?"
"어, 불안 요소를 없애는 목적이 있지."
"불안 요소라……. 나를 말하는 거야?"
"그래."
"나는 불안 요소가 아니야. 해가 없다고."
"뭐?"
"그냥 이대로 몇 분만 방치해 두면 완전히 잊어버리잖아."
니키치는 자신의 기억력이 유지되는 시간을 속여서 얘기했다.
이 말을 놈이 믿어 주면 좋을 텐데.
"물론 그렇게 하면 나에 관해서 잊어버릴 수도 있겠지. 하지만 곧 다시 알게 될 거 같아."
"왜 그렇게 생각하지?"

"이미 너는 스스로의 힘으로 내 능력을 알아차렸어. 보통의 인간이 그 정도까지 도달한 적은 없었거든. 뛰어난 추리 능력과 기억 상실증의 융합이 기적을 낳은 거야."

"우연이겠지."

"그렇다면 좋겠지만, 그렇게까지 모험을 하고 싶지는 않아."

"이미 내 병을 알아 버렸으니까, 너의 정체를 알아차릴 수 없도록 하면 문제 해결 아니야?"

"그래도 여전히 가능성은 존재해. 그렇다면 언제 어느 때 네가 내 능력에 대해서 사람들에게 말할지 모른단 말이지."

"누가 그런 걸 믿겠어?"

"그런 거 알게 뭐야. 백 명에게 말해서 믿는 건 한 사람뿐일지도 모르지만, 그 한 사람이 나를 파멸시킬 가능성은 제로가 아니잖아."

큰일이다. 아무리 나는 해가 안 된다고 말해 봐도 놈의 결심은 흔들리지 않네. 아무리 작은 확률이라고 해도 놈을 파멸시킬 가능성이 있다면 나를 제거하는 것이 이득일 거고, 살려 두는 건 아무런 이점도 없으니 당연히 놈은 나를 죽이려 하겠지.

양심에 호소해 봤자 마음을 바꿀 것 같지도 않아. 지금까지 수없이 많은 흉악 범죄를 저질러 왔을 테니 한 사람 더 죽이는 건 모기를 죽이는 정도의 감각이겠지. 그러니까 놈은 자신에게 유리한 것 외에는 흥미가 없다는 얘기야. 그렇다면 희망은 있어.

"나를 죽일 생각인가?"

"다른 사람 같았으면 죽이는 것 외에도 방법이 있지만, 너는 선택의 여지가 없네."

"지금 여기서?"

"원래 사람 눈이 닿지 않는 산속 같은 데로 데리고 가야 하는데, 너는 내 초능력이 통하지 않아서 기억을 조정할 수 없으니 어쩔 수 없지."

"비명을 지르면 사람들이 듣고 올 텐데."

키라가 주머니에서 칼을 꺼냈다.

"비명을 지르든 무얼 하든 마음대로 해 봐. 너 같은 놈 죽이는 데는 10초도 걸리지 않아. 누군가 비명 소리를 듣고 달려와도 기억을 조작해 버리면 그만이야. 네가 자살하려고 하는 것을 내가 막으려고 했지만 결국 실패했다는 기억을 심어 주면 되겠지? 아니면 나를 죽이려다가 다른 사람에게 발각돼서 자살했다고 하는 게 나을까?"

"나는 그렇게 호락호락한 사람이 아니야."

"뭐?"

"나를 죽이면 후회하게 될 걸."

"너, 지금 살고 싶어서 허풍 떠는 거지?"

"내가 이 노트만 의지하면서 기억을 보완하고 있다고 생각해?"

"그게 무슨 소리야?"

"다른 기록 수단도 있다는 말이지."

"그게 어쨌다는 거지? 네가 죽으면 어떤 기록도 볼 수 없을 텐데."

"나는 그렇겠지. 하지만 다른 누군가가 본다면 어떻게 될까?"

"그럴 가능성이 있었군. 알려 줘서 고마워. 집을 뒤지는 건 수고스럽겠지만 찾아낼 수 있겠지."

"집에는 없어."

"거짓말."

"왜 거짓이라고 생각하지?"

"다른 기록이 있다고 해도, 너는 그 기록의 존재를 기억할 수 없잖아. 만약 다른 곳에 있다면 그 위치가 노트에 적혀 있겠지."

"맞아, 노트에 적혀 있어. 하지만 네가 어떻게 할 수 없는 장소에 있어."

"도대체 그게 어디야! 말해!"

어디였더라.

니키치는 일단 시치미를 뗐다.

"내가 알려 줄 거라고 생각해? 한 가지 사고 실험을 해 보자. 네가 다른 사람의 기억을 조정한다는 증거가 있다고 치는 거야."

"아직도 포기 못 한 거야? 이렇게 질질 끌어도 아무 의미 없는데."

"들어도 손해 보지 않는 얘기야. 만약 내가 수상한 행동을 하면 바로 찌르면 되잖아."

"그럼 좋아. 그래서 사고 실험의 결과는 뭐지?"

"너는 지금까지처럼 하고 싶은 대로 할 수 없게 될 거야."

"그건 왜지? 알려진다고 해도 능력 자체가 없어지는 건 아닌데."

"너의 능력이 알려지고 나면 더 이상 효과가 없게 되거든."

"그래? 시험해 본 적은 없으니까 그럴지도 모르지. 하지만 그게 어쨌다는 거지? 능력을 알게 된 인간은 제거해 버리면 그만이잖아. 지금처럼 말이야."

"그 수가 한정되어 있다면 그러면 되겠지. 하지만 불특정 다수에게 알려지면 어떻게 될까?"

"그렇게 되면 어쩔 수 없겠지. 지금까지 살아왔던 것보다 생활이 불편해질 테니 피하고 싶은 사태이긴 하지만 말이야."

"불편해지는 것으로 끝나는 게 아니지. 네가 지금까지 저지른 범죄가 드러날 거야."

"지금까지의 범죄 기억은 전부 지워 놓았는데."

"증거는 기억뿐만이 아니야. 범행의 흔적들은 여전히 여기저기 남아 있어. 피해자 자신이나 그 사람의 물건에 분명히 너의 DNA가 남아 있을 거야. 범행은 감시 카메라가 없는 곳에서 저질렀겠지만, 현장으로 향하고 있을 때나 현장에서 떠날 때는 다른 어딘가의 카메라에 찍혀 있을 거야. 피해자와 네가 같이 있는 것을 본 목격자 역시 무수히 많아. 그들의 기억을 전부 제거하지는 못했겠지. 지금까지의 너는 용의자로 의심받는 일이 없었기 때문에 이런 사실들을 간과해 왔겠지. 하지만 한번 의심을 받기 시작하면 결국 모든 흔적들이 수면 위로 올라오게 될 거야."

"그럴 듯한 얘기네. 네 말도 일리는 있어. 하지만 그건 증거가 아니야. 단순한 정보에 지나지 않아. 그것으로 나를 유죄로 만들 수 있다고 생각해?"

"물론 하나하나는 증거가 되지 않겠지. 하지만 그 정보들을 이으면 네가 범인이라는 하나의 사실을 가리키게 될 거야."

"그런 답답한 방법으로 내가 지금까지 저질러 온 범죄를 전부 입증할 생각이야? 까마득한 이야기로 들리는군."

"아니, 네 범죄를 전부 입증할 필요는 없어. 네가 저지른 범죄는 흉악 범죄뿐이니까 몇 개만 입증해도 네 인생은 끝이라고 봐야지."

니키치는 미소를 지었다.

"그렇군. 재미있는 사고 실험이었어. 하지만 여기서 인생이 끝나는 건 너야."

키라가 씨익 웃더니 미소 띤 얼굴로 니키치에게 다가왔다.

"참, 하나 더 말하지 않은 게 있어."

"야, 또 시간 끌기냐? 적당히 해라. 이제 지겨워졌거든."

"이 가방에는 노트 말고 다른 것도 들어 있어. 알고 있겠지만, 이 카메라는 동영상도 찍을 수 있어."

니키치는 카메라를 꺼냈다.

"디지털카메라? 기억도 못 하는 네가 이걸 사용할 수 있는 거야?"

키라는 신기하다는 표정을 지었다.

"최근에 나온 건 간단하게 사용할 수 있잖아. 게다가 절차 기억이라는 것이 아직 남아 있는 것 같아."

"그 카메라로 나를 찍었다는 거야?"

"아마 그랬겠지."

"그 동영상이 증거가 될 거라고 생각해?"

"이것이 계기가 되는 거야. 이 동영상을 보게 되면서 지금까지 증거가 되지 못했던 정보의 단편들이 네 범죄를 입증하는 퍼즐의 조각이 되는 거야."

"왜 그런 사실을 내 앞에서 전부 다 얘기하는 거지?"

"이것으로 너는 파멸된다는 것을 알려 주고 싶었어."

"그게 노트랑 뭐가 다른데. 그런 건 너를 죽인 다음에 없애 버리면 그만이잖아."

"이건 노트와는 달라."

"뭐가 다르다는 거지?"

"밀도가 달라."

"그게 무슨 소리야. 정보의 밀도 말이야?"

"아니, 비중 말이야."

"무슨 말을 하는 거야? 비중이 지금까지의 얘기와 무슨 관계가 있어?"

"밀도가 높으면 공기 저항이 적게 돼."

"이상한 소리 좀 그만해. 시간 끌기에 맞춰 주는 것도 여기서 끝이야. 자, 각오해."

키라는 칼의 날카로운 면을 니키치 쪽으로 향했다.

"공기 저항이 적기 때문에 노트보다 훨씬 멀리까지 날려 보낼 수 있단 말이야."

니키치는 카메라를 있는 힘껏 던졌다. 그러자 카메라는 옥상 끝에 있는 난간을 넘어 떨어졌다.

"만약 카메라가 부서졌다고 해도 그 안에 있는 메모리에 담긴 데이터에는 이상이 없을 거야. 그것을 주운 사람은 십중팔구 메모리 내용을 확인하게 되겠지. 자, 누가 줍게 될까? 지금 봐두지 않으면 누구인지 알 수 없을 텐데."

"제기랄!"

키라가 난간을 향해 달렸다. 그 틈을 타서 니키치는 재빨리 몸을 던져 철문을 열어젖혔다. 키라는 속도를 줄이지 않고 달려가다가 난간에 부딪쳤다.

"떨어지지 않았어! 카메라가 난간 너머 가장자리에 있어!"

좀 더 힘을 줘서 던질걸 그랬네.

키라는 난간 틈 사이로 손을 뻗었다. 당장이라도 카메라를 손에 넣을 수 있을 것 같았다. 하지만 그 카메라는 사실 아무래도 상관없었다. 카메라를 가방에서 꺼내기 직전에 니키치는 카메라에서 메모리를 빼 두었기 때문이다.

니키치는 이 저장 메모리를 컴퓨터에 꽂으면 동영상 데이터를 꺼낼 수 있다는 노트 메모를 기억하고 있었다. 단, 문제는 그것을 니키치 혼자서는 할 수 없다는 것이었다. 그는 어디를 가야 컴퓨터를 쓸 수 있는지도 모르고 있었다.

일단 컴퓨터와 사용법을 아는 사람을 찾아내야 해.

물론 컴퓨터는 어디에서든 찾을 수 있겠지만 아무에게나 맡길 수는 없었다. 집에 있을지도 모르지만, 키라가 즉시 쫓아올 것 같은 상황에서 집까지 갈 여유는 없었다.

이 건물 안에서 컴퓨터를 찾아내는 것이 가장 빠른 길이야.

확실한 곳은 화법 교실이었다. 니키치는 서둘러 계단을 내려갔다.

노트의 메모에 따르면 기타가와 선생님은 컴퓨터를 사용해서 동영상으로 학생들의 화법을 체크하고 있다고 한다. 그렇다면 그 컴퓨터를 통해 학생들 전원에게 동영상을 보낼 수도 있다는 얘기다. 여기저기에 흩어져 있는 불특정의 사람들에게 자신의 능력이 들통 난다는 건 키라가 가장 피하고 싶은 상황이다.

그나저나 내가 동영상 전송을 할 수 있을까?

혹시 지금까지 여러 번 해 봤다면 절차 기억으로 남아 있을지도 모르지만 니키치는 이런 상황에서 잘 해낼 자신이 없었다.

그곳에 있는 누군가에게 부탁해 볼까? 그럴 경우 그 사람도 키라의 표적이 될 가능성이 있어. 난감한 일이네. 하지만 키라를 이기기 위해서는 그 방법밖에 없어.

"윽!"

니키치는 갑자기 충격을 받고 계단 아래로 굴러떨어졌다.

무슨 일이 벌어진 거지?

누군가가 니키치를 향해 몸을 던졌다. 키라였다. 그의 손에는 칼이 쥐어져 있었다.

여기까지 와서 죽을 수는 없어.

다행히 키라도 같이 굴러떨어져서 즉시 몸을 움직일 수는 없는 듯했다. 니키치는 옆에 쓰러져 있는 키라를 있는 힘껏 걷어찼다. 키라가 맞고 움찔하는 틈을 타서 니키치는 간신히 기어 나와 일어나려고 했다.

"아악!"

순간, 오른쪽 종아리에서 발꿈치까지 격한 통증이 내달렸다.

젠장! 칼에 찔렸구나.

니키치는 통증 때문에 아무것도 생각할 수 없었고, 온몸에서 힘이 빠지는 것 같았다.

이럼 안 돼. 생각하자. 생각하는 걸 멈추면 곧 죽게 될지도 몰라.

니키치는 주위를 둘러보았다.

이곳은 계단의 층계참이구나. 뭔가 쓸 만한 것이 없을까?

바로 앞에 소화기가 있었다. 니키치는 비명을 지르면서 키라의 머리를 주먹으로 때렸다.

완전히 전의를 상실했다고 생각했던 니키치가 갑자기 반격을 하자 키라는 순간적으로 기가 죽었다. 니키치는 그 틈에 소화기를 버팀목으로 해서 간신히 몸을 일으켰다. 그러자 키라 역시 일어서려고 했다. 니키치는 혼신의 힘을 다해 소화기를 들어 키라의 머리를 내리쳤다.

퍽!

둔탁한 소리가 났다. 키라는 머리를 붙잡고 괴로워하며 뒹굴었다. 니키치는 이대로 키라를 죽여 버리는 것이 살 길이라는 생각이 들었다. 비록 살인죄로 체포되더라도 이놈을 살려 두는 것보다 훨씬 나을 것 같았다.

하지만 니키치는 자신이 사람을 죽이지 못한다는 것을 잘 알고 있었다. 그래서 자신이 할 수 없는 일 때문에 고민하느니 지금 할 수 있는 것을 서둘러 하는 편이 낫다고 생각했다. 노트를 펼쳐 화법 교실의 위치를 확인한 니키치는 피투성이가 된 다리를 질질 끌면서 계단을 내려갔다.

25

여기가 어디지?

정신을 차리니 니키치는 어딘가 실내의 바닥에 누워서 천장을 바라보고 있었다.

집은 아닌 것 같다. 무슨 회의실 같은 곳인데……. 왜 아무것도 기억이 안 나는 거지? 술을 너무 많이 마셔서 필름이 끊겼나?

천천히 몸을 일으키던 니키치는 타는 듯한 통증을 느꼈다.

"아악!"

다리를 찔렸잖아. 도대체 무슨 일이 있었던 거지? 숙취가 전혀 느껴지지 않는 걸 보니 술 때문은 아닌 것 같은데. 어디서 머리를 세게 부딪쳐서 정신을 잃었던 건가?

바로 옆에 피에 젖은 노트가 떨어져 있었다. 니키치는 그 노트를 집어서 천천히 펼쳐 보았다.

경고!

※ 나의 기억은 수십 분밖에 지속되지 않는다.

남아있는 기억은 사고를 당하기 전의 일들뿐이다.

※ 병명은 전향성 기억 상실증.

※ 생각난 것은 모두 이 노트에 적을 것.

그렇구나. 그렇게 된 거였구나. 그런데 이상하다. '기억은 수십 분밖에 이어지지 않는다.'라고 되어 있는데, 현시점에서는 수십 분 전의 기억은 전혀 안 나는데 증상이 더 악화된 건가?

아니, 그게 아닐지도 몰라. 전향성 기억 상실증은 단기 기억에서 장기 기억으로의 이행이 제대로 되지 않는 병이라고 알고 있어. 단기 기억은 사람에 따라 다르지만 대체로 수 분에서 수십 분이 한계야. 하지만 충격적인 일을 경험할 경우 이 단기 기억이 소실돼 버리는 경우가 있다고 들었어. 사람이 사고를 당했을 때, 전후 몇 분의 기억이 없어지는 경우가 자주 있는데 그건 어떤 정신적 충격이 단기 기억을 지워 버렸기 때문이라고 말이야.

그렇다면 나는 어떤 충격을 받고 단기 기억이 사라져 버린 것이 아닐까? 다리를 다친 것과 관계가 있는 것 같은데. 하지만 아직은 추측에 불과해. 그렇다면 어딘가…….

니키치는 뭔가 힌트라도 적혀 있을지 모른다는 생각에 노트의 맨 마지막 페이지를 펼쳤다. 그곳에는 피로 쓴 문장이 있었다.

※ 살인마의 이름은 키라 미츠오!

내가 살인마를 만난 거야!? 그렇구나. 나는 그놈한테 찔린 거였구나. 그렇게 생각하는 것이 타당하겠지. 그밖에 뭔가 다른 단서는 없을까? 이건 목숨이 걸린 심각한 문제인데.

니키치가 자신이 입은 옷의 주머니를 확인하니 볼펜이 들어 있었다.

볼펜이 있는데도 피로 썼다는 것은 다급한 상황이어서였을까? 그렇다면 키라 미츠오라는 놈이 아직도 내 목숨을 노리고 있는 게 분명해.

하지만 알아낸 정보가 이름밖에 없다는 건 문젠데. 내가 왜 이런 어설픈 짓을 했을까? 어쩌면 이 노트의 다른 곳에 키라와 관련된 정보가 더 있을지도……. 그나저나 이름만 피로 쓴 이유가 따로 있는 걸까? 혹시 알게 된 것이 최근이란 것을 알리려고?

살인마의 이름만으로는 니키치에게 필요한 정보가 턱없이 부족했다. 지금 당장 자신이 어디에 있는지도 모르고, 언제 또 공격해 올지 모를 살인마의 얼굴도 나이도 성별도 모른다. 물론 그 정보들이 이 노트의 어딘가에 적혀 있을지도 모르지만, 이렇게 다리까지 찔린 채로 느긋하게 노트나 읽고 있기에는 너무나 상황이 절박했다.

하지만 지금은 이 노트를 읽는 것 외에 할 수 있는 일이 없기에 니키치는 노트를 집어 들어 방금 본 곳에서 한 페이지 앞으로 넘겼다.

※ 놈의 범죄 증거 동영상이 담긴 메모리는 위에서 두 번째 서랍에 있다.

둘러보니 실내에는 크고 작은 열 개 정도의 책상이 있었고, 모든 책상에는 서랍이 붙어 있었다. 니키치는 그 책상들 중 하나의 서랍 속에서 메모리로 여겨지는 플라스틱 조각을 발견했다.

이걸 여기에 그냥 둬도 괜찮을까? 놈이 이 방에 들어와서 이 노트를 본다면 금방 찾아낼 텐데. 그렇다고 다른 곳에 숨겨 두면 나조차 찾아낼 수 없을 테고. 그런데 참, 놈은 내가 전향성 기억상실증이라는 것을 알고 있을까?

니키치는 마지막 부분의 몇 페이지를 확인했지만 후루타라는 젊은이와 키라를 대치시켜서 증거가 될 비디오를 찍는 작전이 적혀 있는 것이 다였다.

작전이 성공했는지는 노트에 적혀 있지 않지만, 증거 동영상을 가지고 있다면 성공했다고 보는 것이 맞겠지? 아, 아직 아니야. 이 동영상을 경찰에 제출하지 못한다면 아직 성공했다고 할 수 없어.

놈이 내가 전향성 기억 상실증이라는 것을 아는지 지금은 판단할 수 없지만, 일단 알고 있다고 가정할 수밖에 없을 것 같다. 단, 아직 모를 가능성도 있으니까 놈을 만나도 절대로 내가 먼저 그 사실을 언급하지는 말자.

문 밖에서 발소리가 들렸다.

놈인가?

니키치는 황급히 메모리의 위치에 관해 적혀 있는 페이지를 찢어서 한쪽 신발 속에 숨겼다.

여기라면 위화감이 느껴지니까 기억에서 사라져도 찾아낼 수 있을 거야.

문 앞에는 밖에서 열지 못하도록 니키치가 놓은 것으로 추정되는 의자가 몇 개 쌓여 있었지만 밖에서 여러 번 힘을 주어 충격을 가하자 무너지고 말았다. 문이 열리더니 눈가에 피를 흘리고 있는 남자가 들어왔다.

이 남자가 키라? 일단은 확인해 보자. 정체를 확인하고 있다는 것을 알아채지 못하게…….

"키라, 이제 그만둬. 계속 도망 다닐 수는 없잖아."

남자는 지긋이 니키치를 바라봤다.

뭐지? 키라가 아니었나?

"계속 도망 다닐 수 없다니, 무슨 소리지?"

아, 말을 잘못했나?

"너, 벌써 기억이 사라진 거야?"

이런, 내가 전향성 기억 상실증에 걸린 것도 알고 있잖아.

"혹시 내가 누구인지 확인하기 위해서 이름을 부른 거야? 뭐, 이렇게 된 상황에서 숨길 이유는 없겠지. 그래, 내가 키라야."

아아, 이놈이 그 살인마구나. 결국 최악의 상황에 빠지고 말았어.

"자신이 병에 걸린 건 알아낸 거지?"

니키치는 아무 대답도 안 했다.

"그럼, 내 초능력도 알고 있어?"

뭐, 초능력? 허풍 떠는 건가? 아니면 과대망상?

"무슨 초능력? 하늘을 막 날아다녀? 아니면 보통 사람보다 백 배 정도 힘이 세?"

"알면서 일부러 그렇게 말하는 거야, 아니면 정말로 기억이 안 나는 거야? 잘 모르겠으면 그 노트를 봐도 상관없어."

"이런 상황에서 노트나 읽고 있을 생각은 없어."

"그렇다면 그냥 알려 주지. 나는 다른 사람의 기억을 내 마음대로 바꿀 수 있어."

"그거 대단한데. 그럼 나 같은 건 아무것도 아니잖아. 그냥 둬도 상관없을 텐데."

"그럴 수는 없지. 다른 사람의 기억을 조정하는 나의 능력이 기억 장애를 갖고 있는 너에게는 통하지 않거든."

"아, 아무리 기억을 바꿔도 바로 잊어버리기 때문이구나. 밑 빠진 독같이 말이야. 하지만 어차피 전부 잊어버리니까 신경 안 써도 되는 거 아니야?"

"문제는 네 머릿속의 기억이 아니라 밖에 있는 기억이야."

"이 노트 말하는 거야? 내가 이 노트에 너의 악행을 적어서? 그렇다면 그 부분을 찢어 버리면 되잖아. 그러니까 나는 그냥 내버려 두라고."

"내버려 두길 바란다면 디지털카메라의 메모리가 어디에 있는지 말해."

역시 놈은 그걸 찾고 있었구나. 마음먹고 이 방 안을 뒤진다면 금방 찾아내겠지? 어떻게든 막아야 할 텐데…….

"메모리? 무슨 말을 하는 건지 모르겠네."

"정말 기억이 안 나?"

"그래, 전혀."

"그럼 한번 확인해 볼까?"

키라가 니키치에게 다가왔다. 니키치는 일어나서 자세를 잡으려고 했지만 칼에 찔렸던 장딴지가 아파서 일어날 수가 없었다.

"앉아 있어!"

키라가 니키치의 가슴을 걷어찼다. 니키치는 엉덩방아를 찧으며 뒤로 주저앉았다. 키라는 니키치의 뺨에 칼을 댔다.

"메모리는 어디에 있지?"

"무슨 말인지 모른다고 했잖아!"

니키치는 필사적으로 어떻게 대처할지 생각했다.

만약 사실을 얘기해 버리면 어떻게 될까? 이놈은 그 메모리가 목적이니까 그것을 넘겨주면 그냥 놓아 주지 않을까?

잠깐. 이놈은 살인마야. 게다가 자신은 다른 사람의 기억을 조정할 수 있다고 믿고 있는 것 같은데. 그렇다면 나를 죽이는 편이 후환이 없을 거라고 생각할 거야. 지금은 계속 모르는 척하는 것이 상책이겠다.

"내가 너를 이 칼로 못 찌를 거라고 생각해?"

"아니, 내 다리를 찌른 것도 너지? 그렇다면 너는 아무렇지도 않게 사람을 찌를 수 있겠지."

"그래, 네 말이 맞아."

키라는 태연스럽게 니키치의 허벅지를 칼로 찔렀다. 찔린 순간은 뭔가가 피부를 관통한 느낌뿐이었다. 하지만 곧이어 타들어 가는 듯한 통증이 솟아올랐다.

"아악! 그만해!"

니키치가 키라의 손목을 잡았다. 키라는 히죽 웃더니 칼을 더 깊게 찔렀다. 더 심한 고통에 니키치는 숨도 제대로 쉴 수 없었다. 가슴이 터질 것 같고 머릿속에서 종소리가 울리는 것 같았다. 그렇게 니키치는 정신을 잃고 말았다.

26

"야! 눈 떠!"

키라가 니키치의 뺨을 때렸다.

"아!"

니키치는 얼굴을 찡그렸다.

"더 찔리고 싶지 않으면 메모리가 어디 있는지 말해."

니키치는 멍한 표정으로 눈을 떴다.

"메모리?"

"그래, 디지털카메라의 저장 메모리 말이야."

"저…… 여기가 어디인가요?"

니키치는 주위를 둘러보았다.

"뭐라고?"

"누구세요?"

"너 기억이 또 끊긴 거야?"

"그…… 뭐가 어떻게 된 건가요?"

니키치는 멍하니 키라를 쳐다봤다.

"별일 아니야. 그냥 내가 너를 칼로 찌르려는 것뿐이야."

"카, 칼! 왜 이러는 거야!"

"보면 몰라? 너를 죽이려고 이러는 거지."

"당신 누군데. 나한테 왜 이러는 거야?"

"메모리가 어디에 있는지 알려 주지 않으니까."

"잠깐만! 이건 분명히 오해야. 사람을 잘못 본 거라고!"

"너 타무라 맞잖아."

"난 당신이 누군지 몰라! 살려 줘!"

"칫! 일이 귀찮게 됐네. 일단 몸수색 좀 할게."

키라는 니키치의 상의와 바지의 주머니를 뒤졌다.

"이상하네. 위치를 적은 메모가 어딘가 있을 법한데. 음…… 혹시 숨길 시간이 없어서 노트에 적어 놓은 상태 그대로일까?"

키라는 노트를 펼쳤다.

"역시, 여기 내 이름을 써 놨구나."

키라는 노트를 더 넘겼다.

"이것이 나를 빠뜨릴 함정이야? 그나저나, 기억도 유지할 수 없으면서 잘도 여기까지 해 왔네. 참 대단한 놈이야."

"이제 만족해? 그럼 날 보내 줘."

"노트, 필요 없어?"

"내 노트 아니야."

"내가 가져도 괜찮은 거야?"

"내 것도 아니고. 가져가든 말든 맘대로 해."

니키치는 비틀거리며 일어섰다.

"잠깐! 여기 페이지가 찢어진 흔적이 있잖아."

"뭐?"

"시치미 떼지 마. 종이, 어디다 뒀어?"

"내 노트 아니라니까."

"어서 생각해 내! 이건 네 글씨체잖아!"

"글쎄…… 잘 모르겠는데."

"그럼 옷 벗어!"

"뭐?"

"옷을 다 벗으라고."

"내가 왜 옷까지 벗어야 하지?"

"철저하게 뒤져 보려고 그런다 왜. 신발도 벗고, 양말까지 다 벗어."

"다리를 다쳐서 이 상태로는 신발을 벗을 수가 없어."

"그럼 저쪽에 있는 의자에 앉아서 천천히 벗어 봐. 이상한 짓

할 생각하지 마. 소리 지르면 바로 찔러 버릴 거야."

니키치는 키라가 시키는 대로 의자에 앉아서 신발을 벗었다.

"이제 어떻게 하지?"

"거기다 놔."

키라는 니키치에게 칼을 겨누면서 신발을 집어 들어 그 안을 확인했다.

"좋아. 이번엔 다른 쪽 신발."

니키치는 떨리는 손으로 양말을 벗었다.

"야, 너 뭐 하는 거야? 다른 쪽 신발을 벗으라고 했잖아!"

"아, 그럼 이 양말을 어떻게 하지? 다시 신을까?"

"멍청한 놈. 그냥 거기 그냥 둬."

키라는 니키치가 벗은 양말을 확인했다.

"자, 이제 다른 쪽 신발도 벗어."

니키치가 신발로 손을 뻗더니 부스대며 지체했다.

"뭐 하는 거야?"

"다리가 아파서."

"그럼 벗기 좋게 발목을 잘라 줄까?"

키라가 위협적인 말을 내뱉으며 니키치를 노려볼 때였다.

"실례합니다."

문이 스르르 열리더니 열린 문틈으로 노년의 남자가 이쪽을 바라보았다.

"사람 살려요!! 이놈은 살인마예요!"

니키치가 소리쳤다.

"너 이새끼! 기억이 끊긴 거 아니었어?"

니키치는 대답하지 않았다. 하지만 속으로 비웃었다.

물론 한 번 끊겼지. 하지만 두 번째는 연기였어. 그런 걸 일일이 알려 줄 필요는 없잖아.

노년의 남자는 멍한 표정으로 이쪽을 보고 있었다.

"잠깐만요, 이건 오해입니다."

키라가 호소하듯 남자에게 말했다.

"안 돼! 속지 마세요! 저렇게 칼을 들고 있잖아요."

"아, 이 칼은 원래 저 사람이 들고 있던 거예요. 몸싸움하다가 제가 겨우 빼앗았죠. 믿기 어려우시면 제가 이 칼을 바닥에 내려놓겠습니다. 자, 이렇게 하면 믿으시겠죠? 일단 들어와서 확인해 보세요."

키라가 칼을 바닥에 내려놓자, 노년의 남자는 여전히 망설이는 표정이었다.

"저는 선생님을 만나러 왔습니다. 과제로 낼 10분 스피치의 동영상을 업로드하는 방법을 잘 몰라서 물어보러요."

노년의 남자가 중얼거리듯 말했다.

"아아, 그거라면 제가 알려 드리죠. 이쪽으로 와 보세요."

"안 돼요! 절대 속지 마세요!"

니키치가 날카롭게 소리쳤다.

노년의 남자는 그 자리에 선 채 니키치와 키라를 번갈아 보았다.

"도대체 어떻게 된 일이죠?"

"그건 제가 다 설명해 드리죠. 저, 그러니까……."

키라가 남자에게 다가갔다. 그리고 가까이 오라는 손짓을 하다가 재빠르게 남자의 어깨에 손을 올렸다.

"당신은 이 방에 왔었지만 아무도 없어서 집에 돌아가기로 했어. 그리고 갑자기 가슴이 두근거리고 답답해서 한시라도 빨리 집에 가고 싶을 거야."

노년의 남자는 눈을 부릅뜨더니 경련을 일으켰다. 키라는 그의 양어깨를 잡고 몸을 돌려 문 밖으로 향하게 한 다음 떠밀고 문을 닫았다. 잠시 후, 천천히 멀어지는 발소리가 들렸다.

"당신 지금 무슨 짓을 한 거야?"

니키치가 놀란 얼굴로 물었다.

"저 늙은이의 기억을 바꿔 버렸지."

"어떻게?"

"방금 봤잖아."

"무슨 약 같은 걸 쓴 거야?"

"아니, 이건 내 초능력이야."

"말도 안 돼."

"직접 보고도 못 믿어?"

"그게 사실이면 두려울 게 없겠네. 범죄를 저질러도 잡힐 염려도 없고."

"그렇지도 않아. 바꿀 수 있는 건 머릿속의 기억뿐이야. 물리적인 기록이나 흔적은 바꿀 수 없어."

"하지만 어차피 기억을 조작하면 아무도 물리적 기록이나 물증을 찾지 않을 거 아니야."

"그래, 네 말이 맞아. 하지만 일단 '자신의 기억은 의심하지 않는다.'는 전제가 무너지면 일이 틀어질 가능성도 있지."

"도대체 얼마나 많은 범죄를 저질렀지?"

"세어 본 적이 없어서 모르겠는데. 그동안 밥 먹듯이, 아니 숨 쉬듯이 범죄를 저질러 왔거든."

키라는 씨익 웃고는 표정을 바꿔 니키치를 노려봤다.

"그나저나 메모리를 어디에 숨겼는지 말해."

"기억이 안 난다고 했잖아."

"메모라도 남겼을 거 아냐."

"메모하는 것 자체도 잊었을 수 있지."

"그럴 리가 없어. 아까 찢어 낸 페이지에 적고 나서 어딘가에 숨겨 뒀겠지. 그 어딘가는 다른 한쪽 신발 속 같은데?"

완전히 간파당하고 말았다. 니키치는 절망스러웠지만 포기하지는 않았다.

생각해 보자. 아직 뭔가 방법이 있을 거야.

"이건 기회가 아닐까?"

"갑자기 무슨 소리야?"

"평범한 인간으로 돌아갈 기회 말이야. 만약 당신이 지금부터 절대로 죄를 저지르지 않겠다고 약속한다면 나는 당신에 관한 것을 비밀로 할 생각이야."

"지금 거래를 하자는 거야? 나에게 아무 메리트도 없는 거래를?"

"그렇지 않아. 지금까지는 스스로를 절대로 안전하다고 생각해 왔지, 그렇지?"

"앞으로도 안전할 거야, 너와 동영상 데이터를 없애 버리면."

"그렇지 않아. 이렇게 내가 나타났다는 건 제2, 제3의 타무라 니키치가 나타날 가능성도 충분히 있다는 얘기야."

"도대체 무슨 말을 하고 싶은 거야?"

"다음에 나타날 타무라 니키치는 나만큼 쉬운 상대가 아닐 수도 있어. 지금 범죄를 그만두면 내가 눈감아 줄 수 있지만, 나를 죽이고 범죄를 계속 저지르면 당신은 언젠가 끝을 보게 될 거야. 나 같은 사람이 당신을 궁지에 몰아넣게 될 테니까."

"그런 말도 안 되는 조건으로 나랑 거래를 하자는 거야?"

키라는 어이없다는 표정으로 웃었다.

"이건 상당히 확률이 높은 이야기야. 당신 같은 능력을 가진 사람에 비하면 나 같은 병을 가진 사람은 세상에 많을 테니까."

"틀렸어. 기억 상실증에 걸린 사람이 적지 않다고 해도, 너 정도의 통찰력을 가진 사람은 거의 없어. 너는 타고난 지능과 병이 절묘하게 어우러져서 어떤 의미에선 나를 버금가는 초능력자가 된 거야. 말하자면 너와 나는 같은 부류야. 아니, 같은 괴물이라고 하는 게 맞을 것 같군."

"내게 원래 통찰력 같은 건 없었어. 다만 기억 장애를 보완하기 위해 추리력이 발달하게 된 것뿐이지. 쉽게 말해 나는 특별하지 않은 사람이야. 다른 기억 장애자와 다를 게 없다고."

"내가 그 말을 믿을 거 같아?"

"따로 증명할 방법은 없어. 믿고 말고도 네 맘이지."

"일단, 그 증명은 나중에 하자. 메모리가 어디에 있느냐가 먼저야. 어서 신발 속을 보여 줘. 만약 반항하면 이 칼로 너의 목을 그은 다음 내가 직접 확인할 테니."

젠장!

니키치는 속으로 욕설을 퍼부었다. 더 이상 버틸 방법이 떠오르지 않았다. 할 수 없이 구두를 벗어서 바닥에 내려놓았다.

"호오, 역시 신발 속이었구나. 이렇게 뻔한 곳에 숨기다니. 하긴 이런 곳이 아니면 너 자신이 찾아낼 수 없을 테니."

키라는 종이쪽지를 신발에서 꺼내 펼쳤다.

"'위에서 두 번째 서랍'이라……. 어느 서랍이야?"

"나도 몰라."

"그렇게 나올 줄 알았어. 잘 들어. 내가 지금부터 책상에 있는 서랍을 다 열어 볼 테니까 그 사이에 도망갈 생각 하지 마. 그런 다리라면 도망가도 금방 잡혀. 빨리 죽고 싶지는 않겠지?"

도망가는 거 말고 크게 비명을 지르는 건 어떨까? 근처에 누가 있을지도 모르잖아. 하지만 그러면 키라는 그 자리에서 나를 찔러 죽이겠지. 이 녀석에게 이미 나의 존재 가치는 없을 테니…….

"오오, 여기 있다. 생각보다 쉽게 찾았네. 그런데 어째서 이런 곳에 숨겼지? 이런 곳에 숨길 바에는 재빨리 인터넷 서버에 업로드하는 게 나을 텐데. 너, 혹시 서버에 업로드하는 방법도 모르는 거야?"

"나는 컴퓨터를 다룰 줄 몰라."

"아하, 나한테는 다행이지만 그건 참 안된 일이구나. 도와줄 사람이 있었다면 어떻게든 할 수 있었을 텐데. 후루타에게 부탁하지 그랬어."

"후루타가 누구지?"

"하긴, 후루타도 지금쯤 어딘가에서 죽었을지도 모르겠네."

이 자식, 사람이 죽는 것을 아무렇지도 않게 지껄이다니. 정말 악질이구나.

"자, 이 메모리는……."

키라는 메모리를 바닥에 떨어뜨리더니 발꿈치로 짓밟았다.

"이제 내 걱정은 끝이야."

부서진 메모리의 플라스틱 파편이 이리저리 튀었다.

이 정도의 파손이라면 아직 가능성이 있지 않을까?

니키치는 부서진 메모리의 복구 가능성을 생각했다.

"물론 이 파편들도 회수할 거야. 만에 하나 복구할 수 있을지 모르니까. 이 파편을 전부 가져가서 완전히 처분해 버릴 거야."

키라가 말했다.

"나와 거래할 결심은 했어?"

"또 그 헛소리냐? 너와 거래할 생각은 없다고 했지. 만약 앞으로는 범죄를 저지르지 않겠다고 결심했다 쳐도 너를 살려 둘 이유가 있다고 생각해?"

"나를 죽이면 죄가 더 무거워지잖아."

"하하, 너 한 사람 죽인다고 달라질 건 없어."

"아냐, 죽이는 거와 죽이지 않는 건 전혀 달라."

"너를 죽이지 않으면 징역 50년이고 죽이면 5,000년이라도 된다고 생각해?"

"일본은 사형 제도가 있어."

"그렇다면 어차피 사형인 건 마찬가진데."

"비명을 지를 거야."

"한번 질러 봐. 누가 오면 귀찮긴 하지만 아까 그 노인네처럼 어떻게든 처리하면 그만이야. 대신에 너를 아주 고통스럽게 죽여 줄 거야. 발끝에서부터 조금씩 깎아 내는 고통을 원해?"

"아니, 죽일 거면 단숨에 해 줘."

"그렇다면 닥치고 있어."

이 자식, 혹시 내 성대라도 자를 생각은 아닐까? 성대가 잘리면 목소리를 내지 못할 테니 찍소리 못 하고 계속 고통을 당하게 될지 몰라. 그렇게 될 바엔 난동을 피워서 놈을 격앙시켜 단숨에 죽이게 하는 편이 나을 수도…….

"자, 드디어 때가 됐어. 너를 없앨 방법을 곰곰이 생각해 봤거든. 먼저……."

니키치에게 다가가던 키라가 문득 움직임을 멈췄다.

"뭐지?"

"또 누군가 온다. 잘 들어. 절대로 쓸데없는 짓 하지 마. 넌 저 의자에 앉아 있어."

니키치는 비틀비틀하면서 겨우 의자에 앉았다.

"다친 다리가 보이지 않는 각도로 앉아. 몇 분만 버티면 되니까 피 좀 나는 건 신경 쓰지 말고."

문이 열렸다. 그곳에는 한 여성이 서 있었다.

"어머, 두 분이 같이 오셨어요?"

누구지?

"아, 기타가와 선생님."

키라가 말했다.

기타가와 선생님? 뭘 가르치는 선생님이지?

키라가 니키치의 귓가에 속삭였다.

"잘 들어. 쓸데없는 짓 하면 저 여자가 죽을 줄 알아. 그러니까 절대로 딴생각 마."

나를 아는 사람인가? 어쨌든 내 앞에서 사람을 죽이다니, 상상조차 하고 싶지 않아.

"곧 수업이 있으신가요?"

키라가 기타가와에게 물었다.

"아니요. 오늘의 수업은 끝났습니다. 한 가지 남은 일이 있어서요."

"청소라도 하셔야 하나요?"

"아뇨, 그런 건 아닙니다."

기타가와가 교실 안으로 들어왔다. 그리고 니키치와 눈이 마주쳤다. 니키치는 눈짓으로 위험을 전하려고 했다.

어서 도망쳐요.

하지만 기타가와는 니키치에게 미소를 지을 뿐, 그대로 컴퓨터가 있는 곳을 향해 걸어갔다.

"컴퓨터로 볼일이 있으시군요."

"네."

기타가와는 컴퓨터를 켰다.

"전부 업로드되었는지 확인을 해야 하거든요."

"무슨 데이터인가요?"

"스피치의 동영상 데이터예요. 스스로 업로드하는 방법을 모르는 분들 것은 제가 대신 서버에 업로드해 드리고 있거든요."

컴퓨터의 시동이 완료된듯했다. 기타가와는 능숙한 손놀림으로 컴퓨터를 조작했다.

"하드 디스크에 저장되어 있나요?"

"아뇨, 메모리를 받아 두었습니다."

기타가와의 얘기를 듣는 순간 니키치는 갑자기 가슴이 뛰었다. 하지만 그 이유는 알 수 없었다. 아마도 이미 잊어버린 기억의 단편이 쑤시는 듯한 자극을 주었기 때문이리라.

기타가와의 얼굴에 디스플레이의 빛이 반사되었다. 니키치와 키라가 있는 위치에서는 화면이 보이지 않았지만, 환한 빛을 발하는 영상인 듯했다. 그런 기타가와의 얼굴을 보면서 니키치는 이상하게도 죽기 전에 이 사람을 볼 수 있어서 다행이라는 생각이 들었다.

기타가와가 갑자기 눈살을 찌푸렸다.

"왜 그러세요?"

키라가 물었다.

"아뇨, 아무것도 아닙니다. 좀 시끄러울지도 모르니까 이어폰으로 들어야겠어요."

기타가와는 가방에서 이어폰을 꺼냈다.

"괜히 불편하시게 그러실 필요 없습니다. 저희는 상관 안 하셔도 돼요."

키라가 말했다.

"아닙니다. 이어폰으로 듣는 편이 알아듣기 쉽거든요."

"이 교실은 컴퓨터도 있는데 문을 잠가 놓지 않아도 되나요?"

"원래는 교실을 비울 때 잠가 놓아야 하는데, 제가 깜박한 것뿐입니다. 비는 시간에는 1층의 카페에서 글을 쓰거든요."

"무슨 글을 쓰시나요?"

"스피치 원고 같은……."

문득 선생의 표정이 굳었다.

"죄송합니다. 편집을 좀 해야 해서 그러는데, 조금 조용히 해주시겠어요? 몇 분이면 끝납니다."

"네, 좋습니다."

키라는 겸연쩍은 표정을 지었다.

"방해가 되시면 저희는 밖에 나가 있을까요?"

니키치가 말했다.

"아냐. 선생님에게도 드릴 말씀이 있으니까 기다리자."

키라가 니키치를 노려봤다.

어떻게 하지? 어떻게 하면 저 선생님을 이 위기에서 벗어나게 할 수 있을까?

그로부터 5, 6분 정도가 지나자 의자에 앉아서 기다리던 키라는 슬슬 한계가 왔는지 다급한 표정으로 자리에서 일어나 기타가와에게 다가갔다.

"어라, 선생님 어깨에 뭐가 묻었네요."

기타가와 선생은 재빨리 피하며 뒤로 물러섰다.

"손대지 마!"

"아, 저는 그냥……."

"타무라 씨!"

기타가와가 니키치를 불렀다.

"네."

"저를 기억하세요?"

"아니요."

"저는 기타가와 교코입니다. 저는 당신 편이에요."

"네?"

"적이 아니라는 말입니다. 이 사람이 누군지 아세요?"

교코는 키라를 손가락으로 가리켰다.

"저, 소메야. 아시잖아요."

키라가 다시 교코에게 접근하려고 했다.

"가까이 오지 마!!"

키라는 어리둥절했다.

"타무라 씨, 이 사람은 누구죠?"

"키라가 본명입니다."

"이 사람에게 특수한 능력이 있다는 거 알아요?"

"어떻게 그걸……."

깜짝 놀란 키라가 니키치를 노려봤다.

"너 무슨 말을 한 거야!"

니키치는 당황한 표정으로 고개를 가로저었다.

"타무라 씨는 당신이 생각하는 것보다 훨씬 치밀한 사람이야. 그에 비하면 나는 너무 경솔했어. 당신에게 타무라 씨의 병을 알려 주고 말다니."

"도대체 무슨 말을 하는 거지?"

키라가 따지듯이 물었다.

"타무라 씨는 아까 동영상 데이터를 이곳으로 가져왔어."

교코는 메모리를 꺼내서 보였다.

"여기에는 당신이 다른 사람을 멋대로 조정하는 모습이 찍혀 있단 말이야."

"언제 그걸 봤지?"

"방금 여기서 봤어. 받자마자 진작 봤어야 했지만 말이야."

"그 메모리는 조금 전에 내가 부숴 버렸는데."

"당신은 엉뚱한 메모리를 부순 거야."

"나를 속인 거야?"

키라가 니키치를 향해 소리쳤다. 니키치는 고개를 저었다.

"아니, 도대체 무슨 말을 하는 거야. 난 전혀 모르겠어."

"아마 타무라 씨는 사실을 말하고 있을 거야."

교코가 말했다.

"그럼 노트에 거짓을 썼단 말이야?"

키라가 물었다.

"당신, 타무라 씨의 노트를 본 거야? 그렇다면 타무라 씨는 당신이 노트를 보게 될 것을 예상했던 거야."

그랬구나. 전향성 기억 상실증인 나는 노트에 의지할 수밖에 없으니까, 거기에 거짓을 쓸 리가 없어. 누구나 그렇게 생각하겠지. 내가 그것을 거꾸로 이용한 거구나.

니키치는 선생님에게 메모리를 건넨 다음, 그것을 키라가 알지 못하게 하기 위해 그 사실을 노트에 쓰지 않고 자신도 잊어버렸다. 그리고 진짜 대신에 가지고 있던 미끼용 메모리를 숨겨 놓음으로 해서 자신까지 속인 것이다. 니키치조차 그것을 진짜라고 믿고 숨겨 두었기 때문에 키라까지 속아 넘어간 것은 당연한 결과였다.

아무리 적을 속이려면 먼저 아군부터 속이라고 한다지만 나 자신까지 속이다니. 스스로 생각해도 참 대단하다.

잠시 어리둥절해 있던 키라가 갑자기 껄껄 웃음을 터뜨렸다.

"뭐가 그렇게 웃겨. 당신은 진 거야."

교코가 키라를 노려보았다.

"아니, 난 지지 않았어. 다소 놀라긴 했지만 말이야, 상황은 조금 전과 달라지지 않았어."

"어째서 그런 말을 하지?"

"나는 아직도 상황을 장악하고 있어. 여태까지는 내 비밀을 알고 있는 건 타무라 한 놈뿐이었지만 이제는 한 사람 더 늘어서 둘이 된 것뿐이야."

"한 사람과 두 사람은 큰 차이가 있어."

"그렇게 말할 수도 있겠지. 하지만 나에게는 크게 다르지 않아. 돌이켜 생각하면 내 정체를 타무라가 알고 있었는데 그걸 내가 눈치채지 못했던 것이 가장 위험했지. 하지만 이제는 그것을 알게 되었으니 별문제 안 돼. 어쨌든 이 녀석은 조만간 모든 기억이 사라질 거야. 노트는 없애 버리면 그만이지."

"하지만 내 기억은 지워지지 않아."

키라가 출입문 방향을 봉쇄했다.

"내가 바꿔 놓을 수 있어."

"아니, 나는 절대로 잊지 않을 거야."

"흠, 그럴 가능성도 없지는 않지. 나는 지금까지 내 능력을 알고 있는 인간의 기억을 조작한 적은 없으니까. 내 능력을 알고 있는 인간에게는 기억 개조 능력이 통하지 않을지도 몰라."

"당신의 능력이란 게 기억 조작 능력이었구나."

"동영상으로 다 본 거 아니야?"

"동영상만으로는 알기 어려웠지. 사람을 복종시키는 최면술 같은 능력인 줄 알았어."

"뭐, 큰 차이는 없어. 사람을 복종시키는 것도 가능하니까."

"나는 복종하지 않아."

"과연 뜻대로 될까?"

"당신은 끝이야."

"어째서 그렇게 자신 있게 말할 수 있지?"

"당신의 능력을 모두가 알게 되면 여태까지처럼 되지 않을 테니까. 그동안 수많은 흉악 범죄를 저질러 왔겠지?"

"당신은 하나를 듣고 열을 아는 타입의 인간 같군. 타무라와 같은 타입이네."

키라는 교코와의 거리를 좁혔다. 손이 닿을 듯한 거리였다.

"허튼 수작 부리지 마!"

교코가 뒤로 물러나며 다시 거리를 두었다.

"하지만 그런 영리함도 다 소용없어. 내 범죄는 결코 알려지지 않을 테니까."

"증거 동영상이 있어."

"그건 가짜라고 하면 돼."

"진심으로 하는 말이야? 이 동영상에는 당신이 분명하게 찍혀 있어."

"장난으로 만들었다고 하면 어때? 무슨 연극처럼 말이야."

"어쨌든, 조금이라도 의심받게 되면 이미 끝난 거야. 아무도 당신 말을 믿지 않게 되겠지."

"그렇다면 다른 방법도 있어. 먼저 너를 죽일 거야. 그리고 그

죄를 타무라에게 씌우는 거야. 그러면 아마 이 녀석도 자신이 죽였다고 생각하겠지. 그리고 그 메모리는 없애 버리면 돼. 이것으로 모든 것이 해결이야."

"나를 그렇게 간단하게 죽이진 못할걸."

"미안하지만, 나는 사람 죽이는 게 익숙해."

"크게 비명을 지를 거야."

"그 소리를 듣고 누가 와도 신경 안 써. 타무라의 범행을 목격한 사람으로 이용될 뿐이야."

"아무도 너의 범행을 알 수 없을 거라고 생각해?"

"그래, 항상 나는 완벽한 상태로 컨트롤해 왔거든."

"안됐지만, 이번에는 완전히 실패네."

교코는 말이 끝남과 동시에 컴퓨터의 전원 코드를 잡아 뺐다.

"뭐 하는 짓이지?"

"영상 데이터의 업로드가 지금 완료되었거든. 이제 증거 영상은 서버에 있어서 누구나 열람할 수 있는 상태가 되었지."

화가 난 키라가 교코에게 칼을 겨누었다.

"당장 지워!"

"싫어. 지우면 바로 나를 죽일 거잖아."

"지우지 않아도 죽일 거야."

"어차피 죽는다면 지우지 않는 쪽으로 할 거야. 어쩔래? 직접 컴퓨터를 켜면 당신의 힘으로 어떻게든 지울 수 있을지도 모르는데."

“컴퓨터에 패스워드가 걸려 있나?”

“글쎄…….”

“내가 컴퓨터를 켜는 사이에 도망칠 속셈인가?”

“맘대로 상상해.”

“하지만 이 녀석은 다리를 다쳐서 도망가지 못해. 네가 도망가면 이 녀석을 죽일 거야.”

“어느 쪽이든 당신은 이미 끝이야. 더 죄를 지어 봤자 아무런 도움이 안 돼.”

“아무런 도움이 안 되겠지. 하지만 더 이상 손해 볼 것도 없어. 난 한두 사람 더 죽여도 아무 영향이 없을 정도로 수없이 사람을 죽였거든. 너희들은 그냥 분풀이로 죽여 줄게.”

니키치는 키라가 교코에게 말을 하는 틈을 타 천천히 이동하고 있었다. 교코는 그런 그의 움직임을 알아차렸지만 일부러 모르는 척 시선을 돌리고 있었다.

기회는 한 번뿐이다.

“우리를 죽이지 않으면 재판에서 정상 참작도 가능해.”

“정상 참작 같은 건 아무런 의미가 없어. 그보다 지금 깔끔하게 끝내는 게 나아. 그런데 너 무슨 꿍꿍이지?”

“꿍꿍이 같은 거 없어. 동영상 데이터의 업로드도 전부 끝났어.”

“아냐, 너는 지금 시간을 끌고 있어.”

“이미 업로드가 끝나서 시간 끌 필요 없는데.”

나는 살금살금 움직여서 키라의 바로 뒤에 섰다. 그대로 목을 조르면 될 거 같았다.

"아냐, 시간이 필요했을 거야. 나 역시 이 순간을 기다렸거든."

키라가 갑자기 몸을 숙이더니 휙 돌았다.

아차, 눈치채고 있었구나.

니키치는 서둘러 몸을 피하려고 했지만, 키라의 움직임이 너무 빨라서 배에 한 방 먹고 말았다.

"나는 죽이는 게 익숙하다고 했잖아. 몸싸움을 한 적도 여러 번 있어. 그래서 주변의 살기에 민감하단 말이지."

키라가 우쭐거리며 말했다.

어? 생각보다 그다지 아프지 않은데. 충격이 팍 오는 느낌 아니라 아주 가벼웠어. 몸싸움도 많이 했다면서 별거 아니잖아. 좋아, 지금 놈이 방심한 듯하니 반격해야지.

니키치는 키라의 머리를 향해 주먹을 날리려고 했다. 하지만 손에 힘이 전혀 들어가지 않았고, 그대로 맥없이 무릎을 꿇고 말았다.

어떻게 된 거지? 이상하게 몸에 힘을 줄 수 없네.

교코가 비명을 질렀다. 니키치는 '괜찮아요. 힘이 약간 빠진 것뿐이에요.'라고 말하려고 했지만 목소리가 나오지 않았다. 바닥에 손을 짚고 일어서려는데 바닥이 젖어 있었다.

다리의 출혈이 아직 계속되고 있는 건가? 그래서 피가?

니키치는 다친 곳을 보려고 하체를 내려다봤다. 그러자 복부에 칼이 꽂혀 있는 것이 눈에 들어왔다.

"아악!"

니키치는 사람의 목소리 같지 않은 비명을 질렀다. 키라한테 맞은 것이 아니라 칼에 찔린 것이다. 맞고 나서도 충격이 별로 없었던 이유를 이제야 알게 되었다. 갑자기 격심한 통증이 엄습해 왔다.

안 돼! 이렇게 그냥 죽을 순 없어.

키라가 씨익 웃었다.

칼을 잡아 뽑을 생각이구나. 안 돼! 지금 뽑으면 다량의 출혈이 발생한단 말이야.

니키치는 칼이 뽑히지 않도록 키라의 손목을 꽈악 잡았다.

"이거 놔, 새꺄!"

키라가 니키치의 다리를 걷어찼다. 하지만 니키치는 키라의 손목을 잡고 절대로 놓지 않았다.

"선생님, 지금이에요. 빨리 도망쳐요!"

하지만 교코는 도망가기는커녕 의자를 들더니 키라를 향해 달려왔다.

오지 마! 이놈은 아무렇지도 않게 사람을 죽이는 괴물이야. 상대가 안 돼!

키라가 몸을 회전하면서 교코의 발목을 찼다. 교코는 균형을 잃더니 그대로 바닥에 쓰러졌다. 키라는 칼을 포기하고 니키치가 손으로 잡고 있는 자신의 손을 겨우 빼낸 다음 쓰러진 교코를 덮쳤다.

"건방진 년이 나를 공격해? 너 같은 건 그냥……."

"크윽!"

키라는 교코의 목을 조르기 시작했다. 그것을 본 니키치는 어떻게든 일어나 보려고 했다. 하지만 몸이 움직여지지 않는 데다, 복부의 통증이 더욱 격해졌다. 니키치는 몸을 데굴데굴 굴려 있는 힘껏 키라에게 부딪쳤다. 하지만 키라는 꿈쩍도 안 했다. 교코는 손발을 버둥거리며 격렬하게 저항했지만 그녀 역시 점점 힘이 빠져 갔다.

기억은 안 나지만 이놈을 잡으려고 계속 준비를 했었겠지. 그리고 오늘 드디어 결판의 날이 왔고. 그런데 마지막 순간에 제삼자인 기타가와 선생님이 말려들다니. 젠장! 이러면 안 되는데. 이대로 죽게 내버려 둘 순 없어. 선생님만이라도 꼭, 꼭 구해야 돼.

니키치는 키라의 어깨를 잡고 밀어내려고 힘을 줬다. 하지만 키라는 전혀 밀리지 않고 교코의 목을 계속 졸랐다. 이제 키라는 니키치를 전혀 위협적인 존재로 간주하지 않는 것 같았다. 교코를 살해한 다음에 천천히 죽일 생각인 것이다. 키라의 배에는 니키치의 피가 덕지덕지 묻어 있었지만, 정당방위였다고 할 게 뻔했다. 문득, 교코의 손발이 움직임을 멈췄다.

안 돼!

니키치는 온몸의 힘을 모았다. 하지만 여전히 키라는 한 치도 움직일 생각을 안 했다.

바로 그때, 누군가 의자로 키라의 머리를 내리찍었다. 그 자리에는 아까 키라에게 기억을 조작당했던 노년의 남자가 서 있었다.

"으아악!"

키라는 고통스러운 듯 머리를 붙잡고 뒹굴었다. 남자는 지긋이 그 모습을 바라보고 있었다.

"당신이 왜 여기에? 집에 안 갔어?"

키라가 놀란 표정으로 물었다.

"안 갔지."

"기억 조작이 통하지 않은 거야?"

"통했었지. 교실 안에 아무도 없다는 기억은 제대로 심어졌어."

"그렇다면 왜 집에 가지 않은 거야?"

"그것이 가짜 기억이라는 것을 인식하고 있었기 때문이지."

"그걸 어떻게? 어떻게 가짜 기억이라는 것을 알 수 있지?"

"난 네가 그런 능력이 있는 초능력자라는 것을 알고 있어, 소메야."

"놈의 이름은 키라예요."

숨이 끊어질 뻔했다가 제정신이 돌아온 교코가 알려 주었다.

"그랬군. 이름이 가짜일 거라는 건 짐작했어."

"이 늙은이가 어떻게 내 비밀을 알고 있지? 동영상이 공개된 건 조금 전인데."

"어라, 동영상까지 공개됐어? 그거 잘됐구먼."

"내 질문에 대답해!"

"대답할 필요는 없지만 알려 주지. 이 노트를 읽었기 때문이야."

"어? 언제 그걸 읽었지?"

"맨 처음 읽은 건 아마 몇 주 전인가……. 최근에는 거의 매일 읽고 있어."

"저 죄송합니다만, 타무라 씨와는 서로 아는 사이세요?"

교코가 물었다.

"그렇지. 물론 타무라는 나에 대한 기억이 없겠지만. 내 이름은 오카자키 도쿠사부로라고 해. 그냥 도쿠 씨라고 부르면 돼."

처음 듣는 이름이야. 얼굴도 모르겠고. 하지만 이 사람, 사실을 얘기하고 있는 것 같다.

"너희들 한패거리였어?"

키라의 얼굴이 일그러졌다.

"기타가와 선생은 상관없지. 나와 타무라가 계획한 거야."

"다 죽여 버릴 거야!!"

키라는 엄청나게 빠른 속도로 도쿠 씨를 향해 돌진했다.

다음 순간, 키라는 갑자기 뒤로 벌러덩 자빠졌다. 키라가 돌진해 오는 방향으로 도쿠 씨가 주먹을 날려서 안면을 강타한 것이다. 도쿠 씨는 뒤로 자빠져 있는 키라의 얼굴에 발길질을 했다.

"으악!"

키라가 고통스러워하며 얼굴을 감싸고 뒹굴었다. 도쿠 씨는 주머니에서 수갑을 꺼내더니 키라의 양팔을 뒤로 돌려서 채웠다.

"형사이신가요?"

교코가 물었다.

"아니, 그냥 할 일 없는 사람이야."

"그럼 왜 수갑을 가지고 다니세요?"

"이놈하고 오늘 한판 붙게 될 걸 알았거든. 우선은 구급차를 불러야겠어. 그런 다음 경찰에 연락해야지."

도쿠 씨는 핸드폰을 꺼내 두 군데에 전화를 했다.

"경찰이 오면 뭐라고 하실 건가요?"

교코가 물었다.

"아까 말했던 동영상을 보여 주면 되겠지. 그걸 보고 선생도 사태를 파악할 수 있었으니 증거로써 도움이 되지 않겠어?"

"네, 하지만 그것만으로는 부족할지도 몰라요."

"그렇다면 이 방에 있던 걸 보여 주면 돼."

도쿠 씨는 교실 구석으로 가더니 소형 비디오카메라를 꺼내서 보여 줬다.

"아까 이 방에 왔을 때 설치해 둔 거야. 초광각 렌즈니까 이 방이 거의 다 찍혔을 거야."

"모든 것이 예상대로였나요?"

"선생이 말려들거나 타무라가 칼에 찔리는 건 예상 못 했지.

하지만 대체로 내 계획대로 일이 진행된 거 같아."

"당신의 계획이었나요, 타무라 씨가 아니고?"

"계획의 큰 줄기를 생각한 건 나지. 하지만 타무라도 한몫했어. 카메라의 사용법도 절차 기억을 통해 맹훈련해서 겨우 익혔거든."

"그런 내용도 이 노트를 읽으면 알 수 있나요?"

"그런 건 안 쓰여 있을 걸."

"어째서죠?"

"그런 걸 적었다가 만약 살인마가 본다면 타무라에게 협력자가 있다는 것을 들키게 되잖아."

"그렇군요. 하지만 노트에 써 두지 않으면 타무라 씨 자신도 협력자의 존재를 모르게 되잖아요."

"그렇지. 그래서 잘된 거야. 기억에 없는 건 절대로 들킬 수도 없으니까 말이야."

"타무라 씨는 스스로를 이중으로 속였다는 건가요?"

"그래. 그리고 그 사실도 기억에 없으니 자신조차 전혀 알아차리지 못했지."

"왠지 헛갈릴 거 같네요."

"이건 기억을 못 하는 선과 기억을 조정하는 악의 대결이었어. 헛갈리지 않는 것이 오히려 이상할 정도라고 할 수 있지."

"오늘로써 그 대결도 끝이군요."

구급차의 사이렌 소리가 가까워지고 있었다.

"그나저나 이 노트 말인데, 어떻게 할 거야, 타무라?"

도쿠 씨가 물었다.

"무슨 말씀이시죠? 지금은 혼란스러워서 제대로 생각을 할 수 없네요."

가까스로 죽을 뻔한 위기의 충격에서 벗어난 니키치는 그제야 겨우 정신을 차렸다.

"넌 항상 혼란스러워하잖아."

"기억은 안 나지만, 듣고 보니 그랬을 거 같네요."

"이번 사건 말인데, 어떻게 할까?"

"경찰에게 맡기면 되겠죠."

"아니, 그런 뜻이 아니고, 노트에 어떻게 반영하면 되겠냔 말이야."

"무슨 말씀이신지 잘 모르겠네요."

"이번 사건을 노트에 반영하는 것에는 몇 가지 방법이 있을 것 같아. 먼저, 지금 상태 그대로 손대지 않고 옮기는 방법이 있어. 그렇게 하면 너는 자기 혼자서 살인마와 대치하다가 어쩌다 보니 놈을 잡은 것이 돼."

"그렇게 해도 별문제는 없을 거 같습니다만, 다른 방법은요?"

"이번 사건에 관련된 내용을 완전히 삭제해 버리는 거야."

"그렇게 하는 건 어떤 의미가 있나요?"

"넌 사건의 기억을 완전히 지워 버리고 평온하게 살 수 있겠지. 살인마의 손에 죽을 뻔했던 끔찍한 기억 같은 건 별 도움이 안 되잖아."

"기억이라고 해도 노트에 기술된 것에 지나지 않으니까, 저에게는 단순한 읽을거리에 지나지 않을 거 같은데요. 트라우마가 되지는 않을 듯합니다. 그 외에 다른 방법은요?"

"있는 그대로 전부 적어 놓는 거야."

"그게 가장 좋을 거 같네요. 하지만 누가 그걸 쓰죠? 저는 아무것도 기억이 안 납니다. 지금 이 상황도 금방 잊어버릴 겁니다. 무엇보다, 지금 당장은 글을 쓸 기력이 전혀 없네요."

"그럼 내가 써 줄까?"

"필적이 달라서 위화감을 느낄 텐데요."

"괜찮아. 나는 완벽하게 네 필적과 똑같이 쓸 수 있도록 연습했거든."

"네? 어째서 그런 연습을?"

니키치는 뭔가 찜찜한 느낌이었다.

"내가 네 필적으로 이 노트에 적어 놓으면 너는 그게 자신이 생각했던 거라고 여길 테니까."

니키치는 갑자기 토할 것 같은 기분이 들었다.

노트에 적힌 생각들이 전부 내 것이 아니었어? 그럼 내 진짜 의지는 뭐였던 거지? 도대체 나는 뭐와 싸우고 있었지?

"그러니까, 제가 당신에게 조정당하고 있었단 말인가요?"

"너무 기분 나쁘게 생각하지 마. 나는 너를 위해서 심사숙고하며 썼어."

"도대체 무슨 내용을 쓴 거죠?"

"이번 작전의 거의 전부지. 일부는 너의 생각도 반영했어. 그리고 키라의 동영상을 촬영한 다음부터는 너 자신이 생각한 거야."

"제가 생각한 것이 뭔가요?"

"키라가 능력을 사용하는 동영상을 찍은 다음, 너는 바로 이곳으로 와서 기타가와 선생에게 과제 스피치 데이터라며 그 동영상이 담긴 메모리를 건넸지. 그런데 현명하게도 그것을 노트에 메모하지 않았어. 서랍에는 준비해 둔 더미 메모리를 넣어 두었고."

"어째서 그런 짓을?"

교코가 물었다.

"그게 가장 안전하게 숨길 수 있는 방법이라고 생각했겠지. 타무라 자신이 더미 메모리를 진짜라고 생각한다면 키라도 그렇게 생각하게 될 테니 말이야. 그래서 타무라는 그 메모리를 필사적으로 지키려고 했고, 키라는 필사적으로 뺏으려고 했어. 결과적으로 두 사람 다 전혀 쓸모없는 노력을 하게 된 것이지만, 그럴수록 진짜 메모리는 안전해지는 거지. 그렇게, 타무라는 키라의 정체를 알고 있다는 것을 들킨 다음 간신히 이 교실로 도망 왔어. 그리고 더미 메모리를 책상 서랍에 숨긴 후 그 사실을 노트에 메모한 거야."

"그럼 노트에 메모할 때 제가 그것이 더미인 것을 기억하고 있었을까요?"

니키치가 물었다.

"너 자신도 모르는데 내가 어떻게 알겠어. 하지만 진짜 메모리를 지킬 수 있었으니 결과적으로 보면 어느 쪽이든 상관없는 거지."

"저는 책임감을 느낍니다."

교코가 굳은 표정으로 말했다.

"메모리를 받았을 때 바로 내용을 확인했다면 타무라 씨가 이렇게 당하지 않을 수 있었는데……."

"선생은 메모리의 내용에 대해서 전혀 짐작할 수 없었으니 바로 보려고 하지 않았다고 자책할 필요는 없어."

"제가 이 방에 돌아왔을 때 타무라 씨하고 소메야, 아니 키라가 있었고, 약간 부자연스러운 분위기였습니다."

교코가 당시 상황을 설명했다.

"그리고 타무라 씨로부터 넘겨받은 메모리 내용을 확인했는데, 스피치 동영상이 아니어서 뭔가 이상하다고 느꼈어요. 그래서 영상을 일단 멈춘 다음 이어폰으로 소리를 들으면서 동영상을 재생했죠. 그 동영상은 키라가 어떤 젊은 남성을 협박하면서 기억을 조정하는 것을 숨어서 찍은 동영상이라는 걸 알 수 있었습니다. 처음에는 타무라 씨와 키라가 재미로 단편 영화 같은 것을 찍은 게 아닌가 생각했지만, 타무라 씨의 병을 생각해 보니 그런 짓을 했다가는 영화를 진짜라고 생각할 수 있을 것 같더군요. 그런 위험한 짓을 일부러 했을 리가 없으니 이 동영상은 실제로 벌어진 일일 가능성이 높다고 생각하게 되었어요. 정말 단편 영화를 찍은 건데 그것을 진지하게 받아들인 것이었다고 해도 특별히 손해 볼 일은 없었죠. 그냥 제가 바보같이 속아 넘어갔다고 웃으면 그만이니까요. 하지만 실제 벌어진 일인데도 영화라고 오인했을 경우, 저 자신을 포함한 여러 사람들이 상당히 위험한 상황에 노출되잖아요. 그래서 저는 일단 이 동영상이 진짜라고 생각하고 행동하기로 결심한 것입니다."

"선생, 당신은 정말 총명한 분이야. 게다가 재빠른 판단으로 동영상을 서버에 올리고."

도쿠 씨는 진심으로 감탄한 것 같았다.

"아니요, 그건 허풍이었어요. 동영상의 내용을 확인하는 데 정신이 팔려서 업로드까지 할 여유가 없었거든요."

"그랬군. 하지만 그 허풍 덕분에 이놈의 증거 인멸을 막았으니까 큰일을 한 거야."

"이년이 감히 날 속여!"

키라가 분하다는 표정으로 소리쳤다.

"기억해 둬! 너 이년! 꼭 복수할 거야!!"

"꿈도 꾸지 마."

도쿠 씨가 키라의 얼굴을 다시 걷어찼고, 키라의 코에서 코피가 터져 나왔다.

"아이쿠, 정당방위로 얼굴을 차고 말았네."

도쿠 씨는 키라를 노려보면서 씨익 웃었다.

"선생, 이제 진짜로 데이터를 업로드해 둡시다."

"네."

교코는 바로 업로드 작업을 했다.

"타무라, 병원까지 같이 가 주고 싶지만 먼저 이놈을 경찰에게 넘겨야 해. 취급 설명을 해 두지 않으면 안 돼서 말이야. 선생도 여기 같이 남는 것이 좋을 거 같아. 웬만해선 믿기 어려운 내용이잖아."

"네 알겠습니다. 이 괴물이 도망 못 하도록 신경 써 주세요."

니키치가 말했다.

"음……, 생각해 보니까…… 이놈을 경찰이나 사법에 맡기는 건 좀 불안하지 않을까?"

도쿠 씨가 말했다.

"그러게요. 특수한 능력을 가지고 있으니까 경찰이나 변호사, 자칫하면 검사나 판사까지 조정당할 수도……."

"그렇다면 이놈은 없애 버리는 게 좋지 않을까?"

"네?"

"이놈을 위해서이기도 해. 더는 범죄를 저지르지 못하게 막아 주는 거니까. 일종의 안락사랄까……."

"하지만 살인을 하면 이놈하고 같은 사람이 돼 버려요."

"그래. 우리 같은 이들이 사람을 죽이거나 하면 그 기억이 평생 쫓아다녀서 견디기 어려운 삶이 되겠지. 하지만 단 한 사람, 이곳에 그 짐을 지지 않을 수 있는 사람이 있잖아. 타무라?"

"저더러 죽이라는 말씀이신가요?"

"자살한 것으로 하면 돼. 우리들은 네가 죽였다고 증언하지 않으면 되고 말이야. 그러면 너는 완전히 잊게 되는 거지, 양심의 가책도 아무것도 없이. 그리고 세상에 해가 되는 이놈은 사라질 테니 모두에게 좋은 일이고. 완벽한 작전아냐?"

"말도 안 되는 소립니다."

니키치는 딱 잘라 말했다.

"왜? 기억도 안 남을 텐데 부담 가질 거 없잖아. 게다가 세상 사람 모두를 위한 일이야."

"제가 기억을 못 한다고 해도 사람을 죽였다는 사실에는 변함이 없습니다. 그리고 기억이 지워질 때까지 짧은 시간이라고 해도 무거운 죄책감과 혐오감 때문에 괴로워하게 되겠죠. 저는 절대 못 합니다."

"그래도 잘 생각해 봐. 범죄를 저질렀다는 자각이나 기억이 없다면 그건 무죄와 같은 느낌일 거야."

"저도 반대예요. 기억이 남지 않는다 해도 저는 타무라 씨가 살인을 저지르는 건 싫습니다."

교코가 진지한 얼굴로 말했다.

"그래? 선생도 반대란 말이지? 아쉽네, 좋은 생각인데……."

세 사람의 얘기를 듣고 있던 키라가 말했다.

"범죄를 저질렀다는 자각이나 기억이 없다면 무죄 같은 느낌이란 말이지? 그거 좋은 생각이네"

니키치는 질렸다는 표정을 지었다.

"도대체 무슨 말을 하는 거야. 내가 한 얘기 못 들었어?"

"난 네 얘기 같은 건 관심 없어. 저 영감의 말에 감탄한 거라고."

도쿠 씨가 우쭐하며 말했다.

"나야 뭐, 대체로 좋은 생각만 한다고 볼 수 있지."

키라가 물었다.

"죄를 저질렀다는 자각도 기억도 없는 사람을 제대로 재판할 수 있을까?"

"불가항력의 상황에서 무의식적으로 죄를 저질렀다면 과실로 무죄가 될 가능성은 있지. 하지만 단순하게 기억이 없다는 것만으로는 안 돼."

"만약에 말이야, 다중 인격인 사람이 범죄를 저질렀다면 그 사람이 가진 모든 인격에게 유죄를 내릴 수 있을까?"

"그럴 경우에는 아마 심신 상실심신 장애로 인해 변별력 및 의사 능력이 없는 상태이 되겠지."

"다중 인격인 사람이 범행을 저지른 시점 이후에 인격이 바뀌면 바뀐 인격에게는 죄가 없다고 봐야 하지 않을까?"

"그런 특수한 상황 같은 건 지금 생각할 필요 없잖아."

"아니지. 잘 생각해 봐야 할 문제야. 왜냐하면 지금부터 나는 나 자신의 기억을 개조할 거니까."

키라는 눈을 꼭 감았다.

"나에게 사람의 기억을 바꾸는 초능력 같은 건 없어. 나는 지금까지 한 번도 범죄를 저지른 적이 없어. 나는 선량한 사람이야."

그렇게 말한 키라가 풀썩 고개를 떨궜다. 세 사람은 갑자기 벌어진 상황을 멍한 표정으로 바라볼 수밖에 없었다. 이윽고 교코가 입을 열었다.

"이 사람 정말 바뀐 걸까요? 혹시 연기하는 건 아닐까요? 이 사람은 자신에게 기억 개조 능력이 있는 걸 알고 있잖아요. 아까, 기억 개조 능력에 대해서 알고 있는 사람에게는 효과가 없다고 들은 거 같은데. 그렇죠, 도쿠 씨?"

"그래, 맞아. 타무라나 나에게 통하지 않았지."

"그렇다면 이 사람 역시……."

"우리 같은 경우는 기억 개조에 저항해서 효과가 없었던 건데 이놈은 자신의 기억을 개조하고 싶어 했잖아. 그건 큰 차이일 수 있어. 생각해 보면 보통의 사람도 기억을 자신에게 유리하도록 바꾸는 경우가 있잖아. 그런 건 초능력이 아니야. 그러니까 키라처럼 특별한 인간이 그것을 강렬하게 원한다면 무슨 일이 벌어질지 알 수 없어."

"그렇다면 초능력도 사라질까요?"

"그것도 알 수 없어. 사라질지도 모르지. 아니면 전부 키라가 연기하는 건지도 모르고."

"이게 어떻게 된 거죠? 제가 왜 묶여 있는 건가요?"

갑자기 정신을 차린 키라가 어리둥절한 표정으로 물었다.

"당신이 저 사람을 칼로 찔렀기 때문이지."

교코가 니키치를 가리켰다.

"타무라 씨? 도대체 이게 어떻게 된 건가요?"

"방금 말했잖아, 당신이 찔렀기 때문이라고."

"왜 제가 타무라 씨를?"

"당신의 범죄 동영상을 공개하려고 했기 때문이야."

"말도 안 돼! 저는 그렇게 나쁜 짓을 한 적이 없어요."

"도쿠 씨, 이 사람에게 조금 전의 동영상을 보여 줄까요?"

교코가 물었다.

"아니야, 그건 나중에 해도 돼. 이놈의 정신에 너무 부담을 주면 경찰 조사에서 견디지 못할 수도 있어. 자신의 기억 개조가 정말로 행해졌다면 이미 상당히 무리가 있었을 거야. 모순점이 많아서 정신이 버티지 못하고 붕괴될 수도 있어. 아니면 자기 방어의 본능 때문에 개조가 풀려 버려서 원래로 돌아올 수도 있고."

도쿠 씨는 노트를 집어 들고는 말을 이었다.

"아무튼, 내가 알아서 할 테니까 이놈은 걱정할 필요 없어. 문제는 타무라야. 어떻게 하는 것이 좋을까?"

"아무것도 하지 마세요."

"그럴 수는 없지. 다른 사람의 과거를 바꿀 수 있는 건 흔한 경험이 아니거든."

"그러면 키라와 다를 게 없잖아요."

"아, 분명히 다르지. 나는 아무도 불행해지지 않도록 할 생각이거든."

"고맙지만 달갑지는 않네요."

"그렇게 신경 쓰지 않아도 돼. 눈을 떴을 때는 전부 잊어버리게 될 거야."

밖에서 구급대원의 발소리가 들렸다.

"그렇다면 노트 내용을 제가 손봐도 될까요?"

교코가 말했다.

"물론이야. 필적을 잘 따라할 수 없으면 내가 대신 써 주지."

"음……."

교코의 눈이 빛났다.

27

"누구세요?"

니키치가 인터폰에 대고 말했다.

[오카자키 도쿠사부로라고 해. 그냥 도쿠 씨라고 불러.]

"저……, 혹시 저랑 아는 사이신가요?"

[오랫동안 알고 지내는 사이지. 그나저나 벌써 노트를 읽은 거야?]

"옛? 아……, 네."

[자신이 살인마와 싸우고 있다는 것도 이미 읽었어?]

"네."

[그렇다면 얘기가 쉽겠네. 나는 같은 편이야.]

흠, 내가 그렇게 쉽게 넘어갈 줄 알고.

"같은 편이라는 증거가 있나요?"

[내가 같은 편이 아니라면 뭐라는 거야?]

"살인마일 수도 있죠."

[살인마의 사진과 내가 닮았어?]

"살인마와 한패일지도 모르죠."

[뭐가 좋아서 그런 괴물 편이 되겠어.]

"기억을 조정당하고 있을 수도 있으니까요."

[살인마가 너를 속일 계략을 내 머리에 심어 놓았다? 그런 복잡한 기억 조작을 하면 정신이 붕괴될걸.]

"저에게 같은 편이 있다면 노트에 그 사실이 적혀 있었을 겁니다."

[만약 그 노트가 살인마의 손에 들어가면 어떻게 될까? 같은 편이 있다는 것을 적이 알 수 없게 하는 게 낫지 않을까?]

"그건 그렇습니다만……."

[나를 믿을 수 없다는 건가?]

"솔직히 말씀드리면 그렇습니다."

도쿠 씨는 고개를 끄덕였다.

[하긴, 네가 지금까지 살아남은 것도 그 신중함 덕택이긴 하지. 내가 네 집에 자주 들락거린 것을 증명하면 믿어 줄 수 있겠어?]

"네. 만약 제 집에 자주 들어오셨다면 믿을 수 있는 관계라는 뜻이겠죠."

[자, 이걸 봐. 이건 그 노트를 복사한 거야. 네 집에 들어가지

않으면 손에 넣을 수 없는 거지.]

도쿠 씨는 종이 다발을 꺼내서 카메라에 가져다 댔다. 그것은 니키치 노트의 복사본이 맞았다. 노트를 자유롭게 복사할 수 있었다는 건 니키치로부터 그것을 빼앗을 수도 있었다는 얘기다. 같은 편이라는 증거라고 판단할 수 있을 것 같았다.

잠깐, 이걸 믿어도 될까?

이 도쿠 씨라는 사람이 어떤 경로를 통해 이 노트의 복사본을 손에 넣었을 가능성이 아직 남아 있었다. 예를 들어, 진짜 같은 편은 따로 있는데 그 사람으로부터 빼앗거나. 아니면 니키치 자신이 문구점 같은 데서 복사했는데 깜박 잊고 두고 온 것일지도 모른다.

니키치는 곰곰이 생각했다.

솔직히, 살인마와 싸우는 데 협력자가 있다는 건 고마운 일이지. 도쿠 씨를 의심한다면 끝이 없겠지만, 그렇게 생각하면 나는 평생 아무도 믿을 수 없지 않을까. 일단 모험을 해 볼 수밖에…….

"알겠습니다. 문 열어 드릴게요."

도쿠 씨는 싱글거리면서 집 안으로 들어왔다. 그리고 바로 문을 잠갔다.

집에 들인 건 역시 경솔한 판단이었을까?

니키치는 약간 불안한 마음이 들었다.

"자, 바로 회의에 들어가자."

"갑자기 무슨 회의요?"

"무슨 회의긴, 당연히 살인마를 쓰러뜨리기 위한 회의지. 아, 쓰러뜨린다고 폭력을 사용하자는 건 아니니 걱정 마. 놈을 파멸시킬 계략을 세우는 거야."

"역시 살인마는 실제로 존재하는 거군요."

"네 입으로 그런 말을 하면 곤란하지. 나 역시 네가 쓴 노트를 통해서밖에 모르는데."

"이 노트에 적혀 있는 걸 믿으시나요?"

"너에게 있어서 이 노트는 생명선이나 마찬가지야. 굳이 스스로 거짓을 쓸 이유가 있을까?"

"흠……, 자신을 속이기 위해서? 그건 말도 안 되겠죠?"

"그러니까 나도 이 노트를 믿는 거야. 그리고 그놈하고 싸울 방법을 같이 찾기로 결심한 거지."

"노트에는 그런 내용이 전혀 없는데요."

"내가 쓰지 말라고 했어. 너는 항상 그 노트를 몸에 지니고 다녀야 해. 그 말인즉, 그 노트의 존재를 살인마에게 발각될 위험성이 높다는 얘기야. 조금 전에도 말했지만, 만약 살인마가 그 노트의 존재를 알아차리고 내용을 읽게 된다면 나라는 협력자의 존재까지 알려질 위험이 있잖아. 그런 위험 부담까지 무릅쓰면서 나의 존재를 노트에 적을 필요는 없지 않겠어?"

“맞는 말씀입니다. 하지만 그렇게 하면 이 집에 올 때마다 저에게 하나에서 열까지 설명해야 하잖아요.”

“다소 번거롭지만 어쩔 수 없지. 노트에 나와 있듯이 이 살인마는 상당히 위험해. 정신 똑바로 차리지 않으면 우리 둘은 순식간에 당할지도 몰라.”

“그렇군요. 그나저나, 도쿠 씨는 도대체 뭐 하는 분이세요?”

“그냥 평범하고 호기심 많은 영감이야.”

“어떻게 저를 알게 되셨어요?”

“우리 딸이 빵집에서 일하고 있거든. 그곳에 매일같이 빵을 사러 오는 손님이 있는데 좀 이상한 것 같으니 한번 알아봐 달라고 해서.”

“탐정이신가요?”

“아니야. 금방 말했듯이 그냥 평범하고 호기심 많은 영감이라니까. 미행과 탐문을 약간 했더니 금세 네가 사는 곳을 찾아낼 수 있었지.”

“금세 찾았다고요?”

“며칠 안 걸렸어. 너, 자신이 생각보다 훨씬 유명한 사람이란 거 모르지?”

“그런가요? 그럼 살인마에게 아직 잡히지 않았던 건 운이 좋아서였군요.”

“운? 당치도 않아. 내가 지켜 줬기 때문이지.”

“그랬나요? 스스로의 힘으로 해냈다고 생각했는데 약간 실망이네요. ……그래서, 살인마와 싸울 방법은요?"

"움직일 수 없는 증거를 손에 넣는 거지. 살인마는 기억을 바꾸는 초능력을 가지고 있는 것 같아. 증인이나 증언은 쓸모가 없다는 뜻이지. 하지만 물적 증거가 있으면 놈을 잡을 수 있을 거야."

"그 물적 증거란 게 구체적으로 어떤 거죠?"

"놈의 범죄 현장을 녹화한 동영상. 이왕이면 초능력을 사용하고 있는 현장이 좋겠지."

"하지만 촬영 당하고 있는 걸 알면 가만히 있지 않을 텐데요."

"당연하지. 그러니까 몰래 카메라를 사용해야 돼. 노트에 카메라를 사라고 쓰여 있던데, 이미 사 놓았겠지?"

니키치는 책상 위를 살펴보았다.

"글쎄요, 잘 모르겠는데……. 아, 있네요. 컴퓨터도 있고."

"잠깐 줘 봐."

도쿠 씨는 카메라를 손에 들고 살펴보았다.

"이건 가장 사용하기 쉬운 기종이야. 어디 한번 해 봐."

니키치는 도쿠 씨에게서 카메라를 건네받아 조작해 보다 금방 포기했다.

"잘 모르겠네요."

"거기에 설명서가 있잖아."

"설명서가 상당히 두꺼워요. 읽는 도중에 다 잊어버리겠어요."

"정말 필요한 부분은 얼마 안 돼. 기본적으로 녹화와 재생하는 방법만 알면 어떻게든 쓸 수 있을 거야. 잠깐 이리 줘 봐."

도쿠 씨는 설명서를 훌훌 넘기더니 빨간색 펜으로 몇 군데 표시를 했다.

"여기 표시한 곳을 노트에 옮겨 적어 놔. 아마 한 페이지 이내의 분량일 거야."

니키치는 들은 대로 옮겨 적었다.

"다음은 옮겨 적은 내용에 따라 촬영한 다음 재생해 봐."

니키치는 시키는 대로 촬영한 다음 재생했다.

"거봐, 벌써 쓸 수 있게 됐잖아."

"하지만 금방 또 잊어버릴 것 같아요."

"잊어버리면 이 페이지를 보면 돼. 그리고 매일같이 연습하면 절차 기억으로 손이 저절로 움직이게 될지도 몰라."

"하지만 이건 몰래 카메라가 아니잖아요."

"거기 가방이 있지? 가져와서 안을 봐봐."

니키치가 가방을 열어 보니 바닥에 주머니 같은 것이 있었다.

"거기에 카메라를 녹화 상태로 넣어 두면 돼."

"여기 작은 구멍이 있어요. 카메라 렌즈가 여기에 맞도록 하면 되겠군요."

"그래, 그런데 네가 전에 한 건 서툴러서 렌즈가 어긋나 있었어. 그래서 내가 제대로 된 모양으로 고쳐 놓았지."

"그랬군요. 제가 이런 걸 워낙 잘 못하다 보니……."

"셔터 소리나 조작할 때 효과음이 나오지 않게 스피커를 죽여 놔야겠군."

도쿠 씨는 주머니에서 작은 공구 세트를 꺼내더니 카메라를 손보았다.

"이걸로 오케이다."

"다음은 어떤 상황에서 촬영을 할지 생각해야겠네요."

"노트를 보면 후루타라는 사람에 관한 메모가 있었어."

"그게 누구죠? 설마 살인마의 이름인가요?"

"아니야. 그 사람은 살인마에게 죽을 뻔한 데다 살인 미수죄까지 뒤집어쓴 남자야."

"그럼 체포되었나요?"

"체포되었다가 증거 불충분으로 석방되었지."

"그 사람을 어떻게 하자는 말씀이시죠?"

"그 남자를 살인마 앞에 불러내는 거야."

"왜 그런 짓을?"

"살인마는 후루타가 죽은 것으로 알고 있어. 그래서 후루타의 기억은 손대지 않았거든. 이 상황에서 살인마가 후루타를 만나면 어떻게 될 거라고 생각해?"

"다시 죽이려고 하든가 여건이 안 되면 기억을 조작하려 들겠죠."

"그래, 맞아. 그 모습을 촬영하면 훌륭한 증거가 될 거야."

"하지만 위험하지 않을까요? 자칫 잘못하면 후루타라는 사람이 진짜로 살해당할지도 모르잖아요. 저 역시 촬영하다가 들키면 살해당할 수도 있고.”

“맞아, 위험한 일이지. 하지만 놈을 그대로 두는 건 훨씬 위험해. 지금으로써는 최악의 사태가 되지 않도록 최선을 다해 보는 수밖에 없어.”

“제가 할 수 있을까요?”

“할 수밖에 없어. 촬영만 제대로 된다면 놈을 잡은 거나 마찬가지야. 다소의 위험은 감수하지 않으면 안 돼. 호랑이 새끼를 잡으려면 호랑이 굴에 들어가야 한다잖아.”

잠시 주저하던 니키치가 결심한 듯 말했다.

“알겠습니다. 선택의 여지가 없네요. 일단 지금의 계획을 간단하게 노트에 메모하겠습니다. 자세한 계획은 그 후에 세우기로 하죠.”

니키치는 볼펜을 들었다.

“아, 메모는 하지 않아도 괜찮아.”

“네? 그건 왜죠? 메모를 해 두지 않으면 잊어버리잖아요.”

“이번에는 잊어도 괜찮아.”

“어째서죠? 모처럼 살인마와 싸울 계획을 생각해 냈는데.”

“이번 건 재현이니까.”

“재현? 그게 무슨 소리죠?”

“전에 했던 것의 재현이지.”

“전에 했던 것이라뇨. 뭘 했죠?”

"지금까지 한 대화."

"네? 이 대화를 이미 했다고요?"

"그래."

"왜 그런 쓸데없는 짓을 하신 거죠?"

"아, 반복하다 보면 전개가 바뀌게 될지 어떨지 궁금했거든."

"잠깐만요. 이런 상황에서, 그런 시시한 이유 때문에 제가 뻔한 연극에 동원된 건가요?"

"상관없어, 시간은 얼마든지 있으니까."

"살인마가 활개치고 다니는데 이렇게 느긋해도 되는 건가요?"

"살인마는 이미 잡혔어. 벌써 재판도 시작되었고."

"네?"

"우리들이 세웠던 작전은 제대로 성공했어. 동영상도 이미 일반인들에게 공개되었고."

도쿠 씨는 스마트폰을 꺼내서 니키치에게 동영상을 보여 주었다.

"하지만 저는 카메라를 제대로 쓸 줄 몰랐잖아요. 작전에 성공했다면 제가 절차 기억으로 카메라를 사용할 수 있어야 하는데……."

"그건 당연한 결과야. 이건 내가 새로 준비한 카메라거든."

니키치는 어이없는 표정을 지었다.

"살인마는 무사히 체포한 건가요?"

"아니, 너는 다리와 배에 큰 상처를 입었어."

“네?”

“자신의 배를 확인해 봐.”

니키치는 옷을 벗었다. 복부에 끔찍한 흉터가 있었다.

“다섯 시간이나 걸려서 수술을 했어.”

니키치는 갑자기 속이 안 좋아졌다.

“후루타라는 사람은 어떻게 됐죠?”

“하마터면 자살할 뻔했는데, 네가 구해 줬지.”

“제가 구했어요? 어떻게요?”

“이 동영상을 보여 줬어. 혼란스러워했지만 자살은 겨우 멈췄지.”

“이 동영상은 재판의 증거로 사용되었나요?”

“응, 하지만 사건의 성질로 봐서, 이번 재판에서 증언은 어느 것 하나도 신뢰할 수 없었지. 검찰은 하나하나 물적 증거를 모으는 데 필사적이야. 살인마가 저지른 사건은 백 개도 넘는다고 하더군.”

“당신의 증언도 채택되지 못한 건가요?”

“그래. 나와 기타가와 교코는 기억을 개조당하지 않아서 믿을 수 있는 것이 당연하지만, 개조당하지 않았다는 것도 증명할 수 없으니까.”

“기타가와 교코가 누군가요?”

“화법 교실 선생이야. 노트에 적혀 있잖아.”

“아직 노트를 전부 파악하지 못했어요.”

“그럴 수 있지. 아무튼 걱정할 거 없어. 살인마는 이미 체포했으니 말이야. 게다가 이제부터 너의 뒤치다꺼리는 내가 할 거니까. 이 아파트를 구해 준 것도 나야. 여긴 우리 집에서 가깝거든."

도쿠 씨가 히죽 웃었다. 니키치는 안도와 불안함을 동시에 느꼈다.

28

타무라 니키치는 낯선 방 안에서 눈을 떴다. 그는 가벼운 공황 상태에서 방 안을 두리번거렸다.

아무도 없네. 여긴 나 혼자뿐인가 봐. 그런데 왜 여기에 있는지 기억이 안 나네. 내가 취해서 필름이 끊긴 건가?

니키치는 어젯밤에 있었던 일을 떠올려 봤다.

그래, 친구 녀석이 번화가에서 불량배들에게 시달리고 있어서 도와주려고 했어. 그렇다면 여기는 병원인가? 병원 같은 분위기는 아닌데. 그냥 평범한 방처럼 보이는데. 그렇다면 누군가 아는 사람의 도움으로 이 방에서 묵게 된 건가?

그때서야 니키치는 자신이 다른 옷을 입고 있다는 것을 알아차렸다.

입고 있던 옷은 어떻게 됐지? 사고로 더러워져서 갈아입었나? 통 기억이 안 나네. 침대가 청결해 보이지만, 역시 병원 것 같지는 않은데.

니키치는 일어나서 머리나 몸을 만지며 다친 곳이 없는지 확인했다.

특별히 아픈 곳도 없네.

문득 머리맡을 봤더니 손때 묻은 대학 노트가 놓여 있었다. 표지에는 매직으로 크게 세 자리 숫자가 적혀 있었다.

뭐지, 이건? 누가 놓고 간 건가? 아니면 나더러 읽으라고?

니키치는 노트 안을 확인할까 말까 1분 정도 고민하다가 결국 읽어 보기로 했다. 이 방에 관한 단서가 될 수 있는 건 지금 현재 이 노트밖에 없고, 머리맡에 놓여 있었다는 건 내용을 읽어 보라는 의미일 수도 있다고 생각했기 때문이었다. 만약 그게 아니라고 해도 이 상황에서 읽었다고 누구한테 혼날 일도 없을 테니…….

니키치는 표지를 넘겼다.

경고!

※ 나의 기억은 수십 분밖에 지속되지 않는다.

남아있는 기억은 사고를 당하기 전의 일들뿐이다.

※ 병명은 전향성 기억 상실증.

※ 생각난 것은 모두 이 노트에 적을 것.

아아, 그런 거였구나. 이건 내 글씨야. 내가 기억에 장애가 생겨서 이 노트를 의지하며 살고 있는 거구나. 매일 아침 이렇게 자신의 상태를 확인하는 걸 반복하고 있는 걸까? 도대체 며칠이나 지난 걸까? 아니면 몇 년?

※ 문패도 없고 우편함에도 이름은 없다.

※ 이름이 없는 것은 이 노트에 이름이 쓰여 있지 않은 것과 같은 이유이다.

※ 이유를 알고 싶으면 7페이지를 참조할 것.

7페이지에 도대체 뭐가 적혀 있을까?

니키치는 떨리는 손으로 페이지를 넘겼다.

※ 진상은 8페이지에 적혀 있다. 하지만 상당히 충격적인 내용이라 먼저 심호흡을 하고 읽어야 한다.

도대체 얼마나 충격적인 내용이기에. 음……, 어차피 읽어야 할 테니 주저해 봤자 소용없겠지?

니키치는 심호흡을 크게 하고 8페이지를 펼쳤다.

※ 나는 지금 살인마와 싸우고 있다.

도대체 이게 무슨 소리야. 살인마와 싸우다니. 내가 왜……. 아직 살아 있는 것을 봐서 내가 이겼을 리는 없고 아직 결판이 안 난 건가?

그 순간, 갑자기 누가 옆에서 손목을 잡았다. 니키치는 놀라서 심장이 멎을 것 같았다. 겁에 질린 그는 고개도 못 든 채 생각했다.

이 방 안에 살인마가 있었구나. 어쩌지? 싸워? 어떻게든 도망쳐 봐? 아니면 포기해? 일단 상황 파악이 먼저야. 어떻게 할지 결정하는 건 그다음에 하자.

"어머, 이 문장 아직 지우지 않았어요?"

니키치의 눈앞에 처음 보는 여자가 있었다.

"누구시죠?"

니키치가 조심스럽게 물었다.

"글쎄요, 당신의 아내라고 하면 될까요?"

"내가 결혼을?"

"솔직히 말하면 아내와 다름없는 사람이라고 할 수 있죠. 아니면 약혼자라고 하는 편이 나을지도 모르겠네요."

"도대체 어떻게 된 거죠?"

"당신은 살인마를 잡았고, 우리는 같이 살게 됐죠. 그 정도면 될까요?"

"잡았다고요? 그럼 살인마와의 싸움에서 이긴 건가요?"

"네, 아직 재판 중이지만요."

"그 살인마는 몇 명이나 죽였나요?"

"글쎄요. 백 명 이상이라고 들은 듯한데……."

"제가 그렇게 무서운 사람을 상대로 싸운 건가요?"

"네, 당신은 정말 용기 있는 분이에요."

"하지만 저는 전혀 실감이 안 납니다."

"게다가 이 살인마는 보통 사람이 아니었어요."

"그렇겠죠, 백 명이나 죽였으니."

"숫자가 아니라 능력에 대한 얘기예요. 그 살인마는 초능력자였어요."

"에이~ 농담이 지나치시네요."

"농담 아니에요. 당신이 찍은 동영상을 보면 아실 겁니다."

"동영상? 범인을 찍은 동영상인가요?"

"네, 맞아요."

"제가 동영상을 찍을 정도의 여유가 있었나요?"

"글쎄요. 잘은 모르지만, 그때는 어떻게든 동영상을 찍는 것 이외엔 방법이 없었나봐요."

"음……, 알 수 없는 것투성이지만, 차차 이해되겠죠."

"하지만 차차 이해하기 전에 잊어버릴지도 몰라요."

"그렇다면 서둘러 전체를 파악해야겠군요."

니키치는 초조한 마음이 들었다.

그동안 무슨 일이 있었는지 감이 안 잡힌다. 일단, 이 아내라는 여자의 말을 믿을 수밖에 없을 것 같은데…….

"아니요. 이미 모든 위기는 사라졌으니까 서둘러 이해할 필요는 없어요. 그런 쓸데없는 일에 시간을 보내는 건 무의미해요."

"그럼 저는 뭘 하면 좋을까요?"

"뭐든지 하고 싶은 것을 하시면 돼요. 그동안 충분히 위험하고 성가신 일들을 도맡아 해 왔으니 그럴 권리가 있어요."

"하지만 뭔가 이루어 낸 성취감은 별로 느껴지지 않네요."

"그건 그럴 수밖에 없겠죠. 자, 살인마에 대해서는 이제 잊어버리세요. 노트에서 지워 버리는 것이 가장 좋은 방법이겠네요."

"실제로 일어난 일이라면 지울 것까지는 없지 않을까요?"

"하지만 그렇게 안 하면 당신은 매일 이런 대화를 반복해야 하잖아요, 무의미하게."

"그건 저도 싫군요. 그렇다고 완전히 없었던 것으로 하는 것도 아닌 거 같아요."

"어째서요?"

"글쎄요……."

니키치는 잠깐 생각에 잠겼다.

"그러니까, 일종의 불쾌감이라고 할까요. 분명히 있었던 일인데 자신의 기억에서 완전히 사라지는 거니까요. 제 기억에서만

없어진다고 생각하니 기분이 안 좋네요."

"그런 건 신경 쓰지 않아도 돼요. 그런 기분도 금방 잊어버릴 테니까. 노트에서 살인마에 관련된 기술을 지워 버리면 더 이상 그것을 신경 쓸 일조차 없어요, 영원히."

"하지만 제 기억은 저의 것입니다. 제가 관리하는 게 맞지 않나요?"

"당신은 더 이상 그런 고생을 하지 않아도 돼요. 그래서 제가 여기에 있는 거니까."

여자가 니키치를 껴안았다. 니키치는 위화감을 느꼈지만 어찌할 도리가 없었다.

혹시 이 여자가 거짓말을 하는 거 아닐까? 하지만 그것을 확인할 도리는 없겠지. 그래, 이 사람을 의지하면서 살아가자. 당분간은 이렇게…….

"제가 당신의 기억을 잘 지킬게요. 그리고 앞으로는 제대로 된 기억을 만들어 줄게요. 당신에게 어울리는 멋진 기억으로."

여자는 누런 이를 드러내며 웃었다.

SF, 호러, 미스터리 등 장르의 경계 없이 뛰어난 작품을 집필하셨던 고바야시 야스미 작가님이 2020년 11월 23일에 암 투병 중 별세하셨습니다. 아쉬운 마음과 함께 고인의 명복을 빌며 1주기 추모 기념일에 출간하는 이 책을 고인에게 바칩니다.

기억파단자

초 판 2018년 10월 15일
개정판 1쇄 2021년 11월 23일

지은이 고바야시 야스미
옮긴이 주자덕
발행인 주자덕
윤문 및 교정 김미숙 (초판)
인쇄 미래피엔피
펴낸 곳 아프로스미디어
출판등록 제 2016-000073호
주소 서울특별시 성동구 금호로 173, 101동 904호
전화 02-6352-5133
팩스 02-6455-5891
홈페이지 www.aphrosmedia.com
전자우편 spitz70@aphrosmedia.com
ISBN 979-11-89770-19-8 (03830)